Finn Job

HIN
TER
HER

Roman

Verlag Klaus Wagenbach Berlin

FÜR TIMO.

… denn die wahren Paradiese sind jene,
die man verloren hat.

MARCEL PROUST

Das frenetische Hämmern, der chemische Dunst der halbnackten Leiber und das grünflackernde Licht, die Ekstase in den leeren Gesichtern, das Hochschnellen der Jalousien, ein kurzer Schimmer des Tages, nur dazu da, die immerwährende Nacht noch zu verdunkeln, der darauffolgende Jubel, nicht über das Licht, nein, über die Dunkelheit, immer über die Dunkelheit – mir bis vor wenigen Minuten zuwider, versetzte es mich nun in eine gar haltlose Trance. Nein. Mein Körper wurde nicht durchströmt von jener verlorenen Elektrizität, jener fremdgewordenen Mischung aus kollektivem Wahn und enthemmter Subjektivität, jener Mischung, für die ich die bebende Masse wieder und wieder hassen gelernt hatte. Nein. Ich hasste sie auch jetzt. Allein, nie mehr muss ich dieses Spektakel ertragen.

Feine Rinnsale flossen mir in die vom stehenden Rauch der Zigaretten, vom gleichsam stehenden Dampf der Nebelmaschinen bereits tränenden Augen. Nein, die Erlösung, die ich mir von diesem Moment erhofft hatte, trat nicht ein. Nie tritt sie so ein, wie man sie erhofft. Nicht erleichtert, nein!, ganz sicher nicht, aber doch die über allem schwebende Drohung für einen kurzen Moment verdrängend, bewegte ich bald schon einen Fuß nach dem anderen, fiel dem Inferno anheim, schritt bald schon von Kreis zu Kreis, gab meine Widerstände nicht auf, aber –

»Du tanzt? Amazing, dass ich das noch erleben darf!«, schrie mir eine vertraute Stimme ins Ohr.

Ich drehte mich um, erblickte Francesco und umarmte ihn, wobei seine knochige Schulter in meine Handfläche stach.

»Ich hab' dich eben schon an der Bar gesehen, Boy, aber da sahst du so gestresst aus, so richtig abgefuckt. Also halt so, als sollte man dich besser nicht ansprechen«, schrie er weiter. »Hast du jetzt Feierabend?«

»Ja, und das war meine letzte Schicht«, schrie ich zurück. Ich hatte ihn seit Monaten nicht gesehen, seit Jahren.

»Was?«

»Ja, ich habe jetzt Feierabend, und heute war meine letzte Schicht.«

»Du hörst hier auf? Das feiern wir!«

Und Francesco zog mich von der Tanzfläche und hinter sich her, vorbei an den zuckenden, vorbei auch auch an den leblosen Körpern – zog mich weiter, behände und flink, zog mich durch die Masse. Menschen wollten mich ansprechen, einige waren mir bekannt, doch niemand war mir lieb – Francesco zog mich weiter, und also dankte ich ihm.

In der Schlange vor den Toiletten war es brennend heiß. Das warme Licht fiel auf Francescos nackten, geschorenen Kopf, auf seinen nackten, ausgezehrten Torso, während er redete und gestikulierte. Ich rauchte eine Zigarette und musterte sein sicher einst zartes Gesicht, seinen flackernden Blick, seine Zunge, wie sie von einem in den anderen Mundwinkel hüpfte. Er sah nicht gesund aus, aber das tat er noch nie. Obschon, sein Gesicht zierte ein gotischer Glanz: Die hohlen Wangen waren gerahmt von seinem dichten, oben fein ausrasierten Bart. Die immer wieder nach oben gleitenden Iriden verliehen seinen Augen, verliehen ihm den heiligen Ausdruck eines mittelalterlichen Asketen, eines Wanderpredigers – der Erleuchtung ganz nah, oder dem Wahnsinn, ja, wohl eher dem Wahnsinn. Der jahrelange Kokainkonsum hatte Spuren hinterlassen, ihn jedoch nicht gänzlich entstellt. An seinen etwas zu ausschweifenden Bewegungen, der zittrigen Hektik seiner verkrampften Finger erkannte ich, dass er schon mehrere Tage wach sein musste.

Auch mein Herz raste zu schnell. Gleichsam aufgeputscht, war ich unfähig zur Konzentration, unfähig durch das Speed, den Schlafmangel und die letzten Arbeitstage – war ich nicht in der Lage zu verstehen, was er von mir wollte. Unaufhörlich redete Francesco. Eine der Kabinen öffnete sich, doch wir bemerkten es zu spät, und eine Gruppe älterer, doch nicht minder hysterischer Schwuler drängelte sich an uns vorbei.

Ein beängstigend junges Mädchen stand an einem der Waschbecken, füllte sich eine Flasche mit Wasser auf und sah mich böse an: Ja, sie war das, die mich gefragt hatte, warum ich ihr ohne nachzudenken einen Strohhalm in ihren Daiquiri gesteckt hätte; ob ich nicht wisse, dass ich damit Wale töte. Sie zunächst ignorierend, hatte ich mich an einen anderen Gast gewandt, ihm die geforderten Wodka-Shots ausgeschenkt, das Geld angenommen und die Bestellung auf den Bildschirm getippt. Und als sie dann immer noch dastand, mittlerweile ihr Telefon vor meinen Augen schwenkend, darauf ein Foto von einem Buckelwal mit dem Bauch voller Plastik, hatte ich eine Handvoll frischer Strohhalme genommen und sie über die Bar hinter das Mädchen auf den Boden geworfen. Ja, genau, sie war das.

»Und? Wie sieht es aus? Kommst du mit nach Frankreich?«

Ich wusste nichts mit Francescos Frage anzufangen, hatte nicht einmal eine Ahnung von der Zeit, die vergangen war, seitdem wir die Tanzfläche verlassen hatten. Vielleicht standen wir hier schon eine Viertelstunde, vielleicht länger. Wovon redete Francesco? Ich steckte mir besser noch eine Zigarette an. Eine weitere Kabine öffnete sich und diesmal waren wir schneller.

Im stickigen Halbdunkel also wühlten Francescos zittrige Finger in seiner zerfransten Bauchtasche; sie hing ihm seitlich über die Brust. Es waren die fiebrigen Finger eines Klavierspielers, der die richtigen Tasten nicht findet. Eines nach dem anderen holte er mehrere riesige Plastiktütchen heraus und hielt sie erst vor sein, dann vor mein Gesicht. Um die verschiedenen Substanzen zu unterscheiden, assistierte ich ihm mit der Taschenlampe meines Telefons. Auch hier war es brennend heiß, vielleicht noch heißer als da draußen. Aus einer der Nebenkabinen ertönte ein gelangweiltes Stöhnen, von ferne der dumpfe Bass. Kondenswasser tropfte von der Decke auf meinen ohnehin nassen Körper, aber zumindest waren wir hier geschützt vor dem Treiben da draußen, vor den animalischen Blicken, vor denen der Selbstdarsteller – vor den Blicken der flüchtig Bekannten und der schamlos Kaputten.

»Was wollen wir nehmen, Boy? Koks? Keta? Beides? Speed? Noch was?«

»Ja, warum nicht.«

Ich warf meine erst angerauchte Zigarette ins verdreckte Klo und sah zu, wie Franceso drei Hügel weißen Pulvers auf sein Telefon schüttete. Er zitterte so sehr, dass die Hälfte auf dem Boden landete. Besser, ich nahm ihm die Utensilien aus der Hand, vermengte die drei Hügel zu einem einzigen Berg und schob das Pulver mit seiner Kreditkarte auf dem zersprungenen Bildschirm hin und her.

»Was war jetzt mit Frankreich? Entschuldige, ich kann nicht mehr so gut folgen.« Meine Stimme krächzte.

»Also dieser Freund von mir hat die Schlüssel für eine Kirche in der Normandie. Ich fahre nächste Woche hin, für ein paar Wochen, vielleicht auch länger. Und es wäre doch nice, also, wenn du mitkommst. Ich werde tagsüber an meiner Installation arbeiten, du könntest mir ein wenig helfen – nur wenn du magst, natürlich! Ansonsten machen wir einfach ein bisschen Urlaub, ein bisschen Detox.«

Fast gerührt von so viel gutem Willen, verkniff ich mir die Frage, ob er mich gerade zu seinem Entzug einlade, und versuchte ihm zu erklären, dass ich kein Geld für derlei Vergnügungen habe, dass ich soeben meinen Job gekündigt hätte, dass ich mir einen neuen suchen müsse, dass –

»Aber dann hättest du ja Zeit jetzt, theoretisch.« Francesco grinste.

»Theoretisch.«

»Und um das Money brauchst du dir keine Sorgen machen. Du bist mein Gast!«

Alsbald war es mir gelungen, zwei Linien zu formen, und ich durchsuchte die Taschen meiner klebrigen Shorts nach einem Röhrchen, einem abgeschnittenen Strohhalm oder einem Stück Papier.

»Vive la France!«, lachte Francesco und hielt mir einen zusammengerollten Hunderteuroschein unter die Nase.

1

Eigentlich mied ich Neukölln im Allgemeinen und die Sonnenallee im Besonderen. Normalerweise machte ich Umwege, um die Konfrontation zu vermeiden. Manchmal nur, wenn es eben nicht zu vermeiden war, es keinen anderen Weg durch die Stadt gab, fuhr ich mit dem Bus durch den verhassten Bezirk, wäre aber niemals ausgestiegen, und verbarg mich in der Ecke ganz vorne, direkt hinter dem Fahrer, das Gesicht weg vom Gang. Doch an diesem schwülen Sommernachmittag erklomm ich hektisch huschend, mit meinem kleinen Rollkoffer in der Hand, die Stufen der U-Bahnstation Hermannplatz – mein Blick von links nach rechts und wieder zurückschnellend. Ich hatte mich so unauffällig wie möglich gekleidet, trug eine kurze, weite Jogginghose und eine tief ins Gesicht gezogene Basecap. Auch versuchte ich, meine Beine beim Gehen ausladender auseinanderreißend, meine Schultern breiter streckend als gewöhnlich, so maskulin wie möglich zu erscheinen. Aber ach! Natürlich wurde ich erkannt: Irgendwas war an meinem Wesen, irgendetwas, das ich nicht zu kaschieren vermochte, da ich es selbst nicht an mir sah.

»Schwuchtel!«, erklang es, noch bevor ich oben angekommen war.

Besser, ich versuchte so zu tun, als hätte ich nichts gehört. Hastig, aber darauf achtend, bloß nicht zu rennen, ging ich weiter, vorüber an den Marktständen mit Sesamringen und gefälschten Handtaschen, vorüber an den streitenden Junkies, dann vorüber an den beiden verschleierten, vielleicht siebenjährigen Mädchen, deren Blicke sich in mich bohrten, vorüber an den Wohlstandsverwahrlosten, die sich aus Gründen, die mir immer rätselhaft bleiben würden, betont hässlich anzogen – schließlich vorüber an dem salafistischen Schlüsseldienst. An der Ampel angekommen setzte ich alles daran, meine Atmung zu beruhigen, doch es gelang mir nicht. Eine Hand streckte sich mir von unten entgegen, und ich trat nach ihr, erst dann bemerkend, dass es die bettelnde Hand eines alten Mannes war.

Und also lief ich vor die fahrenden Autos und zwischen ihnen hindurch. Besser, ich sah nicht noch einmal zurück. Mein Mund war trocken und meine Stirn war nass. Den Alten hatte ich schon wieder vergessen, als ich auf der anderen Straßenseite ankam, da mein Blick und mein Verstand gezwungen waren, Gefahrenherde auszumachen und sich dabei mehr und mehr überschlugen. Mitten in dem Strom von Menschen galt es, blitzschnell zu erfassen, wem ich gleichgültig war und wer meine Vernichtung ersehnte: Die pubertären Dealer mit den aufleuchtenden Ohrringen hatten nur ihr Geschäft im Sinn, aber war das dahinter – ja, gleich dort drüben – nicht der Hüne aus dem Imbiss, der Mann mit der Holzlatte?

Doch lief ich zu schnell, um alle vorbeiziehenden Gesichter zu filtern; doch war mein Kopf unter der brennenden Sonne zu heißgelaufen, um einen klaren Gedanken zu fassen. Auch der Boden unter mir schwitzte, und jeder Mülleimer stieß mir seinen fauligen Atem entgegen, als verwese Neukölln bei lebendigem Leib. Wiewohl, nichts verweste hier, alles war quietschfidel – gar zu lebendig. Niemand, der etwas auf sich hält, weicht einem auf dieser Straße aus, und wieder war ich gezwungen, einen bizarren Slalom zu laufen. Kurz dachte ich, im Augenwinkel die schmale Gestalt Chaims zu erkennen, aber natürlich war er es nicht, nein, denn er war ja in Sicherheit.

Meine Eindrücke vermengten sich zusehends mit meinen Erinnerungen, vermengten sich zu einem diffusen Gestöhn, in dem die Realität bald zur Wahrscheinlichkeit, bald zur Unwahrscheinlichkeit wurde, doch irgendwann erreichte ich das hässliche Haus – das hässliche Haus, in dem ich damals so viel Zeit verbracht hatte. Ich drückte auf die einzige Klingel ohne Namensschild und versuchte, mich nicht weiter umzusehen. Wenige Meter neben mir saßen einige Männer breitbeinig in Plastikstühlen vor einer Shishabar, rauchten beziehungsweise sogen an ihren bunten

Schläuchen – tauschten ihre Ressentiments aus. Einer von ihnen starrte schon seit mehreren Sekunden zu mir herüber, und es war denkbar, dass sie sich auch über mich austauschten. Die erste Sommerbrise, die mich an diesem sonst windstillen Tag streifte, war eher ein heißer Stoß, der mir den Dampf ihrer Wasserpfeifen entgegenwarf, und jene Mischung aus Apfeltabak und etwas, das mich an überzuckerte Kaugummis aus Kindertagen gemahnte, verursachte mir Ekel – ich spürte es meine Kehle hochschießen. Besser, ich schluckte alles wieder hinunter.

Besser, ich starrte auf die Gegensprechanlage.

Kein Summen, nichts – noch einmal drückte ich auf die Klingel. Mittlerweile war ich sicher, dass die Männer dort drüben über mich sprachen. Aber ich wusste auch, dass ich oft sicher war, selbst dann, wenn es keinen Anlass gab, und also versuchte ich, mich auf die übrigen Klingelschilder zu konzentrieren. Alle waren sie mehrfach überklebt. Einzelne Namen waren weggestrichen, andere hinzugefügt worden, oftmals mehr als fünf Namen pro Schild; manche waren unleserlicher als die Graffiti über, unter und neben den Klingeln, alles klebte – und doch, ich war ganz sicher, dass man dort drüben über mich sprach. Ich drückte also ein drittes, dann ein viertes und fünftes Mal auf die Klingel, bis ich wieder einen kurzen Blick auf die Männer in den Plastikstühlen wagte. Niemand sah zu mir, und sie redeten auch nicht über mich, sie redeten überhaupt nicht mehr, nein, sie sogen nur noch – wohl wollten sie mich täuschen.

Endlich, nachdem ich ein sechstes Mal auf die Klingel, auf die einzige Klingel ohne Namensschild, gedrückt hatte, ertönte das erlösende Summen, und ich warf mich mit aller Kraft gegen die Tür, weil sie früher immer geklemmt hatte, früher nicht anders zu öffnen war – weil das früher die einzige Möglichkeit gewesen war, in dieses hässliche Haus zu kommen. Irgendjemand hatte die Tür jedoch offenbar repariert, und so fiel ich in den Hausflur und landete samt meinem Koffer auf dem Boden.

Bis auf die Tür war nichts repariert, nichts verändert worden. Neben einigen Spritzen lagen Ausgaben der »Einkauf Aktuell« lose verteilt auf dem Boden, dazu Flyer von umliegenden Restaurants und eine kyrillische Ausgabe des Neuen Testaments, zerrissen.

Wie immer, wie früher, roch es nach Urin.

Im fünften Stock angekommen, erwartete mich niemand an der Tür, aber sie war einen Spaltbreit offen, und von drinnen ertönte das altbekannte Gewirr aus sich überschlagenden Stimmen und Punkrock. Dass Francesco mich ausgerechnet bei Peter abholen wollte, war so einleuchtend wie unangenehm – zumindest hatte ich nun die Gewissheit, dass er seinen Entzug aufgeschoben hatte, ich in Frankreich also seinem Entzug nicht würde beiwohnen müssen.

Peter lebte schon seit ich ihn kannte in dieser heruntergekommenen Fünfzimmerwohnung, in diesem heruntergekommenen, hässlichen Haus. Dass er hier inzwischen ganz allein lebte, war dem Umstand geschuldet, dass es niemand mehr mit ihm aushielt, seine Mitbewohner nach und nach ausgezogen waren und sich auch keine neuen fanden – obgleich, oder vielleicht eher weil er einen großen Bekanntenkreis hatte und also jeder wusste, dass man hier besser nicht einzog. Nein, hier zog man nicht ein. Und weil sich mit jedem neuen Auszug sein Anteil an der zu zahlenden Miete vergrößerte, hatte er mit jedem neuen Auszug auch immer mehr Drogen verkaufen müssen, und aus dem kleinen Broterwerb von früher hatte sich ein immer größeres Geschäft entwickelt – so zumindest hatte ich es sagen hören. Ja, Hatice hatte es mir so erklärt.

Chaim war als erster, vorletztes Jahr, ausgezogen, und seitdem hatte ich die Wohnung nicht mehr betreten, Peter folglich nicht mehr gesehen. Denn immer seltener verließ dieser seine Wohnung – verließ er sie überhaupt noch? Und die Zeit, da ich mit ihm unbeschwert von Club zu Club zog, war schon einige Jahre, eine Ewigkeit her. All die Ängste vor den Gefahren der Sonnenallee waren indes, während ich die Treppen emporgestiegen war, der Angst vor einem Zusammentreffen mit Peter gewichen. Es ist seltsam, wie die Schrecken, obwohl sie einander alle ähneln, sich von

Mal zu Mal übertönen, einige für eine gewisse Zeit verstummen, nur damit andere klarer, reiner vernehmbar werden – und also die Orchestrierung der Angst jedem Instrument einen Solopart einräumt. Sowie das Tutti verstummte, richtete sich meine Angst auf ein konkretes Objekt, auf Peter. Nur büßte sie deshalb nicht an Lautstärke ein – nein, der Solist knüpfte problemlos an das Fortissimo des ganzen Orchesters an, und es schien verwunderlich, wie laut seine Stimme war.

Peters Zimmer lag noch immer am Ende der Wohnung, am Ende des langen Flurs, da er sich nie die Mühe gemacht hatte, die verlassenen Zimmer zu betreten, geschweige denn sie zu nutzen. Im Flur standen hunderte leerer Bierflaschen, die seine Kunden zurückgelassen hatten, leere Bierflaschen, die früher Chaim entsorgt hätte und deren verwesender Bodensatz nun einen schimmligen Teppich webte. Dieser eher stehende, dumpfe Geruch wurde überflügelt von dem beißenden Gestank, der von der Küche herwehte – schlimmer noch als früher, viel schlimmer. Sowie ich an Chaims altem Zimmer vorbeikam, hielt ich einen Augenblick inne, doch ich sah besser nicht durch die halboffene Tür, richtete meinen Blick lieber weiter auf das Ende des Flurs. Es waren nur noch wenige Schritte bis zu Peter, und ich versuchte, das Stimmengewirr zu entflechten, bekannte Stimmen von unbekannten zu unterscheiden, doch es gelang mir nicht: zu laut der Lärm der Musik, zu schrill das hastige Ineinander der Organe.

Erst als ich direkt vor der Tür stand, vernahm ich die sich überschlagende Stimme Sophias: »*If you're happy and you know it clap your hands*«.

Unweigerlich zuckte ich zusammen, noch bevor viele, schwer zu sagen wie viele, Hände zweimal ineinander klatschten. Sophia war hier, anscheinend fickte sie wieder mit Peter. Ich hätte eigentlich damit rechnen können, sie anzutreffen, hätte eigentlich darauf gefasst sein müssen. Doch hatte ich gerade noch über genug Zeit verfügt, meinen Koffer zu packen und mich überstürzt von Hatice zu verabschieden. Seit unserem Aufeinandertreffen vor einer Woche hatte ich nichts mehr von Francesco gehört, schon gar nicht mehr mit ihm gerechnet, als er mich vor zwei Stunden angerufen hatte, um mitzuteilen, dass es heute losgehen solle, dass ich unbedingt um sechzehn Uhr bei Peter erscheinen müsse, damit er mich dort abholen könne.

»If you're happy and you know it clap your hands«.

Dieses lächerliche Kinderlied hatten Peter und ich immer in den unmöglichsten Situationen und völlig betrunken zum Besten gegeben, um Gesinde zu verzwirln, wie er sich damals ausdrückte – damals, als sich sein Zynismus noch nicht gegen mich richtete. Ich überlegte, ob ich mir das wirklich antun sollte, während ich mich auch schon die Tür aufstoßen sah.

»If you're happy and you know it and you really want to show it / If you're happy and you know it clap your hands«.

Niemand klatschte in die Hände, als ich den Raum betrat. Auf den beiden durchgesessenen Sofas am anderen Ende des Zimmers, die um den kleinen vollgestellten Tisch standen, saßen oder lagen einige Menschen, die ich nicht kannte, Kunden womöglich oder Freunde von Peter – wobei, da gab es sicher kaum mehr einen Unterschied. Alle sahen so aus, als wären sie schon mehrere Tage wach, als seien sie hier willenlos versackt. Bei dem Gedanken, dass ich mich früher selbst oft zwei Tage in einer ähnlichen Sitz- oder Liegeposition auf einem dieser Sofas aufgehalten hatte, überlief mich ein leichter Schauer. Peter saß mit dem Rücken zu mir an seinem Schreibtisch, wie immer, wie früher, schief auf seinem kaputten Bürostuhl, der nur noch eine Armlehne hatte, gerade so, als hätte sich seine Wirbelsäule durch das jahrelange schiefe Sitzen an den kaputten Stuhl angeglichen. Mit zittrigen Fingern klickte er auf seinem Laptop herum. Trotz der vergilbten Gardinen, die wie immer, wie früher, zugezogen waren, und dem unaufhörlich kreisenden Deckenventilator war es ziemlich heiß, und dicke Rauchschwaden zogen durch den Raum.

Chaim hatte immer gesagt, man erkenne bereits am Fehlen der Klimaanlagen, dass die Zivilisierung der Deutschen gescheitert sei.

Ich brauchte einen Augenblick, um Sophia und ein anderes Mädchen, das mir bekannt vorkam und neben Sophia sehr dick aussah, zu verorten, obwohl sie sich im Gegensatz zu der Gruppe am anderen Ende des Zimmers direkt vor mir befanden; sie lagen auf Peters Matratze, deren Laken fast so vergilbt waren wie seine Gardinen, und starrten mich ein wenig fassungslos, vielleicht auch belustigt, an.

»Na, du Fascho?«, begrüßte mich Sophia.

In ihrem blassen kleinen Gesicht, das dieselbe undefinierbare Farbe hatte wie ihr strenger Pagenschnitt, triumphierte ein Ausdruck gehässiger Lässigkeit und das, obwohl sie ständig die Augen zukniff – ein alter Tick. Sie sah aus, als sei sie seit dreißig Stunden auf GBL, trug nur einen schwarzen Sport-BH, Hotpants und riesige Ohrringe, die ihr Gesicht noch kleiner wirken ließen.

Ich nickte ihr so ausdruckslos zu, wie es mir möglich war, wandte mich ab und sah aus dem Augenwinkel, wie sie sogleich begann, mit ihrer dicken Freundin zu tuscheln. Immer hatte Sophia mindestens eine Frau um sich, die noch unansehnlicher war als sie, das war schon früher so gewesen – ein bisschen so wie die Blonde mit der Schleife auf dem grässlichen Otto Dix. Ich hatte nie verstanden, warum alle mit ihr schliefen, denn sie war weder schön noch attraktiv – nein, attraktiv war sie nicht –, und diese List war doch leicht zu durchschauen; diese List machte sie noch hässlicher. Besser, ich durchquerte den Raum. Das Tuscheln wurde mit jedem Schritt lauter, gerade so, als würde ich mich auf Sophia zu und nicht von ihr weg bewegen. Ich tippte dem alten Freund auf seine schiefe Schulter, genauer gesagt auf sein tiefer liegendes Schulterblatt, das sogleich in sich zusammenfuhr, wodurch er, also Peter, eine noch schiefere Position einnahm. Er drehte sodann seinen Stuhl um die eigene Achse, lächelte mich blinzelnd an und tastete mit der linken Hand, jener Spielhand, die keine Armlehne hatte, hinter sich auf dem Schreibtisch nach seinem Spiegel – griff mitten hinein, in das klebrige Amphetamin.

»Wos sogst? Gibt es ein kleines Organ, das man noch nicht entdeckt hat und in dem sich die menschliche Seele befindet?«

»Das ist recht unwahrscheinlich.« Ich lächelte höflich, aber es wirkte wohl eher gequält.

»Wir diskutieren darüber schon seit ein paar Stunden, und irgendwie kann sich das außer mir niemand vorstellen. Saupreiß!«

Wann immer Peter Bairisch sprach, tat er es nur punktuell, als bediene er sich einer Rolle. Und sicher hatte das einmal einen spielerischen Anfang genommen, vielleicht um dadurch etwas abzuschütteln oder seiner Herr zu werden. Jetzt jedoch wirkte es mechanisch, einstudiert, und man wusste nicht mehr so recht, warum er es eigentlich tat. Ja, er selbst schien es vergessen zu haben. Mittlerweile hatte er es geschafft, seine Finger einigermaßen von der klebrigen Paste zu befreien – teils indem er sie an seiner löchrigen Jeans abwischte, teils indem er sie schmerzverzerrt grinsend ableckte.

Ich sah mir die weißgerahmte Hockney-Reproduktion an, die Chaim hier zurückgelassen hatte, als er auszog, und die jetzt über Peters Schreibtisch hing: Christopher Isherwood und Don Bachardy saßen friedlich an einem Tisch, hinter einer makellosen Schale Obst und zwei sorgsam geschichteten Bücherstapeln. Alles an dieser strengen, aber bunten Komposition strahlte eine etwas schrille und doch dezidiert bürgerliche Eleganz aus, wie sie höchstens noch bei ein paar alten Schwuchteln zu finden war, vielleicht auch nur noch bei David Hockney zu Hause. Es gab wohl kein zweites Bild, das so schlecht in Peters Zimmer gepasst hätte, und ich war unsicher, ob ich Peter nun noch mehr hassen oder noch mehr bemitleiden sollte – dafür, dass er, der nie etwas tat, dieses eine Mal einen Nagel in die Wand geschlagen hatte. Ja, er hatte den Nagel in die Wand geschlagen, nur, um uns zu verspotten, um Chaim und mich zu verspotten.

Ich setzte mich auf den einzigen freien Platz – eine Sofalehne, Peter in seinem kaputten Stuhl schräg gegenüber – neben einen Typen in meinem Alter, der immerzu auf und ab wippte. Obwohl ich ihn nicht ansah und sich mein Blick auf Peter richtete, der nun mit einem Studentenausweis ungeheure Mengen Speed auf seinem Spiegel hin und her schob, fing der Typ neben mir an zu reden, womöglich auch mit mir.

»Dieses Organ müsste auf jeden Fall sehr klein sein. Noch viel kleiner als die Milz.«

Ich schwieg, und er wippte weiter auf und ab. Irgendjemand anderes, den ich ebenfalls nicht ansah, erzählte, wie schön es sei, mit der eigenen Mutter LSD zu nehmen. Wir sollten das alle unbedingt ausprobieren.

Chaim hatte immer gesagt, die meisten Leute in Berlin würden nicht wirken, als hätten sie je einen Ödipuskonflikt bewältigt – manche schienen nicht einmal geboren zu sein. Diese seltsame Stadt, in der man von gewaltbereiten Mittvierzigerinnen verprügelt werden konnte, wenn man sie versehentlich siezte – einmal hatte Chaim zurückgeschlagen. Ja, das war schön.

Peter überreichte mir derweil seinen Speed-Spiegel, von dem ich nur wusste, dass es ein Spiegel war, weil er ihn schon früher besessen hatte. Damals hatte er ihn ab und an geputzt, sodass man die glatte Oberfläche sehen konnte. Jetzt sah man von der Oberfläche nichts, da eine dicke Kruste getrockneten Amphetamins sie überzog. Das gelbliche Weiß war gleichmäßig von feinem Schmutz durchwirkt – Zigarettenasche, Gras- und Tabakkrümel, hie und da auch ein Haar, außerdem Spurreste anderer Substanzen: Einige bräunliche Klumpen Mephedron oder MDMA hatten sich mit den grünen, blauen und roten Partikeln zerteilter Pillen vermengt und wurden von hellen Kokain-Überresten sowie von winzigen Kristallen überstrahlt. Der Grundton des Firnisses aber, der eine beständige Ebene bildete, war das gelbliche Weiß. Über dieser Ebene erstreckte sich ein Riesengebirge aus frischem Speed, dessen Berge und noch erhöhte Täler heller leuchteten und dessen teils grobkörnige, teils klebrige Gebirgsketten die gigantischen Linien waren, die Peter seinen Gästen zur Kundenbindung anbot – deren größter Connaisseur er jedoch selbst war.

Ich versuchte, an etwas Schönes zu denken, während ich mir eine der Lines mithilfe eines von der Säure schon leicht angegriffenen, fleddrig zusammengerollten Stück Papiers vornahm, doch nichts fiel mir ein, und der stechende Schmerz, der mir die Tränen in die Augen schoss, wirkte verdient: Chaim war nicht da, und alles hier erinnerte mich an ihn.

Peter, der sich soeben einen Joint angezündet hatte, bot mir mit gesenkter Stimme an, ich könne auch alles andere haben – ja, er lade mich ein. Offenbar freute er sich, mich zu sehen, wollte aber nicht, dass die anderen es merkten. Die anderen schienen allerdings ohnehin nichts zu merken, schienen nicht zuzuhören, nein, und außerdem war die Musik viel zu laut. Nur ab und an vernahm man das schrille Geschrei aus der anderen Ecke des Zimmers, in der Sophia mit weit geöffneten Augen, wild gestikulierend, auf ihre nicht einmal zu Wort kommende Freundin einredete. Immerhin, es waren nur kleine Wortfetzen, die zu mir herüber drangen.

»Definitionsmacht« … »Als Feministin bin ich« … »ficken, mit wem« … »Zitronenschalenabrieb« … »Rassisten« … »Niemals könnte« … »diskriminierend!« … »Fotze«

Und dann noch einmal, und diesmal betonte sie jede Silbe einzeln: »Zitronenschalenabrieb!«

Ich versuchte, mich auf etwas anderes zu fokussieren, zumal mein Herz schon wieder schneller schlug und ich die Tendenz hatte, mir auf Speed allerlei einzubilden. Und also betrachtete ich Peters Gesicht, während dieser weiter mit dem Typen neben mir darüber sprach, ob es nicht vielleicht doch ein kleines Organ gäbe, das man noch nicht entdeckt hätte und in dem sich die menschliche Seele befände. Es galt nun, ruhig zu bleiben, zumal ich jeden Moment Francescos Ankunft erwartete. Ich erwartete sie, obwohl ich wusste, dass Francesco niemals pünktlich war, sah mich also einer vorhersehbaren Situation ausgeliefert, die ich nicht vorhergesehen hatte und die nicht zu kontrollieren war – zumindest nicht von mir.

Peters Augen schienen größer als früher, und das lag nicht nur an den noch dickeren Brillengläsern – auch sonst hatte er sich verändert. Er war schmaler geworden, während sich sein Bauchansatz vergrößert hatte, war ein wenig eingefallen und gleichzeitig aufgedunsen. Er schwitzte so sehr, dass ihm seine Brille immer wieder den Nasenrücken hinunterrutschte, und jedes Mal, wenn er sie wieder hochschob, nutzte er die hierfür aufgebrachte Energie, um an seiner Nase herumzufummeln, an seinem Septum-Piercing zu drehen und zu verhindern, dass seine überanspruchten Schleimhäute die Unmengen an Speed freigaben, ihm etwas aus der Nase fiel.

Peter war schon früher faul gewesen und hatte sich nie nach einer Zigarette gebückt, wenn sie ihm – nachdem er sie minutenlang zwischen den klebrigen Fingern drehte, bevor er sie anzuzünden gedachte – aus der Hand fiel, sondern hatte sich immer einfach eine neue aus seiner gelben Parisienne-Packung genommen. Auch wusste ich, dass Peter in große Ginger-Ale-Flaschen neben seinem Bett urinierte, um sich den Weg zur Toilette zu sparen, diese aber zu entsorgen vergaß – wusste das, weil Chaim einmal, in dem Glauben, es handle sich um Ginger Ale, davon getrunken hatte. Dass er sich aber nicht einmal die Mühe machte, seinen Joint über irgendeinem Gefäß abzuaschen und sich dieser langsam in großen Klumpen auf seinem Hemd entmaterialisierte, hatte ich nicht oft gesehen.

Neben seinem Schreibtisch stand ein kleiner Kühlschrank, nur gefüllt mit Franziskaner Hefeweizen, die er sich von Zeit zu Zeit in immer dasselbe verschmierte Glas goss. Dieses Hefeweizen-Trinken hatte womöglich einmal analog zu seinem Dialekt funktioniert, war gleichsam artifiziell gewesen, hatte eher der Abgrenzung gedient und ihm anscheinend das Gefühl gegeben, sich über diese Pose seines Erbteils zu entledigen – womöglich. Und wenn es einmal analog funktioniert hatte, so scheiterte es nun synchron.

Ich nahm mir eine der Zigaretten, die um den kaputten Stuhl auf dem Boden verteilt waren, und steckte sie an. Dann griff ich nach einem der ungezählten Biere, die auf dem Tisch standen, öffnete es mit meinem Feuerzeug, trank einen Schluck und musterte die anderen Personen auf den beiden Sofas. Sie trugen die übliche schwarze Sportbekleidung, die üblichen weißen Tennissocken, hatten die üblichen Tattoos auf Armen und Beinen, die üblichen ausdruckslosen Gesichter, und einer der Typen kam mir vage bekannt vor – vielleicht hatte ich ihn in längst verschütteter Vorzeit einmal gefickt. Besser, ich drehte mich wieder zu Peter und zog noch eine Line Speed. Besser, ich erinnerte Peter an sein Angebot, bat ihn um ein wenig Ketamin.

Das Ketamin entspannte mich nicht, aber zumindest war ich etwas betäubt und konnte halbwegs ausblenden, dass Sophia am anderen Ende des Zimmers lag. Ich zog noch eine Line, diesmal eine ungleich größere.

Mit Chaim hatte ich Ketamin ganz anders genommen. Ja, manchmal hatten wir Mahler gehört und uns schrittweise nach Venedig halluziniert, waren gemeinsam durch die Lagune gegondelt, waren bald Wasser, bald Löwe, bald Aschenbach und Tadzio – bald die gepunkteten Lichtreflexionen Canalettos. Ja, mit Chaim hatte ich alle Drogen ganz anders genommen, hatte noch mehr wahrnehmen und fühlen wollen und nicht weniger, und es hatte funktioniert. Jetzt war mir jedes Gefühl, das ich nicht empfand, willkommen – nein: Nichts war mir willkommen und nichts war da, und das Nichts war so allumfassend, dass es einzig durch die Erinnerung an Chaim erlebbar wurde, einzig Chaim und sein Nichtdasein mich spüren ließen, dass nichts da war – wobei, nein, auch das nicht, denn die Angst war ja da. Die Angst war da, und es war mir peinlich, wie ich, obgleich ich nichts zu erhoffen meinte, so viel Angst haben konnte. Denn wenn ich immer noch etwas fürchtete, dann hieß das, dass es immer noch schlimmer werden konnte, und wenn es immer noch schlimmer werden konnte, dann hieß das, dass es nicht ganz schlimm war, und wenn es nicht ganz schlimm war, dann hieß das, dass Chaim mir nicht genug fehlte, und wenn mir Chaim nicht genug fehlte, wusste ich nicht, wer ich war.

Chaim fehlte mir sehr.

Und mit einem Mal vergaß ich, was ich gerade gedacht hatte, und bemerkte, wie der Raum um mich zerfiel, ich die Gegenstände in ihrer Beschaffenheit nicht mehr verstand und die Oberflächen auseinanderflogen, sich zu neuen Formen verbanden und von mir wegstrebten. Kurz flog auch Sophias kleines Gesicht an mir vorbei, so nah, dass es plötzlich ganz groß wurde, dann schon flossen ihre Augen aus ihrem Gesicht nach der Decke; sie zwinkerten – ja, das war ihr alter Tick. Kurz darauf flog auch ich nach der Decke, sah ich doch Peters Zimmer schließlich von oben, Peters Zimmer, das nun etwa die Größe einer Turnhalle maß – doch entfernte ich mich schnell, und bald, schon bald, wurde alles so gelblich weiß wie der Spiegel.

»Doaf's a bissl mea sei?« Peter hielt mir ebendiesen Spiegel entgegen und sah aus, als hätte Francis Bacon sein Gesicht demoliert.

Ich musste tatsächlich lachen, zog eine Line Speed und blickte mich im nunmehr leeren Zimmer um. Die anderen seien feiern gegangen, aber er müsse schließlich noch auf Francesco warten. Was feiern? Ich las eine weitere Zigarette vom Boden auf, sparte mir die Bemerkung, er hätte die Wohnung ohnehin nicht verlassen, und auf die Unannehmlichkeiten der Gruppe folgten die Unannehmlichkeiten der Zweisamkeit.

Peters Gesicht nahm wieder die gewohnten Züge an, das Ketamin war bald verflogen. Zumindest die Musik hatte er leiser gemacht, entweder, weil er wusste, wie sehr ich Punkrock hasste und Rücksicht auf mich nahm – das war nicht wahrscheinlich – oder, weil ihm das Geschrei selbst auf die Nerven ging, er es nur zu Repräsentationszwecken für notwendig hielt, also nicht für notwendig in meiner Gegenwart. Ich starrte auf mein Telefon, scrollte durch meine Timeline, ohne mir die einzelnen Beiträge anzusehen, ja, ohne überhaupt bei einem der Beiträge anzuhalten, wischte mechanisch in der immer gleichen Bewegung mit meinem Daumen von unten nach oben und trank ein Bier nach dem anderen. Peter tat es mir gleich.

Hin und wieder griff einer von uns nach dem Spiegel, zog eine Line Speed, und die Zeit zog klanglos an uns vorbei, einzig unterbrochen vom gelegentlichen Schniefen. Ich wusste, dass Peter zu stolz war, ein weiteres Mal das Wort an mich zu richten, und ich selbst hatte keine große Lust, mit ihm zu sprechen, ihn überhaupt anzusehen, weil ich dann den Hockney hinter ihm hätte ansehen müssen. Ab und zu kam ein Kunde, und weil eigentlich Francesco hätte kommen müssen, war immer ich es, der die Tür aufmachte. Peter rührte sich nicht.

Jedem dieser Kunden erzählte er von einem Projekt, an dem er gerade arbeite, erzählte es in den immer gleichen Worten. Ob sie nicht die sogenannten Wurstläufer kennten, die Männer, die mit einem umschnallbaren Grill über den Alexanderplatz liefen und Würste verkauften. Das sei eine großartige Einrichtung, es sei nur eine Zumutung, dafür zum Alexanderplatz fahren zu müssen. Jeder kannte diese Männer, nur die Bezeichnung war ihnen neu. Ja, das sei eben der Name für seine neue App. Lustig, nicht? Weil man es am Alexanderplatz nun einmal nicht ertrage, wolle er ein breites Netz von Wurstläufern in der ganzen Stadt verteilen und dazu übergewichtige Langzeitarbeitslose einstellen, ehrenamtlich natürlich, eine Arbeitsbeschaffungsmaßnahme sozusagen. Die Wurstläufer bekämen ein bisschen Bewegung und dürften so viel Wurst essen, wie sie wollten. Ja, einzige Bedingung sei, dass sie einen gewissen Mindestsatz an Kilometern liefen und dass man sie mit der App würde orten können, sodass – egal ob in Pankow, Steglitz, Kreuzberg oder Britz – der nächste Wurstläufer immer zu Fuß erreichbar wäre. Bezahlen würde man digital. Das sei doch eine Stadt, in der man gerne leben würde, nicht? Womöglich bekäme er sogar das Bundesverdienstkreuz, denn die Wurstläufer-App würde viele Menschen satt und glücklich machen.

Immer die gleichen Worte sprach Peter, und sowie er geendet hatte, kicherte er auch auf die immer gleiche Weise, ganz so, als säße ich nicht die ganze Zeit über da. Es hatte etwas durchaus Schamloses – schamlos selbst für Peter. Manche seiner Kunden fanden die Idee sehr gut und fragten, ob es auch vegane Wurstläufer geben würde, während andere rasch ihre Drogen kauften und sich beeilten, diesen traurigen Ort so schnell wie möglich zu verlassen. Ich scrollte weiter und sah nicht auf.

Und so war es Abend, aber nicht kühler geworden. Francesco hatte mir endlich geschrieben, er mache sich bald auf den Weg, und ich dachte schon, diese lästige Episode würde ohne weitere Komplikationen enden, als es wieder an der Tür klingelte. Es war noch zu früh für Francesco, doch Peter schaute stoisch auf sein Telefon und hätte er nicht mit seinem Daumen über das Display gewischt, hätte ich angenommen, er schliefe mit offenen Augen. Nachdem es ein zweites und drittes Mal klingelte und er keine Anstalten machte, aufzustehen, stand ich auf, ging zur Gegensprechanlage und drückte auf den Summer. Dann öffnete ich die Tür und wollte gerade wieder zurück in Peters Zimmer kehren, als die schrille Stimme Sophias durch das Treppenhaus hallte.

»Ich habe jede Menge Zitronenschalenabrieb eingefroren. Wenn du also welchen brauchst, kannst du dich gern bei mir melden. Zitronenschalenabrieb verfeinert fast jedes Gericht. Du wirst wirklich staunen, was so ein bisschen Zitronenschalenabrieb alles kann.«

»Okay, vielen Dank – das ist super cute von dir. Ich wollte das auch schon immer mal machen«, antwortete eine männliche Stimme, die ich nicht zuordnen konnte.

Ich lief in Chaims altes Zimmer. Es war keineswegs das nächstgelegene Zimmer, aber in einer konfusen Übersprungshandlung hatte ich ausgerechnet den Raum geöffnet und dann von innen verschlossen, den ich zu betreten am wenigsten bereit zu sein dachte. Ich musste unweigerlich niesen, da alles von einer dicken Staubschicht überzogen war, und hielt erst die Luft an, als die Stimmen aus dem Treppenhaus näher kamen, sodann durch den Wohnungsflur zogen, um schließlich direkt, klar und deutlich vor Chaims alter Zimmertür anzuhalten.

»Also, wo ist jetzt dieser Nazi?«

Die Stimme, die ich noch immer nicht zuordnen konnte, klang jetzt viel aggressiver. Ich meinte, einen Thüringer Dialekt zu erkennen.

»Ich weiß wie gesagt nicht, ob er noch da ist. Peter hat mir nicht mehr zurückgeschrieben. Aber heute Nachmittag war er bei ihm im Zimmer.«

Damals, früher, hatte Sophia ständig mit Thüringer Antifa-Schlägern geschlafen; sie fände es putzig, wie sie sprächen. Sie hatte das immer schon gut gefunden, Muskeln, denen sie sich intellektuell überlegen glaubte. Das Einzige, das mich nun von diesen Muskeln trennte, war die Tür, die ich in aller Eile geschlossen hatte, obwohl sie sonst immer nur angelehnt war.

Möge es ihr doch bitte nicht auffallen, dass sie geschlossen und nicht angelehnt war. Mögest du doch bitte weitergehen, Sophia, die du offenbar wieder mit Peter fickst, Sophia, die du dich hier bestens auskennst – Sophia auch, die du damals mit mir die ostwestfälische Provinz verließest, um in dieses große, stinkende Babel zu ziehen. Geh weiter, Sophia, die du einmal meine beste, meine einzige Freundin gewesen bist.

Die Schritte entfernten sich, schienen sich den Flur hinunter zu bewegen, schienen Peter anzusteuern. Ich atmete einen kurzen Moment auf und musste wieder niesen. Meine körperliche Unversehrtheit hing nun einzig vom guten Willen Peters ab. Zumindest hatte er ihr nicht zurückgeschrieben, zumindest wusste sie nicht sicher, dass ich noch hier war, und es bestand eine Chance, dass Peter mir aufgrund eines kleinen Überrests unserer einst großen Freundschaft nicht in den Rücken fiel.

Da die Wohnung rechtwinklig um den Innenhof geschnitten war, brauchte ich nur zum vorhanglosen Fenster, Chaims altem Fenster, das er nie mit einer Gardine versehen hatte, weil er nie vorhatte, hier länger als unbedingt nötig zu bleiben, auch oder erst recht nicht nach über einem Jahr, sich also nie wirklich eingerichtet hatte – brauchte ich also nur zu diesem Fenster zu gehen, um einen Blick auf die offenen, doch verhangenen Fenster Peters zu werfen. Es dämmerte bereits, und ich konnte die Silhouetten der Neuankömmlinge auf- und abgehen sehen. Peter schien weiter in seinem schiefen Stuhl zu sitzen. Leise öffnete ich das Fenster und fragte mich, ob Chaim tatsächlich niemals eine Gardine angebracht hatte, wir hier tatsächlich immer ohne irgendeinen Sichtschutz miteinander geschlafen hatten, ob wir damals tatsächlich so verliebt und dumm, so trunken und selbstvergessen gewesen waren.

Peter hatte die Musik nun ausgeschaltet. Ein Gemisch aus punktuellem Bairisch, Thüringisch und der schrillen Stimme Sophias schallte über den Innenhof. Das Einzige, das ich bis auf »Zitronenschalenabrieb« verstand – wobei ich nicht ganz sicher war, ob sie es wirklich noch einmal gesagt hatte –, das Einzige also, das ich ganz klar, ja, sogar mehrmals vernahm, war Peters: »Naa, der ist schon länger fort.«

Es wurde dunkler, ich durfte auf keinen Fall Licht machen oder einen Ton von mir geben, und also strich ich in Chaims Zimmer umher, strich mit den Fingern über die grob verputzten Wände und die staubige Fensterbank. Die wenigen Möbel, die Chaim hier hatte, waren verkauft oder verschenkt worden, und einzig ein kleiner alter, sehr schwerer Nähtisch mit Fußpedal, aber ohne Nähmaschine, den Chaim zum Schreibtisch umfunktioniert hatte, stand noch neben der Tür. Ich schob ihn langsam über den Dielenboden ans Fenster – dorthin, wo Chaims Bett gestanden hatte, dorthin, wo ich so oft eingeschlafen und aufgewacht war. Das Schleifgeräusch, das durch das Schieben des Tischs entstand, zwang mich, alle paar Zentimeter anzuhalten und zu lauschen, ob etwas in Peters Zimmer vor sich ging. Erst nach einer Viertelstunde hatte ich den Tisch so justiert, dass ich mich in der Ecke zwischen Wand und Fenster auf ihm niederlassen konnte. Nun sah ich abwechselnd auf die hellerleuchteten Fenster Peters und in das dunkle Zimmer Chaims.

Der Akku meines Telefons war während der Stunden, in denen ich nicht mit Peter gesprochen, wir nebeneinander gesessen und gescrollt hatten, zur Neige gegangen, und also hatte ich keine Möglichkeit, Francesco zu erreichen, konnte nur warten – warten darauf, dass etwas geschah, hoffen, dass Sophia und ihr ostdeutscher Freund bald wieder loszogen. Die völlige Stille und die Dunkelheit des Zimmers machten mir indes mehr und mehr zu schaffen. Früher hatte ich ganze Nächte hier gesessen, ob hell oder dunkel, hier wo ich jetzt auch saß; aber ich war nicht allein gewesen, hatte mit Chaim die Zeit vergessen und verplaudert, den Sonnenaufgang verpasst und manchmal auch den Sonnenuntergang. Jetzt dröhnte die Leere, die Zeit dehnte sich, und erstmals seit einem Jahr, erstmals, seitdem Chaim zurück nach Tel Aviv geflohen war, musste ich weinen – musste, konnte ich weinen, und das war gut.

Allein, bald ging es dort, dort drüben am Fenster, weiter. Ich sah Sophia, wie sie die Gardinen zur Seite schob – offenbar in der Hoffnung auf eine Abkühlung, die sie nicht bekam. Ich sah ihr kleines Gesicht in den dunklen Hinterhof blinzeln und wagte nicht, mich zu bewegen. Dort wo ich gesessen hatte, auf der Peters schiefem Stuhl schräg zugewandten Sofalehne, konnte ich nun den Thüringer Schläger lokalisieren – und ja, er war ein Schläger. Seine Statur war breit, auch er trug schwarz, und die Kleidung saß schlecht, wirklich schlecht. Sein Gesicht konnte ich noch immer nicht sehen, aber dennoch stellte ich fest, dass ich ihn nicht oder nicht gut kannte – immerhin.

Im nächsten Moment klingelte es wieder an der Tür, und ich sah, wie Sophia sich vom Fenster entfernte, hörte einen Augenblick später ihre Schritte den Flur entlang hallen und der Wohnungstür entgegen, schließlich wieder zurück zu Peter – und diesmal in Begleitung Francescos. Sie sprachen gedämpft, was angesichts Sophias schrillen Organs und Francescos schrillen Temperaments einem Wunder gleichkam, einem Wunder, das ich sofort wieder vergaß. Als sie an Chaims alter Tür vorbeigingen, meinte ich diese kurz ruckeln zu hören und dachte schon, sie befänden sich gleich bei mir im Zimmer, aber alsbald entfernten die Schritte sich wieder, und wenig später sah ich sie – sah ich Sophia und Francesco, wie sie durch Peters Zimmer liefen.

Francesco begrüßte sowohl Peter als auch den Thüringer freundschaftlich mit einer Umarmung, und ich, der ich nach wie vor nicht wusste, wie ich Francesco hätte erreichen sollen, ohne meinen Aufenthaltsort zu verraten, spürte, wie meine Bereitschaft, mit ihm in die Normandie zu fahren, schwand. Eigentlich war sie schon die ganze Zeit über, die ich in Peters Zimmer verbracht hatte, mehr und mehr geschwunden. Eigentlich hoffte ich nur noch, heil aus dieser Wohnung zu kommen, mit einem Taxi nach Hause zu fahren und mich mit Hatice zu betrinken. Nach allem was ich über den Hinterhof, durchs offene Fenster blickend, beobachten konnte, hatte es Francesco sehr eilig, denn er setzte sich nicht einmal hin. Nein, sogleich begann er mit Peter ein größeres Geschäft abzuwickeln.

Beide wühlten sie in unterschiedlich großen, unterschiedlich farbigen Plastiktüten, und Sophia ging umher, weswegen mir der Zeitpunkt zur Flucht nicht sicher genug schien. Es hätte ausgereicht, dass einer von ihnen just in dem Moment zur Toilette, über den Flur gegangen wäre, in dem ich mich aus der Wohnung hätte stehlen wollen, und ich wartete besser noch ab, bis dort drüben am Fenster ein bisschen mehr Ruhe, ein bisschen weniger Unberechenbarkeit eingekehrt war. Ich wusste schließlich nicht einmal, ob Peters Zimmertür verschlossen war.

Schon nach wenigen Minuten schickte sich Francesco zum Aufbruch an, packte einige der Plastiktüten in eine kleine rosa Sporttasche, und ich hörte seine Schritte im Flur. Am Fenster kehrte nun tatsächlich ein bisschen mehr Ruhe, ja, ein bisschen weniger Unberechenbarkeit ein, und ich hätte mich schon fast aus dem Zimmer gewagt, als die Stimmen wieder lauter wurden.

»Francesco! Du hast deinen Koffer vergessen!«, brüllte der Thüringer.

Doch Francesco war schon außer Hörweite, ganz deutlich hatte ich die Wohnungstür ins Schloss fallen hören. Mit einem Mal durchzuckte es mich: Ich hatte meinen Koffer vergessen. Noch immer stand mein kleiner Rollkoffer in Peters Zimmer, und jetzt ging dort drüben etwas vor sich. Sophia musste wissen, dass dies mein Koffer war. Nicht nur, dass ich ihn schon immer gehabt hatte, auch damals schon, damals, als wir gemeinsam nach Berlin gezogen waren – nein, auch hatte sie mich gesehen, wie ich, mit dem Koffer in der Hand, heute Nachmittag angekommen war.

Der Thüringer Koloss war aufgesprungen, ging nun schwerfällig auf und ab, und es würde nicht lange dauern, bis sie die Wohnung durchkämmten. Ich musste meinen strategischen Vorteil, die Nähe von Chaims altem Zimmer zur Wohnungstür, jetzt nutzen – jetzt, so schnell wie möglich. Nach einem kurzen starren Augenblick sprang ich gleichfalls auf, rannte zur Zimmertür, rannte zur Wohnungstür, knallte sie in ihr Schloss, und hetzte in großen Sprüngen die dunkle Treppe hinunter, immer mindestens drei – nein, es waren vier – Stufen auf einmal nehmend. Ich hatte schon zwei

Stockwerke hinter mir, als das Licht im Treppenhaus anging, und sogleich hörte ich die eilenden Sprünge des Thüringers über mir. Und also hetzte ich weiter über die Stufen und stellte fest, dass sich der Abstand zwischen uns nicht verringerte, stellte fest, dass ich eine realistische Chance hatte, ihn abzuhängen und mich in eine der nächsten Seitenstraßen zu flüchten. Jetzt erst überlegte ich, nach welcher Richtung zu fliehen am besten wäre – jetzt, als ich schon auf der fast leeren Straße stand.

Über und über mit Schweiß bedeckt, rang ich nach Luft und wahrscheinlich strahlte ich nun genau die Schwäche aus, die man hier auf der Sonnenallee, hier in Neukölln, nicht ausstrahlen durfte, denn wie aus dem Nichts traf mich ein Schlag, und ich flog in hohem Bogen – nein, eigentlich taumelte ich nur einige Schritte und prallte an einem parkenden Lieferwagen ab. Doch es war, als sähe ich mich von außen, als flöge ich wirklich, aber über mir – dann schlug mein Kinn auf den Bordstein.

Nicht die Faust des Thüringers hatte mich getroffen, auch war es keiner von den Männern mit den bunten Schläuchen und den Ressentiments – nein, ein Rad, natürlich!, ein Fahrrad. Ständig vergaß ich die Fahrräder. Und warum fuhren sie auch auf dem Bürgersteig?

Jemand richtete einige Meter von mir entfernt erst sich und dann sein Rad auf; er sah nicht nach mir – raste davon. Ich wollte es ihm gerade gleichtun, aufstehen, als ich Sophia und ihren Schlägerfreund sah. Reglos standen sie in der Tür, lachten. Besser, ich stellte mich bewusstlos. Bald kehrten sie wieder zurück – zurück in das hässliche Haus, denn Voyeure wollten sie offenbar doch nicht sein.

Der Asphalt war noch warm und klebte an mir; vielleicht lag ich lange da, wahrscheinlich aber nicht. Schmerzen verspürte ich keine – nein.

Chaim hatte sich immer darüber amüsiert, dass ausgerechnet das Volk, das auf der ganzen Welt dafür bekannt war, nie ein Bürgertum hervorgebracht zu haben, seine Gehwege nach ihm benennen musste.

Ich schmeckte Blut in meinem Mund, und als ich die Bremsen neben mir quietschen hörte, hatte ich mich eigentlich schon mit meiner ausweglosen Lage arrangiert. Ja, sonst war es doch auch nicht weniger ausweglos.

Jedoch, eine Autotür öffnete sich, und Francesco sprang mit irrem Blick aus einem maulbeerfarbenen Cayenne, direkt auf mich zu, fuchtelte mit seinen schlaksig-sehnigen Armen und Beinen – rief irgendetwas. Er trug eine riesige Gucci-Sonnenbrille, ein enganliegendes, fleckiges Feinrippunterhemd und zu allem Überfluss eine kurze, silbern schimmernde Thaiboxhose. Sogleich nahm mich der Freund in seine Arme und trug mich in das Auto, trug mich behände und flink. Er setzte mich auf den Beifahrersitz, sah mir prüfend ins Gesicht und strich durch mein Haar. Dann fuhren wir los.

2

Wir glitten wort- und tonlos durch das nächtliche Berlin, und nur das Summen unseres großen Gefährts war zu vernehmen. Der schwebende Panzer umschloss uns opak, machte uns unantastbar, fast noch im Nachhinein – gar, als heile er meine Wunden. Gleichwohl, meine Wunden wurden nicht geheilt, und sowie wir die Autobahn erreicht hatten, untersuchte ich mein zerbeultes, blutendes Gesicht im Spiegel der Sonnenblende, dann die Flecken an meinem Oberkörper und die Schürfwunden an meinen Beinen mithilfe der spärlichen Innenbeleuchtung.

»Geht es, Boy? Brauchst du Hilfe? Sollen wir zu einem Krankenhaus fahren?« Francesco klang zärtlicher als sonst, ehrlich besorgt. »Ist vielleicht irgendwas gebrochen?«

»Ich glaube nicht.«

Erst langsam zog der Schmerz in mich ein, und die Betäubung schwand. Erst langsam fing mein Körper an zu brennen und mich zu martern. Erst langsam, ganz langsam wurde mir bewusst, dass wir nun tatsächlich nach Frankreich fuhren. Und langsam – nein!, mit einem Mal – verstand ich, dass ich gar keine andere Wahl hatte, dass es nur konsequent und richtig war.

»Danke«, sagte oder dachte ich. Ich war mir nicht sicher, denn Francesco lächelte, entgegnete aber nichts.

»Du musst unbedingt lernen, dich selbst zu verteidigen, sonst bist du echt fucked in Neukölln«, sagte er nach einigen Minuten.

Ich schwieg und sah aus dem Fenster, sah auf die blauen Schilder, ohne sie zu lesen.

»Also wirklich, das ist gar nicht so schwer. Ich musste das damals auch lernen, wegen der Faschos. Musstest du dich nie mit Nazis schlagen?«

»Ich will mich nicht verteidigen können, weil ich mich nicht verteidigen müssen will.«

Francesco lachte – lachte liebevoll, aber doch so, als sei ich ein bisschen verrückt.

»Ich bin nicht einmal ein politischer Mensch«, hörte ich mich sagen, wusste jedoch nicht, warum.

Francesco lachte wieder. »Es ist sehr politisch, nicht politisch zu sein, also heutzutage.«

»Ein Fahrrad hat mich angefahren.«

»Ach so.«

»Wem gehört der Porsche?«, fragte ich zögernd, um das Thema zu wechseln, aber auch, weil ich befürchtete, er hätte den Wagen gestohlen – nicht, weil er ihn sich nicht hätte leisten können, vielmehr, weil ich wusste, dass er so etwas gern tat und das Gesetz als eine Herausforderung begriff, mit der es zu spielen galt, wo es nur ging.

»Meiner Mum. Sie meinte, es wäre nur wichtig, dass er ein Nichtraucherporsche bleibt. Sie hätschelt gerade ihren Range Rover. Sie sagt, sie fühlt sich darin weniger deutsch und man sieht sowas in Berlin nicht so oft, also einen Range Rover.« Wieder lachte Francesco und steckte sich eine Zigarette an.

»Deine Mutter ist deutsch?« Ich hatte noch nie darüber nachgedacht, Francesco jedoch anscheinend für einen Italiener gehalten.

»So deutsch wie ein Graubrot. Was dachtest du? Sonst würde sie bestimmt nicht so struggeln, also mit dem Porsche.«

»Warum hat sie den Porsche?«

»Keine Ahnung. Interessiert dich das wirklich?«

»Nein.«

Dann steckte auch ich mir eine von Francescos Zigaretten an, ließ das Fenster herunter und der Fahrtwind schlug mir angenehm hart in mein verquollenes Gesicht. Ich hatte wohl aufgehört zu bluten.

»Was ist dir passiert, Boy?«

Und also erzählte ich ihm alles – alles, was passiert war, seitdem er mich heute Mittag angerufen hatte. Und wie ich so erzählte, fiel mir auf, dass ich mich zuvor eine Woche lang nicht aus dem Bett bewegt hatte. Nachdem ich Francesco getroffen hatte, war ich bald nach Hause, bald ins Bett gegangen und dageblieben. Und hätte er mich nicht angerufen, würde ich noch immer da liegen. Das war an sich nichts Besonderes, und es wäre mir auch gar nicht aufgefallen, da mein ganzes letztes Jahr so ausgesehen hatte. Es fiel mir nur auf, weil ich heute so viel auf einmal erlebt hatte und es mir währenddessen selbstverständlich vorgekommen war, so viel auf einmal zu erleben, ganz so, als wäre es nie anders gewesen, ganz so, als wäre die letzte Woche, das letzte Jahr nicht geschehen.

Nachdem Chaim weggezogen war, hatten all meine Tage angefangen einander zu gleichen. Wenn ich auch nicht viel geschlafen hatte, so wachte ich doch erst am Nachmittag auf. Wenn ich auch aufwachte, so blieb ich doch liegen. Und wenn ich auch hätte lesen können, lesen, oder zumindest einen Film anschauen, so tat ich es nicht – nein, denn ich konnte es eben doch nicht. Lesen! Was ich konnte und was nicht, war ohnehin zu einer rein abstrakten, ja, zu einer spekulativen Frage geworden, die ungefähr so viel mit meinem alltäglichen Leben zu tun hatte, wie die Frage nach der Theodizee oder die Frage nach einer befreiten Gesellschaft – sie war immer da, aber blieb eine Frage und spottete jeder Antwort.

Doch, ja, manchmal hatte ich mir Dokumentationen angesehen, aber immer nur die schlechten, also die ganz schlechten, also die von Guido Knopp. Obschon, auch dann sah ich nicht hin; ich drehte meinen Kopf weg vom Laptop, und nur gelegentlich drang einer dieser fürchterlichen Guido-Knopp-Sätze zu mir herüber. Diese Sätze waren eine bequeme Strafe, machten sie doch den Ekel und das Selbstmitleid gerecht. Ich verdiente das Schlimmste dafür, dass ich sie mir immer und immer wieder anhörte. Doch, ja, manchmal hörte ich mir auch Pressekonferenzen der Bundesregierung an, denn Steffen Seiberts krächzende Stimme hatte auf mich die gleiche Wirkung wie Guido Knopp.

Und wenn ich dann also zum Arbeiten das Bett, das Zimmer, die Wohnung verließ und in den Club, an die Bar ging, so verließ ich doch nicht wirklich das Bett, das Zimmer, die Wohnung. Ich ging zwar in den Club und an die Bar, und ja, ich dröhnte mich auch zu, aber eben niemals, um das Bett eigentlich zu verlassen – nein, das Bett verließ ich nicht. Mein Körper verließ vielleicht das Bett, mein Körper arbeitete an der Bar, während der Rausch, der nie einer war, mir dabei half, daheim zu bleiben. Und so redete ich nicht mit den Menschen, den einstigen Freunden, die ich antraf, und auch meine Kommunikation mit den Kollegen war so sehr auf das Nötigste reduziert, war derart äußerlich, dass ich niemals das Gefühl hatte, anwesend zu sein, denn nein, ich war ja daheim, in der Wohnung, im Zimmer, im Bett.

Wenn meine Arbeit im Berliner Nachtleben vor Chaims Weggang eine Tragödie darstellte, so wiederholte sie sich danach als Farce. Meine Bewegungen, mein Sprechen, das Errechnen des Rückgelds und die Rezepte der Cocktails – all das war ein äußerliches Phänomen gewesen, ein gänzlich automatisiertes Nichthandeln, eine Nichtexistenz. Und wenn dann doch ein Gast versuchte, mich aus der Routine zu bringen, mich zwang, für einen Moment dieser Nichtexistenz zu entgleiten, weil er mich kannte oder mich kennenlernen wollte, so suchte ich mir einfach einen anderen Gast, so ging ich einfach ein paar Meter weiter nach links oder nach rechts und bediente einen anderen Gast; ein anderer Gast war immer zur Stelle, ein Gast, den ich nicht kannte, den ich niemals gekannt hatte – ein Gast, der mich nicht kennenlernen wollte.

Und wenn meine Schicht zu Ende war, so blieb ich nicht wie früher noch da oder zog weiter – nein, ich zog nach Hause, glich meinen körperlichen Zustand wieder meinem geistigen an, bewegte meinen Körper zurück in die Wohnung, das Zimmer, das Bett, eben dorthin, wo ich ja schon auf ihn wartete. Es war, als hätte ich mein Leben angehalten und wäre dennoch sehr alt geworden. Schlagartig wurde mir bewusst, welchen Bruch diese Begegnung mit Francesco letzte Woche bedeutete, und ich schämte mich, denn es war, als hätte ich Chaim verraten; es war, als verriete ich ihn noch jetzt.

Francesco hatte mich lange sprechen lassen und nur ab und zu unterbrochen, zumeist mit ungläubigen, aber immer sanften

Nachfragen oder eben, wenn er etwas nicht ganz verstanden hatte. Manchmal unterbrach er mich auch, um zu fragen, ob ich ihm noch eine Line Kokain oder Speed legen und ihm sein Telefon unter die Nase halten könne, ob ich ihm noch ein Bier aufmache, ob ich nicht auch eine Line Kokain oder Speed ziehen wolle und warum ich mir nicht auch noch ein Bier aufmache. Und meistens wollte ich auch noch eine Line ziehen und machte mir noch ein Bier auf – und also fuhren wir immer betrunkener durch ein nachtschwarzes Deutschland, das auch bei Tag überall gleich ausgesehen hätte. Wir waren schon auf der Höhe von Magdeburg, als ich zu Ende erzählt hatte. Er schwieg und ich schwieg, und so fuhren wir eine Weile schweigend, und das war schön, weil ich merkte, dass er merkte, dass es angebracht war.

»Wann hat das eigentlich angefangen, Boy, also dass Sophia dich so hasst?« Francescos heisere Stimme durchschnitt das Summen des Porsches unangenehm. Ich hatte kurz vergessen, dass er neben mir saß.

»Warst du da nicht dabei? Also es ging natürlich schon vorher los, aber der Tag, als es eskaliert ist, das war ihr Geburtstag. Beziehungsweise der Tag danach. Wir waren bei Peter im Zimmer. Warst du nicht dabei?«

»Der Tag, an dem du *Pack* gesagt hast? Das war ihr Geburtstag?«

»Ja. Warst du dabei?«

Francesco wich meiner Frage aus. »Ich dachte nur, es wäre noch irgendwas anderes passiert. Also, ich meine – irgendein richtiger Grund.«

»Du bist gutgläubig – nein, naiv.«

»Gracias! Das nehme ich als Kompliment.«

Und nachdem ich kurz nachgedacht hatte, musste ich ihm recht geben: Es war durchaus edel, anzunehmen, dass ein Wort nicht ausgereicht hätte, eine jahrelange Freundschaft zu zerstören – eine antiquierte Vorstellung, der ein hohes Ideal zugrunde lag, ein Ideal, das sich niemand mehr leistete.

»Crazy girl … Hast du sie seitdem noch mal gesehen? Oder

irgendwas von ihr gehört? Und wie lange ist das jetzt her?« Francesco drückte seine Zigarette in einer der leeren Bierdosen aus.

»So ungefähr zwei Jahre.«

»Und hast du seitdem noch mal was von ihr gehört?«

»Von ihr selbst nicht – nein. Ein paarmal habe ich sie noch gesehen, also von der Bar aus. Aber sie hat immer nur bei meinen Kollegen bestellt, und wir haben uns nicht angeschaut. Und bei Facebook und Instagram hat sie mich blockiert. Aber mittelbar habe ich schon etwas von ihr mitbekommen.«

»Mittelbar?«, fragte Francesco, und ich musste lachen, weil es aus seinem Mund klang, als würde ein ungeschickter Vater ein Wort seiner Kinder wiederholen, einen jugendsprachlichen Ausdruck, der ihm schlecht über die Lippen ging. »Und mitbekommen? Und haben wir heute eigentlich schon Kokain gezogen, my dear?«, fragte er weiter.

Ich musste wieder lachen, legte uns zwei weitere Lines und wunderte mich, wie leicht es Francesco fiel, mich aufzuheitern, ohne dass ich mich deshalb unverstanden, verspottet fühlte. Es gibt nur sehr wenige Menschen, deren Leichtigkeit ansteckend wirkt, ohne dass man sich zumindest ein bisschen verspottet, nicht ganz ernstgenommen fühlt. Francesco konnte seine Fragen in einem irritierend lakonischen Ton stellen, als sei er achtzig und kein hyperaktives, wenn auch schon in die Jahre kommendes Crash-Kid, das sich aus fadenscheinigen Gründen zum Künstler berufen fühlt. Auch hatte er angenehm anachronistische Marotten – nein, es waren Allüren. Stets hatte er ein großes Bündel Hunderteuroscheine dabei, weniger um die Leute zu verwirren, als vielmehr um sich über sich selbst zu amüsieren. Gleiches galt für seinen seltsamen Sprachgebrauch, klang er doch zu dämlich, um für kokett gehalten zu werden. Ja, das Dämliche war recht schlau arrangiert und wirkte niemals prollig, denn dafür war seine Stimme zu fein, zu hoch. Seine Gesten, sie waren exaltiert, mithin geradezu weiblich.

Es war eine Distanz zu sich selbst, zu der Rolle, die er spielte, ein so offener Umgang mit dieser Rolle, ein so keckes und doch von ihm selbst für das geneigte Gegenüber einsichtig arrangiertes Auf-sich-Schauen, das ihn mir so erträglich machte. Und es war dies zumal eine Fähigkeit, die allerorten ausstarb, deren Zeugen selbst ausstarben, weil wir eins mit uns sein mussten und auch diejenigen zu meiden hatten, die uns daran erinnerten, dass wir es vielleicht nicht waren. Es sei gefährlich, Umgang mit diesen Leuten zu pflegen, ein zu hohes Risiko – gestern schon in Deutschland und heute in der ganzen Welt. Nein, ich hatte Francesco nie für einen Deutschen gehalten, und einzig das Dosenbier verzieh ich ihm nicht. Wie schnell fuhren wir eigentlich? Ich schaute lieber nicht auf die Geschwindigkeitsanzeige, lieber schaute ich auf das Kokain. Außerdem schuldete ich ihm eine Antwort.

»Ja, mittelbar mitbekommen«, sagte ich. »Mittelbar mitbekommen dadurch, dass all unsere gemeinsamen Freunde mich seither gemieden, viele mich auch blockiert haben und die wenigsten mich noch grüßen, wenn ich sie sehe. Und die, die mich noch grüßen, nicken mir höchstens zu, sind aber immer darauf bedacht, dass niemand es sieht.«

Francesco stieß einen angewiderten Seufzer aus, vergessend, dass ich ihm gerade das Kokain unter die Nase hielt. Ich musste ihm also eine neue Line legen, und wir verloren kurz den Gesprächsfaden, weil er plötzlich stark bremste, und ich also noch mehr Kokain verschüttete. Ich schlug vor, an einer Raststätte zu halten; das sei wohl das Beste.

Bis auf ein paar LKWs war kein anderes Fahrzeug auf dem Parkplatz zu sehen, und nachdem wir uns erleichtert hatten, wusch ich mein Gesicht im Scheinwerferlicht mit Wasser aus einer Flasche, die Francesco mir gab. Dann lehnten wir noch eine Weile an der Motorhaube, rauchten schweigend und sahen nicht in die Sterne, doch alles schien blau.

»Fahren wir eigentlich über Amiens?«, fragte ich.

»Das liegt ungefähr auf dem Weg.«

»Ich würde gern die Kathedrale sehen.«

»Yes, Sir!«

Wir fuhren also weiter, denn nach Amiens war es noch weit, und abgesehen davon wirkt so viel Stille schnell belastend, wenn einem das Herz rast und der Körper schwitzt, obwohl es gar nicht mehr warm ist. Immerhin betäubte das Kokain allmählich mein Gesicht, und auch die Wunden an meinem Körper schmerzten immer weniger. Aus irgendeinem Grund funktionierte die Verbindung zur Musikanlage nicht, und an Radio war nicht zu denken, solange wir in Deutschland waren, aber Francesco hatte die letzte CD, die er besaß, mitgenommen, ein Album von The Streets. Ich hatte diese Musik seit meiner frühen Jugend nicht mehr gehört und wurde beim Einsetzen des Beats, dann der Streicher, fast ein bisschen wehmütig, musste aber sogleich wieder lachen, wurde sozusagen sogleich gelöst, ja, erlöst, als Francesco anfing, in makellosem Cockney mitzurappen.

»*That's it, turn the page on the day, walk away / 'Cause there's sense in what I say / I'm forty-fifth generation Roman / But I don't know 'em or care when I'm spitting / So return to your sitting position and listen, it's fitting / That I'm miles ahead and they chase me / ...*«

Er kannte jede Zeile des Albums. Jede Zeile rollte über seine aufgesprungenen Lippen, und ich war nicht genervt – nein, es war angenehm, weil er so meine ganze Aufmerksamkeit bündelte, mich seltsam beruhigte, befriedete. Ich rauchte zwei Zigaretten direkt hintereinander und sah auf die vorbeiziehenden Leitplanken. Als Francesco die Musik nach einigen Stücken dann doch leiser drehte und aufhörte mitzurappen, war ich enttäuscht.

»Habe ich dir schon mal erzählt, dass ich früher in England gelebt habe?«, fragte er unvermittelt.

»Ich glaube nicht. Wann denn? Und wie lange?« Ich versuchte den Ekel in meiner Stimme zu verbergen, damit er ihn nicht auf sich bezog oder ihn als Desinteresse missverstand.

Denn ich war mir nicht sicher, ob er mir davon erzählt hatte. Alle meine Erinnerungen an ihn waren an größere Gelage und konfuse Gespräche zu mehrt geknüpft, Gespräche, die jederzeit von außen unterbrochen oder in eine gänzlich andere Richtung bewegt werden konnten. Natürlich hatte es in all dem Trubel manchmal eine gewisse Nähe zwischen uns gegeben – ja, wir hatten uns sicher hin und wieder abgesondert, und ich konnte mich jetzt doch, also durchaus, an gute Gespräche über Filme und Musik erinnern, vor allem aber an Gespräche über die Personen, die uns umgaben. Wenngleich, nichts änderte das daran, dass ich von ihm selbst wenig wusste, zumindest nichts über seinen Lebensweg, über seine Geschichte hätte aussagen können, bis auf dass er reiche Eltern hatte, viel Kokain nahm und sich für einen Künstler hielt. Und es war, als ließe die Betäubung nun nach, als spürte ich wieder meinen schmerzenden Körper.

»Fast meine ganze Kindheit und Jugend«, fuhr er fort.

»Ich dachte immer, du seist einer der wenigen echten Berliner, die ich kenne.«

»Bin ick och! Jeboren und ofjewachsen, bis meine Mum dann einen Job in London angenommen hat. Da war ich etwa fünf, als wir umgezogen sind – noch pünktlich zur Einschulung. Ich bin erst nach Berlin zurück, als ich die Schule abgebrochen hab'. Also eigentlich habe ich sie nicht wirklich abgebrochen.«

»Nicht wirklich abgebrochen?«

»Nicht freiwillig.« Mit siebzehn sei er bereits von den meisten Londoner Privatschulen geflogen, und deshalb hätte seine Mutter ihn dann zurück zu seinem Vater nach Charlottenburg geschickt. Er hätte das mit der Schule dann auch nicht weiter versucht. »Wie auch immer, davon wollte ich ja gerade gar nicht reden, Boy! Ich wollte eigentlich erzählen, dass es in England zu der Zeit echt noch anders war. Also, dass niemand dort politisch korrekt war, und dass man so eine wie Sophia niemals ernst genommen hätte.«

Ich warf ein, dass englische Privatschulen damals vermutlich noch anders waren als heute und dass außerdem dort, wo der Reichtum selbstverständlich und sauber eingehegt sei, die Notwendigkeit, andere zu diffamieren, weniger groß wäre. Letzteres sprach ich mehr als Frage, denn als Aussage, eher tastend aus.

»Ja, bestimmt geht es heute dort auch anders zu. Aber damals, als Schüler, war uns alles egal. Und in meiner Vorstellung ist das heute noch immer so.«

Wir fuhren weiter und hörten das Album ein zweites Mal, aber diesmal rappte Francesco nicht mit, und es klang schal und trostlos und definitiv. Auch erzählte er noch weiter von seinen Jahren in London, doch ich hörte nicht mehr hin – irgendetwas mit einem Au-pair-Mädchen, das ihn vergewaltigt hätte; seitdem schlafe er nur noch mit sehr dummen Frauen; dumme Frauen seien seine einzige Schwäche. Ich nickte teilnahmsvoll, rauchte und sah weg, sah aus dem Fenster. Wir fuhren weiter, und es dämmerte schon, aber da wir nach dem Westen fuhren, ging die Sonne hinter uns auf. Einen kurzen Moment war es, als könnten wir ihr entkommen – doch bald, schon bald holte sie uns ein.

»Was machst du denn jetzt eigentlich, wo du doch gekündigt hast? Was ist dein Plan, Boy?«

»Ich habe keinen Plan.«

»Gar keinen? Warum hast du dann gekündigt?«

Ich wusste es selbst nicht so recht. Auch wenn es natürlich viele rationale Gründe gab, wusste ich es nicht – wusste ich nicht, was der eigentliche Grund war. Doch da ich keine Lust hatte, weiter darüber nachzudenken, führte ich ein paar der rationalen Gründe an. »Ich konnte das einfach nicht mehr, nachts arbeiten, auf Drogen – umgeben von tanzenden, lachenden Menschen. Es ist laut und nervig, und ich kann mich nicht mehr erinnern, warum ich damit angefangen habe. Ich hasse Techno. Wirklich, ich hasse Techno sehr. Es ist noch schlimmer als Wagner und bei weitem langweiliger – vielleicht die schlimmste Musik, die es gibt. Ich musste immer unglaublich viel Speed ziehen, um überhaupt zur Arbeit zu kommen.«

»Ja, also das verstehe ich ja schon. Also bis auf das mit dem Speed.« Francesco lachte. »Aber hast du seriously gar nicht darüber nachgedacht, wovon du jetzt leben willst?«

Es war komisch, ihn, der nie hatte arbeiten müssen, in so paternalem Ton sprechen zu hören. Aber vielleicht war sein Ton auch ganz anders, ich war einfach nur betrunken und verstand alles als Provokation – man weiß das ja nie so genau. Ich versuchte also, mich zusammenzureißen. »Natürlich habe ich darüber nachgedacht. Aber ich habe dennoch keinen Plan. Alles was ich weiß, ist, dass es so nicht mehr geht.«

»Jetzt wechselst du ins Präsens, Boy, dabei hast du doch schon gekündigt.«

»Fuck you«, sagte ich, um es dabei zu belassen.

Francesco tat es leid. Ich hatte gemeiner geklungen, als ich es beabsichtigt hatte. »Sorry«, entschuldigte er sich.

Besser, ich legte uns noch ein wenig Kokain. Das würde uns zwar nicht weniger aggressiv, aber vielleicht für einen kleinen Moment weniger trostlos machen. Vielleicht würde das Gespräch eine andere, eine angenehmere Wendung bekommen. Obwohl, wahrscheinlich war das nicht.

»Warum studierst du eigentlich nicht? Kennst du dich nicht ganz gut aus, mit Kunst, Literatur, –«

»Das habe ich schon versucht.« Bevor er weitere Fächer aufzählen konnte, hielt ich ihm das Kokain unter die Nase. »Meine Kommilitonen sahen aus wie Riesenbabys. Alle hatten bunte Haare, trugen übergroße T-Shirts aus der Altkleidersammlung, wollten mit den Dozenten über ihre Gefühle reden und wechselten dreimal täglich ihre Pronomen.«

»Vor oder nach den Mahlzeiten?« Francesco schniefte und gab mir sein Telefon zurück.

Ich steckte mir noch eine Zigarette an, trank in großen Schlucken das ekelhafte Bier aus der ekelhaften Dose und versuchte mich ein bisschen zu beruhigen. Es gelang mir nicht. »Viele lasen in ihrer Freizeit Hermann Hesse oder sogar Michael Ende, die anspruchsvollen Max Frisch und bestenfalls Salinger. Die meisten lasen wenigstens gar nichts, also zu Hause, um sich von Butler und Foucault zu erholen. Die Dozenten waren noch schlimmer: Die wollten tatsächlich mit ihren Studenten über Gefühle reden. Entweder, weil sie selbst nichts verstanden hatten und froh über jeden Moment waren, in dem sie ihr Fachwissen nicht unter Beweis stellen mussten, oder weil sie befürchteten, als Konservative, also als Nazis, gebrandmarkt zu werden. Das ist nämlich heute das Gleiche. An den Universitäten herrscht ein Klima der Angst.«

»Angst?« Francesco lachte.

»Sie überbieten sich gegenseitig in Kulturrelativismus, Post-Colonial- und Queer-Theory, um den Schreihälsen gerecht zu werden und ihre Jobs zu behalten. Es geht nie um den Gegenstand, sondern immer nur um den Sprechort, die Privilegien und ihre Dekonstruktion. Diese dämlichen Linguisticturnwichser, die dich steinigen, wenn du falsch genderst, die aber realexistierende Gewalt nicht einmal erkennen, wenn sie direkt vor ihnen steht – solange sie sich nur eine nette Bezeichnung dafür aus dem Ärmel schütteln können. Es lässt sich zur Not alles weggendern, selbst unliebsame Gedanken. Diese ganzen verkappten Heideggernazis, diese elenden –«

»Du übertreibst.«

»Nein! Als meine Professorin einen Seminarplan vorstellte und meinte, sie wisse, es handele sich dabei um einen machtvollen Akt, nichts sei in Stein gemeißelt, sie lerne ja auch nur von uns, war es für mich an der Zeit zu gehen. Was soll ich mit Idioten, die so unverblümt ihre Unfähigkeit, ihr Unvermögen ausstellen und das Ganze als fortschrittliche Sensibilität ausgeben?«

»Fair enough«, unterbrach mich Francesco wieder. Er hätte mich viel endgültiger unterbrechen mögen, denn mich ekelte bereits vor meiner Gekränktheit.

Ich versuchte, wieder ein bisschen leiser zu sprechen, denn damit aufzuhören gelang mir nicht – das war wohl das Kokain. »Aber egal, wie weit die Dozenten gingen, es war nie weit genug. Viele Studenten weigerten sich, Texte von weißen Männern zu lesen. Das ist dann wohl der neue Rassismus.«

»Ist es nicht auch einfach Faulheit, bestimmte Texte nicht mehr lesen zu wollen?«, warf Francesco vorsichtig dazwischen, während ich mir noch ein Bier öffnete.

»Natürlich. Wenn man Kant einen Faschisten nennen darf und alles, was irgendwie mit ihm zusammenhängt, nicht anfasst, ist es wesentlich einfacher, Philosophie zu studieren.«

»Man kann in Berlin Philosophie studieren, ohne Kant anzufassen?«

Er war so weltfremd, dass es mich gar rührte. Doch es war peinlich, wie sehr ich mich in Rage geredet hatte; das war mir schon lange nicht mehr passiert. Besser, ich legte uns noch ein bisschen Speed oder Kokain, am besten beides zusammen. »Ja, das funktioniert sehr gut. Schau dir doch Sophia an. Sie hat mit dreiundzwanzig ihren Master gemacht, und ich habe gehört, dass sie demnächst promoviert. Weißt du, ob das stimmt? Jedenfalls haben wir damals zusammen angefangen mit dem Studium.«

Eigentlich wollte ich gar nicht mehr auf sie zu sprechen kommen, doch es war unvermeidbar gewesen. Sie verkörperte zu viel, um sie nicht anzuführen, und außerdem war ich jetzt endgültig betrunken. Es war hell, es lief keine Musik mehr, und offenbar befanden wir uns bereits in Belgien. Ich betrachtete Francescos rasenden Blick, seine zittrigen Hände, das rastlose Auf und Ab seiner sehnigen Brust, die Flecken auf seinem Unterhemd, die verstörenden Tattoos – auf keinen Fall durften wir in eine Kontrolle geraten. Und ich fragte besser nicht, wie viele Drogen er mitgenommen hatte.

Besser, ich erzählte ihm von Sophia und mir, wie wir direkt nach dem Abitur nach Berlin gezogen waren, beide völlig jung und dumm und zuversichtlich – die einzigen beiden im Dorf, die es dort nie ertragen hatten. Und die Entfremdung begann, sowie wir in der großen Stadt angekommen waren. Wir zogen in die kleine Zweizimmerwohnung am Nollendorfplatz, in der ich noch immer mit Hatice wohnte, eine kleine Wohnung, mit einer noch kleineren Küche ohne Fenster. Und in den ersten Tagen saßen wir ständig gemeinsam in der Küche unter einer lose hängenden Glühbirne auf dem Boden, anstatt in einem der Zimmer auf einer Matratze oder auf Sophias gelbem Sofa – vielleicht, weil wir intuitiv wussten, dass wir so viel Nähe nicht mehr wollten; vielleicht, weil wir, sowie wir ankamen, wussten, dass wir einander nur für den Sprung gebraucht hatten.

Ja, wir wussten, dass wir nichts miteinander anfangen konnten, sowie sich die Auswahl vergrößert hatte. Wir wussten es und wussten es doch nicht. Es wäre mir viel erspart geblieben, hätte ich auf meine Intuition gehört, hätte ich diese Freundschaft nicht zwanghaft fortgesetzt – fortgesetzt aus Feigheit und Trott. Wir konnten weder gemeinsam lachen noch gemeinsam denken, und alles, was uns einst verbunden hatte, war der Hass auf die Provinzialität. Denn wenn man der Provinzialität ausgesetzt ist, man von morgens bis abends damit beschäftigt ist, die Provinzialität zu hassen, der Hass schließlich zum bestimmenden Lebensgefühl wird, und da ein Mensch in der Schule neben einem sitzt, dem es ebenso zu gehen scheint, verwechselt man den geteilten Hass mit einer gemeinsamen Nähe, einer Nähe, die gar nicht existiert. Man lacht dann dennoch gemeinsam, lacht über die schlechten Klamotten und die banalen Ansichten, über das Fehlen jeder Kenntnis von Literatur, über das Ausbleiben popkultureller Referenzen, lacht über die mangelnde Fantasie, die Genügsamkeit, ja, über die mangelnde Eitelkeit. Und wenn die Eitelkeit sehr groß ist und das wirkliche Interesse an dem anderen eitlen Menschen sehr klein, ist man froh, nicht allein mit seinem Hass zu sein – so froh, dass man nicht bemerkt, dass die weniger banalen Ansichten, die man hegt, sehr verschieden sind, dass die Literatur, die man liest, sich gänzlich unterscheidet, dass die Fantasie, die man erträumt, nichts mit der des anderen zu tun hat. Und man bemerkt es nicht, weil man es nicht bemerken will, und man will es nicht bemerken, weil man nicht allein sein kann.

Wir stürzten uns also in das Nachtleben, weil es aufregend war, aber auch, weil man nicht miteinander reden muss, wenn es laut ist. Wir stürzten uns in einen Exzess nach dem anderen, aber Sophia gelang es dennoch zu studieren.

Mir gelang es nicht. Ich schob es zunächst auf die Drogen, das ständige Kaputtsein, darauf, dass ich meine Sinne immerzu überreizte oder mich von der Überreizung erholte. Verbrachte ich das erste Jahr noch völlig vernebelt und desinteressiert, fing alsbald, sowie ich meine Fassung wiederfand, alles an, mich umso mehr zu schockieren. Diesen Schock konnte ich mit Sophia nicht teilen: Da, wo sie nach mehr Zensur schrie, störten mich schon die bestehenden Redeverbote, und dort, wo sie meinte, man müsse

Rücksicht nehmen, Rücksicht auf Gott weiß wen, meinte ich, man beginne erst mit der Kritik.

Ja, selbst die Schönheit war ihr verdächtig.

Chaim hatte immer gesagt, während die Studenten früher ein besseres Leben für alle forderten, ginge es ihnen heute darum, denjenigen, denen es noch nicht ganz schlecht gehe, ihre letzten Vorteile zu nehmen. Der Gleichheitsgedanke orientiere sich zusehends nach unten.

Sophia und ich fochten unseren Dissens nie aus – vielleicht, weil es uns zu anstrengend war, vielleicht, weil wir unsere gemeinsame Vergangenheit umso wichtiger imaginierten, je mehr wir uns in der Gegenwart entfremdeten. Nach kurzer Zeit zog Sophia aus, und wir verkehrten nur noch in größeren Kreisen miteinander, größere Kreise jedoch, die alle miteinander verknüpft waren. Vor dem Tag, an dem ich *Pack* gesagt hatte, hatten wir uns monatelang nicht mehr gesehen. Doch es waren so viele ihrer und meiner Freunde anwesend, dass es sich binnen zweier Tage herumsprach.

Francesco hörte mir zu, aber ich bemerkte, dass er kaum Fragen stellte und ihm das Thema unangenehm wurde, weswegen ich lieber noch mehr Kokain legte.

»Sag mal, Boy.«

»Ja?«

»Erinnerst du dich wirklich nur an Sophias schlechte Seiten? Es wirkt, als hättest du dich da ein wenig reingesteigert. Ich meine – also durch dieses Blockieren ist man irgendwie zur Projektion verdammt, per Knopfdruck quasi. I know that shit … Aber wenn du so über sie sprichst, scheinst du völlig zu vergessen, dass ihr mal ein Herz und eine Seele wart.«

Wir hatten die Grenze erreicht.

Schon seit einigen Kilometern hatte sich der Verkehr verdichtet, jetzt mehrten sich auch die Polizeikontrollen. In Frankreich herrschte nach wie vor der Ausnahmezustand, und Francesco kam mir nun noch bärtiger vor. Fast jedes dritte Auto wurde herausgezogen, und es gelang nicht, ein Muster zu erkennen.

Francesco schien meine Aufregung zu bemerken. »Keine Angst, Boy, wir haben die perfekte Tarnung.«

»Tarnung?«

»Na ja.«

Francesco versuchte sich mit seinen schmutzigen Fingernägeln die Kokainreste aus dem Bart zu pulen, während ich meine Energie darauf verwandte, so gleichmäßig und so ruhig wie möglich zu atmen.

»Scheiß Bullen, diese Hurensöhne«, sagte er, aber es klang nicht sonderlich überzeugt.

Tatsächlich wurden wir nicht aus dem Verkehr gezogen. Und als wir dann doch, einige Kilometer hinter der Grenze, kurz nach der ersten Mautstation angehalten wurden, wohl weil Francesco die französische Geschwindigkeitsbegrenzung ignoriert hatte, war es für ihn ein Leichtes, den Polizisten mit seiner Exaltiertheit zu verschrecken.

»Parlez-vous français?«, fragte ein kleines Männlein in Uniform, gar nicht älter als Francesco.

»Non, Monsieur. Pardon, Monsieur. Je suis désolé.«

Francesco konnte kaum Französisch, aber es gelang ihm eine deutsche Aussprache, die seine Fähigkeiten noch bei Weitem unterbot. Gleichzeitig fuchtelte er mit den Armen und zuckte rhythmisch mit den Schultern.

»Anglais?« Das Männlein schwitzte. »Do you speak English?«

»No, I'm sorry.« Francesco steigerte sein Schulterzucken zusehends ins Absurde – es war schon, als vibrierte er.

»Allemand? Ich kann ein wenig Deutsch«, sprach's aus dem Männlein. Ja, es gab sich Mühe, schaute kurz auf unser deutsches Kennzeichen, dann auf mich, der ich deutscher nicht hätte aussehen können, musterte meine Wunden.

»Espagnol!«, lispelte Francesco. Dass er auch kein Spanisch konnte, bemerkte ich erst bei seinem nächsten Satz. »Nos dos turistas de Valenciaga.«

Schlagartig hatte er das Schulterzucken eingestellt, stierte das Männlein nun mit weit geöffneten Augen und grotesk emporgereckten Brauen an, drehte seinen Kopf erst ein wenig, dann immer weiter nach links, bis er in einer Schieflage verharrte und die debilen S-Laute noch einmal wiederholte – jetzt derart überzogen, dass er völlig wahnsinnig schien.

Das Männlein schwitzte noch mehr, sah sich kurz nach einem offenbar beschäftigten Kollegen um und verabschiedete sich sodann von uns.

»Bon voyage«, murmelte es.

Francesco drückte sogleich aufs Gas und ließ sich erst nach einigen Kilometern und vielen flehentlichen Bitten meinerseits überzeugen, sich dem Diktat des Tempolimits zu beugen – und das auch nur, weil ich androhte, ihm kein weiteres Kokain zu legen.

3 Es wurde immer heißer und greller, ja, immer bunter, als wir vor der Kathedrale standen. Ich hatte kein Ecstasy mehr genommen, seitdem Chaim weggezogen war, und es war dies ein Rest an Überlebensinstinkt gewesen. Wenn ich mit dem ruckartig freigesetzten Serotonin nichts hätte anfangen können, wäre es so unökonomisch wie gefährlich, den Speicher für ganze Tage zu plündern; ich würde schließlich nicht glücklicher, wenn ich traurig war. So, wie sich das Glück durch die unvermittelt erhöhte Serotoninproduktion vermehrte, total erschiene, würde auch die Trauer total – nein, die Ohnmacht in meinem Fall. Obgleich, langsam fand ich an meiner zurückgewonnenen Aktivität seit gestern Mittag, wenn auch keinen Gefallen, so doch ein gewisses Interesse – war neugierig und betrunken genug, um herausfinden zu wollen, wie der Weg verlief, den ich nun schon einmal eingeschlagen hatte.

Entweder war das Bauwerk tatsächlich sehr imposant, die Pille sehr stark, oder ich schon ziemlich dahin. In jedem Fall fühlte ich mich plötzlich dem mittelalterlichen Menschen sehr nah. Die schiere Größe der Türme und das expressive Emporschießen der Fialen, die monumentale Schwere der Königsgalerie und die graziöse Anmut der sich aus den Gewänden und Säulen lösenden Figuren, der uralte, gleißende Stein und die gleichmäßige Filigranität des Maßwerks – alles ließ mich erschauern und erstarren, ließ mich demütig zurück.

Die Sonne schien erbarmungslos auf mich und schmeichelte indes der Kathedrale. Während ich immer elender wurde, wurde die Kathedrale immer schöner. Während mir der Schweiß in breiter werdenden Strömen aus den Brauen in die Augen floß, alles juckte und brannte, während ich Mühe hatte, mich aufrecht zu halten und Übelkeit meinen noch immer schmerzenden Körper durchwogte, stand die Kathedrale da – trocken, schwer und ewig, wie ein feinziselierter Monolith.

»Na komm schon, Boy, lass uns reingehen!«

»Ich brauche noch ein bisschen. Wollen wir sie nicht erst mal von außen ansehen, nicht erst mal um sie herumlaufen?«

»Das können wir danach immer noch machen. Du siehst aus, als würdest du jeden Moment umfallen – oder schmelzen.«

Francesco hatte Recht, und also gingen wir hinein. Es war wohltuend kühl, und nur langsam gewöhnten sich meine Augen an die dunkle Leere des gewaltigen Schiffs. Schwer zu sagen, ob viele andere Besucher dort waren, da die Kathedrale die Gläubigen und Touristen auf absurde Miniaturen ihrer selbst herunterschrumpfte. Einzig die Pilger, die barfüßig und in Trance durch das Fliesenlabyrinth wandelten, hatten eine gewisse Ähnlichkeit mit Menschen. Allen anderen haftete etwas Unwirkliches an – sei es aufgrund der Distanz im Verhältnis zur Höhe des Raumes, sei es aufgrund ihres Versprengtseins, ihrer Verlorenheit inmitten des mächtigen Spiels aus Licht und Schatten, aus Feinheit und Schwere.

»Crazy, oder? Ich wünschte, ich könnte hier meine Installation machen!«

Ich hatte ganz vergessen, dass Francesco neben mir stand, und als er mich daran erinnerte, überkam mich eine gewisse Wut.

»Ich meine, das ist doch so geil krank. Ich wäre eine Art umgekehrter Christo.«

Mir fiel auf, dass ich Francesco nie danach gefragt hatte, was er eigentlich für eine Installation im Schilde führte, wahrscheinlich, weil ich eine berechtigte Angst vor der Antwort hatte. Besser, ich gab ihm zu verstehen, dass ich mich gern ein wenig allein umsehen wollte.

Sowie Francesco aus meinem Blickfeld verschwand, vergaß ich ihn wieder, denn alles um mich strebte aufwärts. Alles strebte aufwärts, strebte in immer gewaltigere Höhen, und das war mir recht. Es war mir nicht immer recht gewesen, nein. Oft und lange hatte ich mich dagegen gesträubt, es unterlaufen und gemieden, wo es nur ging, und es verlacht und verleugnet, wo ich mich nicht hatte entziehen können. Lange hatte ich gebraucht, um mich mit dem Christentum zu versöhnen, und die Gotik hatte mir geholfen. Ich lief durch die Kathedrale von Amiens, aber zugleich lief ich durch die Kathedrale von Paris. Manchmal war mir, als liefe Chaim neben mir, und ich sah mich nicht um, damit die Chimäre ihre Wirkung nicht verlor, sah mich nicht nach ihm um, auch wenn ich mich dafür schämte.

Ich ging also durch zwei Kathedralen, zwei unterschiedliche Kathedralen, die wie Folien übereinanderlagen und sich zu einer einzigen, einer gesteigerten, der Idee einer Kathedrale verbanden – unwirklich und umso wahrhaftiger zugleich. Die mächtigen Säulen verjüngten und verschmälerten sich zu winzigen Streben, liefen zusammen in fernen Kreuzrippen und waren allerorten durchbrochen von wiederum tausendfach zersprungenem Licht. Bunte Schlieren zogen und waberten über die Wände und Figuren. Bunte Schlieren zogen und waberten über Gestühl und Altar, über Kanzel und Kreuz, über Beichtstuhl und Orgel – ein Engel beweinte die Toten, doch er beweinte auch mich.

Mit Chaim hatte ich es in Paris zum ersten Mal zulassen können – hatte ich mich das erste Mal überwältigen lassen. Doch mit Chaim war ich nüchtern gewesen – nüchtern und nicht allein.

Die Säulen schwankten, und die Fenster drohten zu zerspringen. Ich setzte mich auf einen der Stühle, und der Stuhl neben mir blieb frei. Die Farben flossen zusammen – zusammen zu einem ohrenbetäubenden Geheul. Flackernde Lichter durchzogen den Raum, ja, fanfarengleich donnerten sie auf mich nieder, zerstoben an den Rändern, um sich alsbald wieder zu sammeln – um sich alsbald wieder zu vereinen. Hätte ich gestanden, so wäre ich gefallen. Wennschon, meine Muskeln ließen auch jetzt nach, ich rutschte tiefer, konnte mich gerade noch mit den Händen an der Lehne des vor mir stehenden Stuhls festhalten, mich gerade noch davor bewahren, mit dem Kinn aufzustoßen.

Ich verharrte kniend zwischen den Stühlen. Die Augen bereits geschlossen, in der Annahme, das Geheul könnte nun verstummen, wurde es noch immer lauter. Zitternd kniete ich. Zitternd hielt ich mich an der Lehne fest. Ein kalter Strom durchlief meinen schwitzenden, schmerzenden Leib, und ich verharrte weiter. Blitze schossen direkt aus dem Gewölbe auf mich ein, und die Figuren der Gewände und Säulen hatten sich nun ganz aus ihnen gelöst – tanzten bedrohlich um mich herum.

Es war, als diktiere mir mein Körper zu beten. Und ja, ich hätte es zu gern gekonnt.

Chaim hatte immer gesagt –

Als ich die Augen wieder öffnete, sah ich in Francescos spöttisches Gesicht: Er stand da, vor mir, in seinem lächerlichen Aufzug, der lächerlichen Thaiboxhose, die lächerliche Gucci-Sonnenbrille auf seinen lächerlich geschorenen Kopf geschoben.

Er konnte sich das Lachen nicht verkneifen oder wollte es nicht. »Hast du endlich wieder zu Gott gefunden, mein Sohn? Tue Buße! Tue Buße, Boy!«

Ich wich seinem Blick aus. Einige der barfüßigen Pilger sahen andächtig und gerührt zu mir, und ich wurde mir langsam gewahr, was für einen Eindruck ich machen musste. Ihr debiles Grinsen und ihre pastellene Funktionskleidung ließen meinen Blick wieder zu Francesco wandern. Doch Francesco wirkte selbst noch neben diesen Freaks lächerlich, in seinem auftrumpfenden Spott, seiner genüsslichen Gefasstheit, seiner trotzigen Immunität – ein stumpf gewordener Atheismus, der nichts mehr zu unterscheiden weiß. Ich erschrak, denn es war, als stünde der letzte Mensch vor mir. Wortlos stand ich auf und zog an ihm vorbei, zog wieder von ihm weg.

Ich drehte einige Runden durch den Chorumgang und sah mir die Kapellen an. Einige waren noch oder wieder koloriert, einige waren schmuckvoller als andere. Ein paar waren geöffnet, ein paar geschlossen. In jenen funkelten schwingende Lichtermeere aus Kerzen, schminkten die Madonnen mit ihrem Glanz, wohingegen von diesen eine gespenstische Leere strömte, gleich verstaubter und vergessener Kammern, einzig beleuchtet vom spärlichen Licht, das aus den uralten, kleinteiligen Fenstern drang, deren jedes vom immer gleichen Evangelium erzählte – hie und da eine betende alte Frau.

Es blieb ein schaler Geschmack, denn der Zauber war gebrochen. Erst, als ich in einer der Kapellen plötzlich auf die Fahnen der Alliierten stieß, musste ich lächeln. Nachdem ich dann, irgendwann, zögernd den Weg zurück zum Eingang auf mich genommen hatte und das Querschiff durchmaß, sah ich die vielen Risse in der Decke. Beide Flügel des Querschiffs waren unterhalb des Gewölbes mit gigantischen Netzen aus Draht durchzogen. Vereinzelt lagen Steine darauf, Steine, die aus den überall verästelten Rissen herausgebrochen waren. Es schien, als würden die verästelten Risse sich stetig vermehren, als verästelten sie sich auch jetzt. Besser, ich beschleunigte meinen Schritt. Und mit einem Mal war es, als sei die Kathedrale bereits eingestürzt. Am Eingang wartete Francesco auf mich.

Ich taumelte ins Licht, direkt in die Mittagshitze. Auch Francesco schien aus der Fassung, aber ich hatte keine Lust, weitere Eindrücke mit ihm zu teilen – oder nicht zu teilen, und für eine Weile dachte ich, dass ich ohne ihn weniger allein wäre. Doch Francesco war intelligent genug, das zu bemerken, schwieg für eine angemessene Zeitspanne und schlug sodann vor, einen Pastis trinken zu gehen. Er lüde mich ein, was auch sonst, ich sei schließlich sein Gast und außerdem wäre mein Portemonnaie ohnehin in meinem Koffer, in Peters Zimmer. Er sprach leise und wie zu sich selbst. Wahllos steuerten wir die nächstgelegene Brasserie an, und Francesco bestellte vier Ricards, »die ersten beiden für den Pegel, die folgenden für den Genuss«.

Ich setzte mich auf den einzigen Stuhl im Schatten. Und nachdem wir also jeder unser erstes Glas gestürzt hatten, nahmen wir uns für das zweite Glas Zeit. Der Alkohol, das Wasser und der Schatten schlichteten mich langsam, und Francesco schien vor meinen Augen eine Wandlung zu vollziehen; er wirkte ungleich zivilisiert. Mit seinen spröden, aber spitzen Lippen nahm er von

Zeit zu Zeit einen Schluck, hielt das Glas mit abgespreiztem kleinen Finger gegen die Sonne, führte es dann wieder zurück zu seinem Mund und goss uns abwechselnd immer wieder Wasser nach, sodass die gelbe, milchige Flüssigkeit sich stetig weiter verdünnte. Und je klarer die Flüssigkeit wurde, desto größeren Mut fasste er, wieder zu mir zu sprechen. Ja, er gewann mit jedem Schluck an Boden.

Es sei eine große kulturelle Errungenschaft, dass sich hier jeder am Vormittag ein Glas Pastis genehmige, ein ungemein hoher Standard, den die Deutschen niemals auch nur zu wünschen fähig wären. Auch wenn es bereits vierzehn Uhr war und niemand außer uns Ricard trank, stimmte ich ihm euphorisch zu, einfach, weil ich ihn wieder gern haben wollte – und natürlich auch, weil das von ihm herbeifabulierte Ideal so wünschenswert schien, dass ich versuchte, es mittels ein wenig Emphase zu fantasieren, es real werden zu lassen.

Als wir ausgetrunken hatten und Francesco keine Möglichkeit mehr hatte, sein Glas mit abgespreiztem Finger an seine spitzen Lippen zu führen, begann meine Sympathie auch schon wieder zu schwinden. Das Ecstasy ließ nach und hinterließ einen leeren Ekel, einen schalen Geschmack – einen Geschmack wie noch eben in der Kathedrale. Gleichwohl, Francesco schien es ähnlich zu gehen. Er drückte mir eine weitere Pille in die Hand, bestellte uns eine Flasche Calvados, zahlte, stand auf und zog mich weiter.

Und also liefen wir durch stets sich verkleinernde, verschmälernde Gassen, durch Gassen, die von Schritt zu Schritt enger zu werden schienen, und der Blick zur immer gleich monumentalen Kathedrale, die – obschon wir uns stetig von ihr entfernten – bei jedem Blick über die Schulter gleich groß zu bleiben schien, ganz so wie Kafkas Schloss, nur dass wir drinnen gewesen waren und nun vor ihm wegliefen; dieser Blick zur immer gleich monumentalen Kathedrale verstärkte noch den Eindruck der sich nivellierenden Wege. Ja, bald wunderte ich mich, dass die Gassen noch groß genug waren, sie zu durchlaufen, und uns die Häuser nicht zermalmten.

Auch schienen sich die immer enger beieinander stehenden Häuser zu bewegen, ganz so wie auf dem Soutine, den ich mit Chaim im Musée de l'Orangerie gesehen hatte. Das war bei unserer ersten gemeinsamen Reise; Chaim hatte mich zuvor auf die Museumstoilette gezerrt und gefickt – so etwas macht man nicht mehr, wenn man länger zusammen ist. Wir hatten dann vor dem Soutine gestanden, uns kichernd umgeblickt, und noch immer hatte ich sein Sperma in meinem Arsch.

Bald erreichten wir Gewässer und Kanäle, grachtenähnlich, zierlich und verspielt. Über kleine Brücken und noch kleinere Stege schlenderten wir, mal durchs Dickicht, dann wieder über eine Lichtung. Es war heiß, doch über die Wasser wehte ein fröhlicher Wind und vereinzelt spielten Kinder – hier, da und dort. Wann immer wir eine freie Sicht hatten, ja, wirklich wann immer, denn die Himmelsrichtungen schienen keinerlei Relevanz mehr zu haben – nein, mehr noch: es gab sie ganz einfach nicht mehr –, stand die Kathedrale vor, neben und hinter uns. Die Farben indes waren noch farbiger und die Schatten noch schattiger – wenngleich, sie waberten wieder umher. Wir machten Halt an einer Böschung am Fluss, zogen uns aus und sprangen ins Wasser. Es war nicht ganz sauber und auch nicht ganz kalt, aber wir planschten selbstvergessen, und nur ein paar Vögel schrien über unsere Köpfe hinweg. Später lagen wir im Gras, trockneten dahin und kompensierten das Abebben des Rauschs erst mit etwas, dann mit viel Kokain.

Hin und wieder überkam mich wieder der schale Geschmack, und ich spülte ihn mit dem Calvados hinunter. Ja, besser, wir entwickelten eine krude Theorie, wie Peters Wurstläufer schließlich das Merkel-Regime stürzen würden, wie sie mithilfe ihrer Wurstzangen eine Wurstdikatur, einen Arbeiter- und Wurstläuferstaat errichteten und Peter, als Führer auf Lebenszeit, seine Wurstläufer in aller Herren Länder schicken möge – immer im Gefolge Sophia, Propagandaministerin und Wurstmarschall in einer Person. Es würde Nürnberger Wurstgesetze geben und eine klassenlose Wurstgemeinschaft, und alle würden glücklich und in Frieden leben. Niemand sonst war zu sehen, und ich vergaß, was ich sagte und hörte, sowie es nur erklang, denn die Zeit, sie zog vorbei.

Wir hatten einige Schwierigkeiten, das Auto wiederzufinden, auch einige Schwierigkeiten, unser Ziel nicht zu vergessen – ja, der flotte Nachmittag in Amiens hatte es uns fast schon vergessen gemacht. Und erst als wir wieder fuhren, wurde mir wieder klar, wohin wir wollten. Wollte ich?

Allein, Francesco drehte das Radio auf, drehte es voll auf – »Radio Nostalgie«. Ich kannte den Sender bereits von meiner letzten Frankreichreise mit Chaim, damals, als er mich in einem Mietwagen zu denselben zeitlosen 70er- und 80er-Klängen an der sommerlichen Riviera chauffiert hatte. Normalerweise wäre ich traurig geworden, aber die wache Müdigkeit, das febrile Assoziieren mit Francesco, die gefällige Landschaft und der langsame, wolkenlose Sonnenuntergang mischten sich so bequem mit der kecken Entschiedenheit Étienne Dahos und der verruchten Schwermut Jane Birkins, dass ich mit Wohlgefallen und für einen kurzen Augenblick sogar ohne Schmerz an Chaim zurückdachte. Schafe in Altrosa, ein fliederfarbener Heuschober und die Stämme der Platanen in dumpf-seligem Apricot – alles Farben wie beim frühen Caillebotte.

Erst nach Stunden, erst als Françoise Hardy ihre Message Personnel dahinhauchte, zogen sich meine Eingeweide wieder zu einem pochenden Knäuel zusammen, und die eben noch zarten Farben bekamen einen harten, einen unerbittlich grauen Ton.

Au bout du téléphone, il y a votre voix
Et il y a les mots que je ne dirai pas
Tous ces mots qui font peur quand ils ne font pas rire
Qui sont dans trop de films, de chansons et de livres

Ich wollte gerade den Ton ausdrehen, als wir auf einem leeren, hellerleuchteten Parkplatz hielten und die grausame Musik ohne mein Zutun verstummte.

»Komm, wir müssen noch einkaufen, Boy. Vite, vite! Dawai!«

Francesco lief schon vor, ich entstieg dem Porsche erst nach kurzem Zögern. Die Luft war endlich milder, und vor mir erstreckte sich ein gigantischer Supermarkt. Die Neonröhren tauchten alles in ein kühles Licht, und die letzten, ja, die schönsten Minuten der Heure bleue, der blauen Stunde, strichen vorbei. Ich steckte mir eine Zigarette an, lehnte mich an den Cayenne, sah in den Himmel, in die Stille und fühlte mich wie der Tankwart von Hopper.

Schon kam Francesco mit zwei großen, klappernden Einkaufswagen auf mich zugestolpert. Es war anscheinend nicht einfach, zwei Einkaufswagen mit nur zwei Armen zu schieben – bald scherte der eine, bald der andere aus, glitt aus der Bahn und ließ sich nur mit größter Mühe wieder begradigen. Und also lief ich ihm entgegen und nahm ihm einen der beiden ab.

»Wir kaufen jetzt erst mal von allem etwas. Du brauchst Klamotten und ich brauche Alufolie. Außerdem brauchen wir Drinks und Essen natürlich auch. Schmeiß einfach alles, was dir gefällt, in den Wagen.«

»In die Wagen«, hörte ich mich sagen. »Wofür brauchst du Alufolie?«

»Was dachtest denn du, wie ich die Kirche verspiegeln soll?«

Ich hatte keine Lust, über das Verspiegeln von Kirchen zu reden, schob das Thema besser auf. »Und es gibt hier Kleidung?«

Ja, es gab Kleidung, aber es war sehr schwierig, etwas Tragbares zu finden, inmitten der vielen buntkarierten Hemden und der Unmenge an Caprihosen. Während Francesco mit einem der Wagen im Getränkelager verschwand, wühlte ich mich durch die Modeabteilung, bis ich zwei Paar kurze schwarze Chinos, Unterwäsche von Tom Ford, mehrere schlichte Hemden und sehr teure Socken fand. Ich stopfte alles in meinen Wagen, dazu einige andere Kleinigkeiten: einen riesigen, sombrerogleichen Sommerhut, ein paillettenbesetztes Top mit der Aufschrift »Malibu«, Hausschuhe in Form von Schweinsköpfen mit abstehenden Ohren und Rüsseln, einen Blaumann sowie eine Corsage und einen überdimensionierten Spongebob.

Zunächst hatte ich Francesco nur eine kleine Freude machen wollen, aber dann fand ich selbst Gefallen daran. Und als der Einkaufswagen schließlich voll war und Francesco lachend vor mir stand, fühlte ich mich wie ein Kind, das man allein im Bonbonladen zurückgelassen hatte, nur um es nach ein paar Minuten auf frischer Tat zu ertappen. Da Francesco aber seinerseits einen ganzen Wagen mit Pastis, Calvados und Cidre sowie Unmengen verstaubter Weinflaschen, die allesamt sehr teuer aussahen, gefüllt hatte und er keine Anstalten machte, mich zu schelten, nein, er mir sogar den Sommerhut aufsetzte und sich über jede meiner Anschaffungen diebisch zu freuen schien, zogen wir beschwingt weiter in die Lebensmittelhalle.

Wir bemerkten, dass wir keinerlei Stauraum mehr in unseren Wagen hatten, und während Francesco einen neuen holen ging, starrte ich fasziniert und einfältig abwechselnd auf die Hummer in den Becken und auf den großen halbierten Schwertfisch inmitten von dampfendem Eis. Die Halle war fast menschenleer, und die Gänge waren groß und lang, ja, sie schienen immer größer und länger zu werden, je länger ich auf Francesco wartete. Ich hatte noch immer den Sommerhut auf und bekam das Gefühl, die wenigen Leute, die zu sehen waren, würden mich entweder meiden oder anstarren. Mieden sie mich nicht, so starrten sie mich an. Nicht, dass es keinen Grund gegeben hätte, mich anzustarren, wie ich meinerseits mit zusehends verkrampfterem und ohnehin zerbeultem Gesicht die Hummer anstarrte – ja, sogar mich zu meiden war mir durchaus verständlich. Doch setzte mir der Schlafmangel allmählich zu, und es schien bald, als spräche der ganze Supermarkt über mich.

Als Francesco endlich wieder da war, hätte ich ihn gern gefragt, ob ich nicht im Auto warten könne, aber es war unmöglich, ihn mit den drei Wagen allein zu lassen, und außerdem fühlte ich mich in seinem Beisein schnell wieder besser. Trotz oder wegen seines Irrsinns strahlte Francesco eine große Ruhe aus. Die Neonröhren brannten auf uns nieder und beschönigten nichts, aber er hatte seine riesige Sonnenbrille auf der Nase und tänzelte von Regal zu

Regal, hielt hier, um eine Quiche, da, um einen Schinken und dort, um ein Küchlein auszuwählen, und wenn er sich dann mit den Ellbogen auf den Wagen lehnte, Anlauf nahm und durch die Gänge schlitterte, wusste ich, dass uns nichts zustoßen konnte.

Während wir uns daranmachten, die Wagenfüllungen im Porsche zu verstauen, glommen bereits die Sterne.

Wir fuhren weiter, wort- und tonlos – ja, es summte nur –, und erreichten bald die kleine Stadt. Francesco erzählte mir alles, was er über diesen Ort wusste, und ich sah aus dem Fenster, versuchte mir ein Bild zu machen und stellte ab und an eine Frage. Leere alte Gassen, leere alte Häuser – alles schien leer und alt: einer der vielen Orte Frankreichs, in die keine Züge mehr fuhren, die, zu weit entfernt von den Ballungszentren, seit Jahrzehnten sich leerten. Eines der vielen Städtchen, in denen nur noch die wohnten, die es immer getan hatten, die Ambitionslosen und die, die es sich anderswo nicht leisten konnten. Zu groß, um von Landflucht zu sprechen, aber umso trostloser aufgrund der schieren Menge der verrammelten Ladenzeilen und der zerbrochenen Fenster in ehedem pittoresken Häusern – Häusern, denen man den lang zurückliegenden Wohlstand noch ansehen konnte, wie man in den feinen, doch nunmehr verhärteten Zügen eines armen Alten erahnt, dass er es einmal besser hatte.

Wir fuhren gemächlich durch das historische Zentrum, und selten brannte einsam ein Licht. Es sei eine Stadt, die man in der Normandie nicht erwarten würde, ja, dafür sei sie zu arm. Es hätte wohl irgendwann mal eine Raffinerie gegeben, eine Raffinerie oder ein Chemiewerk. Francesco war sich nicht ganz sicher. Jetzt jedenfalls gäbe es weder das eine noch das andere. Er erzählte und erzählte und kannte sich besser aus, als ich erwartet hatte. Je näher wir unserem Ziel kamen, desto leiser sprach er.

Das Städtchen sei schön. Und nach allem, was ich sah, hatte er Recht, doch die Straßenbeleuchtung war mehr als dürftig; nur ab und zu goss eine Laterne ihr Gelb auf das Kopfsteinpflaster. Das Städtchen sei schön, aber nicht malerisch. Es gäbe hier keinen

Tourismus und es würde auch nie einen geben, weil die Stadt zu weit vom Meer entfernt läge – und nein, niemals war hier etwas Interessantes geschehen. Dafür jedoch gäbe es einen Mann, der sich damit nicht abfinden wolle.

Erst als wir fast da waren, erzählte mir Francesco von Gédéon. »Also er ist schon ein bisschen crazy. Ich habe ihn im Frühling bei so einem Kunstfestival kennengelernt – irgendwo in Holland. Er meinte, er will ein Art-Hotel bauen«, flüsterte er.

»Was ist ein Art-Hotel?« Ich flüsterte nun auch.

»Also bauen ist eigentlich schon zu viel gesagt. Aber er hat halt eine Villa geerbt und möchte sie renovieren, ein Hotel daraus machen. Und Art, weil er durch die Erträge Künstler unterstützen möchte, indem er sie kostenlos unterbringt – also Residencies oder so: Sie bekommen Kost und Logis, und er wertet damit sein Hotel und die Stadt auf. Du wirst sehen, er ist ein bisschen idealistisch. Er will der Provinz etwas zurückgeben, einen Beitrag leisten.«

»Oh Gott.«

Francesco lächelte.

»Und du bist jetzt der erste Künstler? Weiß er überhaupt, dass ich mitkomme? Und wohnen da schon andere Gäste?«

Aber nun hielten wir, und Francesco machte keine Anstalten, mich weiter aufzuklären. Wir waren am Stadtrand angelangt, und das Scheinwerferlicht des Wagens erhellte die Sicht auf eine verfallene, doch herrschaftliche Villa: ein Herrenhaus aus morschem Sandstein, wohl aus dem 18. Jahrhundert, mit dorischen Säulen vor dem Eingang, schiefen grünen Fensterläden und verrosteten Schnörkeln an eisernen Gittern – ein hübscher, zweistöckiger Kasten.

»Bist du dir sicher, dass das das richtige Haus ist?«

»Ja, die Adresse stimmt.«

Francesco sah noch einmal nach und versicherte es mir ein zweites Mal. Dann legte er uns zwei besonders große Lines Kokain – offenbar musste auch er sich stärken. Als wir ausstiegen, schimmerte der Mond so spärlich, dass Francesco uns mit der Taschenlampe seines Telefons den Weg leuchtete.

»Komm, Boy«, flüsterte er weiter. »Wir müssen hintenrum rein. Gédéon schläft bestimmt schon. Aber er hat mir gesagt, wo wir lang müssen.«

Wir stiegen durch ein Loch im Zaun und befanden uns in einem verwilderten Garten. Als Francesco die Taschenlampe ausschaltete, drohten mir die Konturen zu entgleiten, und ich bemerkte, dass die letzte Line zu groß für mich gewesen war. Mein Herz raste, aber es raste ungleichmäßig, und die Luft schien grün, verwesend und blass.

»Sorry, aber ich hebe uns besser noch ein wenig Akku auf.«

»Du hattest gerade vierundzwanzig Stunden Zeit, dein scheiß iPhone aufzuladen.«

»Du auch.«

Ich würgte, unterdrückte ein Husten, und Francesco zog mich weiter an der Hand durch das kniehohe Gras, zog mich weiter, behände und flink. Doch zu sicher war sein Schritt, zu fraglos sein Vorgehen, ja, zu fraglos auch für ihn. Die Grillen zirpten, und Francesco zog mich vorbei an den Dornen der Büsche, an dem lose umherliegenden Werkzeug und den vermodernden Gartenmöbeln, zog mich hindurch, hindurch durch all dies und Weiteres – und schließlich in einem großen Bogen zu einer Art Wintergarten, einem gläsernen Anbau.

»Hier war irgendwo ein kaputtes Fenster.«

»Du warst schon einmal hier.« Meine Stimme bebte, und es ließ sich nichts dagegen tun.

»Habe ich das nicht gesagt?« Doch ich hörte ihn schmunzeln. »Sorry.«

Und schlagartig musste ich lachen, laut lachen; ja, ich prustete förmlich. Aufgeschreckte Vögel stoben gen Himmel, und irgendwo bellte ein Hund. Ich lachte – lachte laut und schrill und schallend; nein, es lachte aus mir heraus. Francesco wurde für einen kurzen Moment angesteckt, auch er hatte kurz kichern müssen, aber nun hielt er mir die Hand vor den Mund. Ich prustete weiter in seine geöffnete Hand, prustete weiter, weil ich prusten musste. Ich wusste nicht mehr wie mir geschah, mein Bauch schmerzte, und juckende Tränen stiegen mir in die Augen. Nur noch aus

Lachen, aus Prusten schien ich zu bestehen, als wäre nicht ich es, der lachte, prustete; als wäre es das Lachen, das Prusten selbst. Ich dachte nichts, ich lachte bloß.

Francesco war ganz ruhig geworden, und seine langen mageren Finger auf meinen Lippen waren die langen mageren Finger meiner Mutter, die sich kühl auf meine Stirn legten, wenn ich nicht hatte schlafen können, ich sie meinerseits wachhielt, waren die Finger meiner Mutter, die kühl über mein vom Weinen schmerzendes Gesicht glitten. An Winterabenden hatte sie immer Clementinen gegessen, und der säuerlich-süße Geruch hatte an ihren Fingern gehaftet. Francesco nahm mich in den Arm, nicht eigentlich zärtlich, nein, und es war, als hielte mich meine Mutter. Er drückte mich fest, damit ich nicht mehr lachte, so wie meine Mutter mich fest gedrückt hatte, damit ich nicht mehr weinte. Er wollte seine Ruhe haben, so wie sie ihre Ruhe hatte haben wollen. Und in der zweckhaften Zärtlichkeit lag die ganze Gewalt.

So wie auf das Weinen immer die Stille gefolgt war, wenn sie mich gedrückt hatte, folgte nun auf das Lachen die Stille. Und so wie es damals ein zweckhaftes Drücken, ein berechnendes war, so war es auch heute wohlbemessen und taxiert. Die Stille nämlich, sie war dumpf und so kalt und mager wie die Finger an meinem Kopf – ein falscher Frieden, der mich damals beschämt hatte schweigen lassen, ein falscher Frieden auch jetzt. Noch ein paarmal prustete ich, bäumte ich mich gegen die Stille auf. Doch es klang hohl und peinlich. Kein Hund bellte mehr, Francesco sprach kein Wort, und auch das Haus blieb dunkel und still. Und schließlich kam ich wieder zu mir; die Konturen wurden wieder schärfer, selbst die Luft verweste nicht mehr.

Schnell fanden wir das kaputte Fenster – nein, es war eine kaputte Tür. Francesco leuchtete wieder mit seinem Telefon und bahnte uns den Weg, vorbei an schmutzigen weißen Klappstühlen durch den sonst leeren Wintergarten, dann durch eine Werkstatt – allerlei Sägen und Bohrer lagen hier auf einer großen Arbeitsfläche, in der Ecke stand ein Zementmischer –, dann über eine geländerlose Treppe nach oben, schließlich über eine weitere Treppe und über noch eine. Kein Lichtschalter funktionierte, alles war dunkel, roch nach fauligem Staub, nach alten Schubladen, und der Putz rieselte durch große Löcher in alten Seidentapeten, die ich hie und da, immer nur fragmentiert, im Schein der Taschenlampe verblasst rosa und grün aufleuchten sah.

Leise goldene Fäden woben leise goldene Blumen, und silbrige Ornamente schimmerten fahl. Der letzten Treppe fehlten einige Stufen, andere waren morsch, und also bewegten wir uns tastend dem Dachboden entgegen. Oben angekommen, standen wir vor einer verschlossenen Tür, doch Francesco warf sich routiniert dagegen, und als sie aufsprang und er in den Raum leuchtete, sahen wir nichts, denn der Raum war groß. Er leuchtete auf den Boden, und unter losen Brettern sah man in ein dunkles, darunterliegendes Geschoss. Zielsicher drang er weiter voran, denn er wusste, auf welche Bretter man treten konnte und auf welche nicht. Zielsicher nahm er mich an der Hand und balancierte vorweg.

Ich ließ es geschehen und balancierte hinter ihm her, denn ich hatte keine Kraft mehr für einen weiteren Anfall und außerdem auch keine Lust. Wir balancierten, immer einen Fuß vor dem anderen, und Francesco leuchtete auf den Boden. Der kleine, nach außen nicht klar abgegrenzte Lichtkegel der Taschenlampe war das Einzige, was wir sahen. Und es war, als sei dies kleine Licht unsere Scholle, unser kleines Floß und um uns herum nur schwarzes Meer. Doch Francesco atmete ruhig und wieder steckte mich seine Sicherheit an; er war mein Kapitän und schipperte mich über das tiefe Gewässer, bis hin zur gegenüberliegenden Wand.

Schließlich machte er Halt, und ich sah, wie das Licht über eine Tür streifte. Francesco öffnete sie, betätigte einen Schalter, und vor uns erstreckte sich eine hellerleuchtete Treppe – der Strom war also nicht abgeschaltet. Meine müden Augen brauchten einige Zeit, um sich an das Licht zu gewöhnen. Nichts mehr wob golden, nichts schimmerte silbrig und fahl. Eine lose Glühbirne brannte gleißend; die Wände hier waren verputzt und kanariengelb.

»Wir betreten nun den renovierten Teil der Villa«, flüsterte Francesco.

Wir stiegen die Treppe hinunter. Als wir die Tür zum zweiten Geschoss öffneten, vernahm ich ein Flattern. Der renovierte Teil der Villa war von ausnehmender Hässlichkeit: Es war, als hätte jemand seine ganze Energie geopfert, dieses schöne alte Haus zu entstellen. Wir gingen von Raum zu Raum und machten überall Licht. Wahllos verrollte Bordüren schmückten wahllos gestrichene Wände: Delfine und Clowns, Bauklötze und Micky-Mäuse liefen in Brusthöhe über wieder gelbe, aber auch orange und hellblaue Raufasertapeten. Lose, weiße Glühbirnen strahlten auf buntes Ikea-Sperrholz, und allerorten hingen verpixelte, dafür jedoch aufwendig gerahmte Fotografien von Sonnenuntergängen an den Wänden. In der Küche hatte jemand seine großen Handabdrücke mit Farbe auf die Schränke geklatscht. Es war das Werk eines Kindes – eines großen Kindes.

Und wieder vernahm ich das Flattern. In den Zimmern standen immer unterschiedliche Betten, und auf den immer unterschiedlich gemusterten Tagesdecken lag der immer gleiche Staubfilm. Nur ein Zimmer war anders, aber ich hatte keine Zeit, es genauer zu betrachten. Als Francesco Licht machte, sah ich den nackten und blond behaarten Körper eines Mannes von etwa dreißig Jahren, ausgestreckt auf einem schmalen Bett. Das Haar war verwildert, sein Gesicht zuckte, als träumte er schlecht, und sein Schwanz hing groß und bedrohlich auf seinem flachen Bauch – prall und schlaff zugleich, wie auf den Bildern Lucian Freuds.

»Das ist Gédéon. Soll ich euch miteinander bekannt machen, Boy?«

Doch ich drückte schnell wieder auf den Lichtschalter, zog Francesco aus dem Zimmer und schloss die Tür. »Zeig mir lieber den Rest des Gebäudes. Wo werden wir schlafen?«

»Also im Erdgeschoss gibt es noch keinen Strom. Lass uns in die Beletage!«

Ich war froh über diesen Vorschlag, froh, wenn uns eine Etage von Gédéon und seinem Schwanz trennte. Auf der Treppe wurde das Flattern immer lauter.

»Das sind die Fledermäuse.« Francesco kicherte.

Und ja, unten angelangt, sah ich sie. Sie flogen in Kreisen über unseren Köpfen, schwirrten hektisch an der hohen Decke. Ich fragte mich, warum sie alle in der ersten Etage flogen – vielleicht, weil Gédéon in der zweiten schlief. Und warum waren sie nicht auf dem Dachboden, nicht in der Werkstatt, nicht im Wintergarten? Sie flogen in Kreisen. Sie flogen in großen Kreisen, in kleinen Kreisen, in gleichmäßigen Kreisen und in ovalen, flogen umeinander herum – jede für sich und doch alle gemeinsam in einer irritierend monotonen Choreografie. Sie bewegten sich und bewegten sich doch nicht. Wir standen am Fuße der Treppe und sahen gebannt auf das gespenstische Spiel. Gespenstisch?

Ich hatte keine Angst, nein, sie beruhigten mich. Das Flattern klang so gleichmäßig, wie es aussah, und zum ersten Mal an diesem Tag, eigentlich seit zwei Tagen, wurde ich wirklich ruhig. Ich wurde ruhig und nicht still wie in Francescos Armen, ruhig und nicht panisch wie beim Anblick der Hummer, nicht betäubt wie beim Planschen im Fluss, nicht gekränkt wie im Café, nicht ohnmächtig wie in der Kathedrale, nicht ängstlich wie in der Kontrolle, nicht peinlich wie im Auto, nicht geschunden wie im Rinnstein, nicht traurig wie in Chaims altem Zimmer – ruhig und nicht dumpf wie bei Peter. Rückwärts durchmaß ich die letzten beiden Tage, und das Flattern beleuchtete alles gleichmäßig und steril – ja, steril. Es war, als zöge auch ich dort oben unter der Decke meine Runden, als schaute auch ich von oben herab. Ich flatterte durch die Farbverläufe meiner Erinnerungen, blieb nirgends stehen, flog nirgends herab. Und doch sah ich alles klar und deutlich, alles, was dort unten geschehen war.

»Wir müssen noch die Sachen aus dem Auto holen. Es wird gleich hell und sicher auch heiß.«

Ich hörte ihn kaum, denn ich war ja dort oben.

Erst als Francesco vor mich trat, seine Schallwelle das Flattern durchbrach und die Fledermäuse irritiert nach allen Richtungen schwirrten, vernahm ich ihn. »Hilfst du mir oder bist du zu müde? Willst du schlafen, Boy?«

»Ich gehe heute auf keinen Fall noch mal über den Dachboden.«

»Wir gehen durch die Haustür. Man kann sie von innen öffnen. Gédéon hat bloß den Schlüssel verloren.«

Als wir nach draußen traten, war es kühl. Die blaue Stunde hatte schon wieder begonnen, denn die Nächte waren kurz. Wir brauchten lange, um die vielen Wagenladungen hochzutragen, brauchten lange auch, um alles zu verstauen. Es gab keinen Kühlschrank, und die Hälfte der Lebensmittel wäre sicher morgen schon verdorben. Als wir fertig waren, war es hell. Ich ging in ein Zimmer, irgendein Zimmer, legte mich in ein Bett, irgendein Bett, und obwohl ich nicht eigentlich erregt war, schossen mir all die Drogen das Blut in die Lenden, und also masturbierte ich mich in den Schlaf.

4

Ich wurde wach, durch den Durst, die Schmerzen in meinem Kopf, durch die Strahlen auf meinem Gesicht, wurde wach, auch weil ich ein dringendes Bedürfnis verspürte. Verklebt und nackt lag ich da im blendenden Licht – es ekelte mich. Ich sah mich in meinem Zimmer um. Es war ein bisschen schöner als die Zimmer in der zweiten Etage – nein, ein bisschen weniger hässlich. Das Grün an der Wand war zu grün, und der Teppich, da drüben unter dem Tisch, war zu rot: zinnoberrot, ein zinnoberroter Teppich. Dennoch, der Tisch war schön, und auch die anderen Möbel ließen sich sehen – dicklich geschwungenes Art Nouveau, jedoch auf quietschbuntem Grund. Ja, die Möbel schienen schon länger hier zu stehen, aber irgendjemand hatte sich Mühe gegeben, sie schlechtestmöglich zu inszenieren.

Erst jetzt erblickte ich die Wandtattoos. An der einen Wand stand »Carpe diem«, an der anderen »Nobody is perfect« und an einer dritten »Lorem ipsum«. Irgendein zynischer Typograf hatte sich mit einer perversen Einrichtungsfirma, eher einem Geschenkidee-Laden, verbrüdert, um jeden einzelnen Buchstaben in einer anderen Schriftart zu drucken. Mein Hass auf die Postmoderne verwob sich mit meinem Kater, meinen Kopfschmerzen und meinem Harndrang, und ich fing an, jeden einzelnen der Buchstaben persönlich zu nehmen. Besser, ich stand auf.

Und also trat ich an die großen gardinenlosen Fenster, doch mein Blickfeld verfinsterte sich; ich schwankte. Wohl war ich zu schnell aufgestanden, wohl musste ich etwas trinken. Doch als ich dann Halt an dem verstaubten Fensterbrett fand und meine Sicht sich wieder aufklarte, vergaß ich für einen Moment meine körperlichen Bedürfnisse, sogar der Schmerz verflüchtigte sich und zog an die Ränder. Vor mir lag die kleine Stadt, durchstrahlt von nachmittäglichem Gegenlicht. Keine Wolke und kein Mensch war zu sehen. Das Dächermeer verschachtelte sich träge über eine kleine Anhöhe, und wenige Kirchtürme brachen daraus aus. Es war kein einziger Neubau zu sehen, ja, offenbar war die Stadt schon sehr lange arm, schon sehr lange im Schrumpfen begriffen – selbst im Zweiten Weltkrieg konnte sie keine größere Bedeutung gehabt haben, schien sie doch vom Häuserkampf verschont. Ein schläfriger Fluss trennte Gédéons Villa von dem Städtchen – ich hatte ihn gestern nicht bemerkt – und eine breite schlichte Brücke führte darüber, fast direkt vor unsere Tür. Ich rauchte eine Zigarette.

Francesco hatte gestern eine ganze große Tüte voll mit unterschiedlichen Packungen gekauft, mehr um die Verkäuferin zu verwirren, weil in Frankreich ja ohnehin alle Marken in diesen nach Diarrhö aussehenden, olivgrünen Einheitsschachteln steckten – eine stille Hässlichkeit, die von den Schockbildern übertrumpft wurde, damit man sie nicht bemerkte.

Ein Lastwagen fuhr über die Brücke, und eine Taube flatterte vorbei, ansonsten blieb alles still, und mit einem Mal zog der Schmerz von den Rändern zurück, zurück in die Mitte meines Kopfes; der Durst war wieder da, und ich spürte, wie heiß es war. Ich zog mir meine Unterhose an und machte mich auf die Suche nach dem Bad.

Ein breiter fensterloser Flur erstreckte sich über die gesamte Länge der Villa, aber die Türen zu den Zimmern standen offen und kippten das Tageslicht in gleichmäßigen Schwällen in den Gang, eher von links als von rechts. Ich schlich den Flur entlang und sah durch die Fenster der Zimmer – auf der linken Seite gingen alle nach der Stadt, nach dem Fluss, auf der rechten alle nach dem Garten: Verdorrt und verwildert lag er da, ein ockerfarbener Urwald. Wenn es wirklich Nachmittag war, so hatte ich mit meinem Zimmer eine gute Wahl getroffen, denn ich hasste den Osten. Diese erste Etage schien noch nicht so weit renoviert zu sein wie die zweite. Gestern war ich zu müde gewesen, um darauf zu achten, oder ich hatte es schlichtweg vergessen, doch hier rollten keine wahllosen Bordüren über wahllos gestrichene Raufasertapeten – nein, die Wände waren kahl und verschmutzt, fleckiges

Fischgrätenparkett dauerte an, und staubige, leicht ramponierte Le-Corbusier-Sideboards standen zwischen den offenen Türen.

Es war fast hübsch, zumindest hatte es ein wenig morbiden Charme, doch der Blick in die teils zugestellten, teils schon manikürten Zimmer verleidete mir schnell meinen Anflug von Wohlwollen. Immerhin, es gab auch auf dieser Etage eine Küche, sogar einen Kühlschrank. Gestern hatten wir alles in den zweiten Stock getragen. In einem der Zimmer nach dem Garten lag Francesco, seltsam verrenkt und regungslos auf einer löchrigen Schaumstoffmatratze ohne Bezug, nur bedeckt von seiner silbernen Hose. Zielsicher oder intuitiv hatte er sich für den Heroin Chic entschieden. Am Ende des Flurs war eine verschlossene Tür, und als ich sie mit einigem Aufwand entriegelt hatte, fand ich eine kleine schmutzige Toilette und ein noch kleineres verdrecktes Waschbecken. Es roch angetrocknet, und dass das Wasser abgestellt war, bemerkte ich erst, nachdem ich mich erleichtert hatte. Zumindest gab es keinen Spiegel.

Die Zimmer nach der Stadt waren länger als die nach dem Garten, und als ich in das nächstgelegene hineinging, bemerkte ich, dass sie alle durch unscheinbare Türen miteinander verbunden waren. Ich lief von Raum zu Raum; ungefähr auf halber Höhe war ein großes, ehedem fürstliches Bad. Eine freistehende Wanne mit goldenen Füßen stand in der Mitte auf diagonal karierten Fliesen und als ich die verrosteten Armaturen aufdrehte, tröpfelte bräunliches Wasser heraus, wurde alsbald zu einem dunklen Strahl, lichtete sich mit der Zeit und wurde schließlich farblos, durchsichtig und klar. Ich trank direkt aus dem Hahn, stieg sodann in die Wanne und duschte mich ab. Das Wasser blieb kalt, und nach wenigen Minuten fror es meinen geschwächten Körper so sehr, dass ich zitternd wieder hinausstieg und mir eines der Handtücher aus der mauvefarbenen Kommode nahm.

Mauve. Bei Proust kam diese zarte Farbe ständig vor – ja, bei Proust war alles mauvefarben. Hier aber, eingezwängt zwischen dem grellen Türkis der Wände und den grünen und pinkfarbenen Handtüchern im Inneren eben jener Kommode, brannte mir der leise Ton mehr in den Augen als seine schrillen Geschwister.

Mein Körper wärmte sich schnell wieder auf, doch mich fröstelte weiter. Mein Zimmer grenzte direkt an das Bad. Ich ging hinüber, zog meine neue Kleidung an und sah noch einmal aus dem Fenster; einige wenige Passanten zierten nun das Ufer auf der anderen Seite des Flusses, und es war, als flösse dieser jetzt schneller. Der Schmerz in meinem Kopf pochte immer lauter, und also ging ich in Francescos Zimmer.

Gern hätte ich ihn geweckt, aber er schlief so friedlich, dass ich es besser unterließ. Sein Gesicht schien um Jahre verjüngt, obschon es nicht weniger eingefallen war, und auch nicht weniger gotisch. Doch waren die Furchen verblasst, die Furchen, die ich immer für Falten gehalten hatte – und selbst die Augenhöhlen schienen weniger tief. Kein verkrampftes Zwinkern, kein Zucken verzerrte sein nunmehr zarteres Antlitz – nicht der Hauch eines Ausdrucks, noch der Anschein einer Regung. Der Bart, der dichte Bart, und die buschigen dunklen Brauen, die in der Mitte leicht zusammenwuchsen, kontrastierten seine feinen Züge wie Fremdkörper. Seine linke Hand lag fromm auf seinem Bauch, seine rechte unter seinem geschorenen Kopf, sodass sein angewinkelter Arm den Blick auf sein verklebtes Achselhaar freigab. Er wäre viel hübscher ohne die Glatze und den Bart, hübscher auch ohne all die Tattoos. Von Francescos kahler Brust, die sich sacht hob und senkte, stierte mich ein schlecht gestochener Egon Schiele an – die Finger abgespreizt, halb das Gesicht verdeckend.

Chaim hatte immer gesagt, die Leute ließen sich in die Haut stechen, damit sie sich nicht mehr vorstellen könnten, dass sie einmal jemand anderes würden.

Ich durchwühlte Francescos Taschen, seine Tüten und Beutel, seinen Koffer. Ich fand Kleidung, Werkzeug, Farbtuben und Pinsel, fand einen Laptop und eine Stereoanlage, fand jede Menge Kabel, Alufolie, Bücher von Highsmith und Philippe Djian, fand einen riesigen Butt-Plug und eine zerfledderte, zweisprachige Ausgabe der Fleurs du Mal. Ich wühlte mich durch einen Kulturbeutel, in dem Gleitgel ausgelaufen war und an losen Blistern abgelaufener Antidepressiva und Opiate klebte, durchforstete selbst seine zerfranste Bauchtasche – überall waren Drogen, aber nirgends eine Schmerztablette.

Und also nahm ich ein wenig Kokain, denn das betäubt schließlich auch. All die geschmacklosen Farben und Formen, die mich eben noch deprimiert hatten, ja, selbst der hässliche Schiele, amüsierten mich jetzt – wenngleich, sie amüsierten mich trocken und kalt. Ich steckte mein Telefon an eines von Francescos Kabeln – Dienstag, 17:12 Uhr –, aber niemand hatte mir geschrieben. Nur Hatice hatte versucht, mich anzurufen, und die konnte sicher warten. Ich nahm noch ein wenig Kokain, rauchte eine Zigarette und sah ratlos auf den daliegenden Freund.

Ich hatte mich auf seine Matratze gesetzt und wippte ein wenig auf und ab, doch er machte noch immer keine Anstalten, aufzuwachen, aufzustehen, keine Anstalten, mit mir nach oben in die Küche zu gehen und zu frühstücken. Nicht eigentlich hungrig, spürte ich doch, dass ich demnächst etwas essen sollte – ja, denn es war lange her. Außerdem wurde mir übel von dem Kokain, das meinen nüchternen Magen mehr reizte, als dass es meinen Kopf betäubte. Ich stand auf, langsam, ganz langsam, damit der Schwindel diesmal ausblieb, und machte mich auf den Weg nach oben.

In der Küche saß Gédéon auf dem Tisch. Er trug nur eine Art Lendenschurz, gewickelt aus einem schmutzigen Bettlaken – eine altertümliche Windel –, und tunkte ein Stückchen des Baguettes, das Francesco gestern gekauft hatte, in den Cancoillotte, den Francesco gestern gekauft hatte, zog lange Käsefäden und schien völlig versunken.

Als ich mich gerade auf der Schwelle umdrehen wollte, sagte er, ohne aufzublicken: »Bonsoir, Monsieur! Qui est-ce qui me fait l'honneur? Qu'est-ce qui vous amène chez moi?«

»Malheureusement je ne parle pas français.« Ich hatte ihn wohl verstanden, aber mein Schulfranzösisch war eher bescheiden, und ich ließ es besser nicht darauf ankommen.

»C'est dommage. Dommage!«

Gédéon hatte noch immer nicht zu mir aufgesehen und versuchte erfolglos, einen langen Käsefaden mit dem Mund zu erwischen, die linke Hand hoch in die Luft gereckt, wickelte den Käse sodann in einer geübten, kreisenden Bewegung erst um das Stückchen Brot, dann um Daumen und Zeigefinger, ließ sich schließlich das Brot in den Mund fallen, wobei es für einen kurzen Moment noch in der Luft, also am Käse hing, und leckte sich endlich die Finger. Seine rechte Hand lag die ganze Zeit über regungslos auf seinem Oberschenkel.

»Je suis désolé! Je suis un ami de Francesco«, stolperte ich weiter.

Gédéon sprang auf und ging, noch immer ohne zu mir aufzublicken, zum Waschbecken, wusch sich die Hände und trocknete sie an seinem Lendenschurz. Dann fokussierte er mich, lief hüpfend auf mich zu, bis er sehr nah vor mir stand, sah mich mitleidig aus grünen Augen an und nahm mich stürmisch in seine Arme.

»I know that you are un ami de Francesco. Un ami de Francesco is also mon ami. Yesterday, I was see you coming. Bienvenue!« Er schien sich wie ein Kind zu freuen, brach das Brot, gab mir ein Stück und forderte mich auf, es in den Kochkäse zu tunken.

Ich tunkte also, tunkte und aß. Es schmeckte gut, aber nach drei Bissen war ich satt, müde und wäre gern zurück in mein Zimmer gegangen. Gédéon jedoch machte sich daran, eine der Rotweinflaschen zu öffnen, die Francesco gestern gekauft hatte. Er hatte nach der teuersten Flasche, einem Syrah von der Côtes du Rhône mit schnörkeligem Etikett, gegriffen. Doch fand er keinen Korkenzieher und also las er einen Schuh vom Fußboden auf, stellte die Flasche hinein, rammte den Schuh samt Flasche, mit der Sohle zuerst, mehrmals an die gekachelte Wand – die Kacheln waren senffarben, was mich in diesem Moment am meisten verwirrte. Ja, er schlug einmal zu oft mit Schuh und Flasche gegen die gelben Kacheln, sodass nach dem Korken auch ein wenig Wein aus der Flasche schoss. Ihn schien das nicht zu stören; er lief barfüßig durch die rote Lache und fuchtelte mir euphorisch mit der Flasche vor dem Gesicht herum.

»You like red wine?«, sprach es aus seinem triumphierenden Gesicht, die Züge zu einer grinsenden Fratze verzerrt.

Mir war keineswegs nach Rotwein, es war viel zu heiß – außerdem war mir noch immer schlecht von dem Kokain und jetzt auch noch von dem Cancoillotte. Aber Gédéon beeilte sich, uns zwei große Gläser zu füllen, und also nahm ich dankend an. Von der Küche führte ein unmöblierter Balkon zum Garten, wir setzten uns auf die halbwegs kühlen Fliesen und sahen in ebendiesen Garten, den ockerfarbenen Urwald. Das Grundstück schien gar nicht so groß, wie ich es gestern im Dunkeln vermutet hatte, doch alles war so dicht und hoch gewachsen, dass man trotz der Dürre nicht sehen konnte, was sich dahinter verbarg; vielleicht war da ein verdorrter Wald, der nahtlos an den Garten angrenzte. Die Villa spendete Schatten, ab und zu wehte ein trockener Wind, und nachdem ich mich weiter vorgestellt hatte, sprach Gédéon über sein Leben und seine Pläne für das Hotel.

Es war schwierig, ihm zu folgen – und das nicht nur aufgrund der Sprache. Er sprach ein kindliches Englisch mit französischer Grammatik, wie man es oft hört, sobald man in Frankreich Paris verlässt. Ich konnte ihn gut verstehen; auch war ich froh, nicht selbst sprechen zu müssen. Es war vielmehr seine Art zu denken, die mich verwirrte. Sie folgte einer eher dissoziativ als assoziativ zu nennenden Logik, die ihm ermöglichte, alle erdenklichen und sogar nicht erdenklichen steilen Thesen aufgrund von völlig absurden, wahllos zusammengesuchten oder schlichtweg erfundenen Beispielen zu beweisen – eine Fähigkeit, die ich von Sophia und vielen anderen kannte, wenn es darum ging, allgemeine Theorien aufzustellen, eine Fähigkeit, wie sie an den Universitäten allerorten munter praktiziert wurde – eine Fähigkeit jedoch, die mir hier, wo sich alles um einen so konkreten Gegenstand, namentlich um ein Hotel, drehte, in ungleich höherem Maße, nein, in ungleich konkreterer Weise, vollkommen wahnsinnig erschien.

Nach allem was ich verstand, war er in kleinbürgerlichen Verhältnissen in Nogent-sur-Seine aufgewachsen, hatte in Paris Schauspiel studiert, sein Studium aber aus Idealismus abgebrochen, als seine Großmutter verstarb und er die Villa erbte. Auf die Frage, warum man aus Idealismus nicht schauspielern dürfe, wenn eine Großmutter verstarb, gab er mir zu verstehen, dass er nichts mit dem System zu tun haben wolle, und als ich ihn fragte, welches System er meine, verdrehte er theatralisch die Augen und hob die Schultern an, gerade so, als hätte ich absichtlich eine dämliche Frage gestellt, gerade so, als wisse ich genau, was er meine. Es lag etwas gleichermaßen Spielerisches wie brutal Suggestives in dieser Geste, und ich fragte besser nicht weiter.

Gédéon hätte die Villa, aber keinerlei Geld geerbt und sich mit einigen Freunden aus Paris hier in der Provinz niedergelassen, um das alte Haus in ein kollektiv verwaltetes Hotel zu verwandeln. Es sei ihm niemals um Geld gegangen – niemals, *jamais*! Er hätte der Provinz etwas zurückgeben, einen Ort der Kulturen schaffen wollen. Immer lauter wurde seine Stimme. Er hätte jeden Gewinn in das Projekt stecken wollen, um von den restlichen Erträgen politische Künstler zu unterstützen, politische Künstler, die hier im Hotel leben sollten.

Auch wenn er die Verben im Englischen nicht recht zu beugen wusste, merkte ich an seiner Art des Erzählens, an seiner Gestik und Mimik, dass er von der Vergangenheit sprach – und dass diese Vergangenheit jetzt verloren war. Ja, eben noch ein sorglos hochmütiger Junge mit Kochkäse an den Fingern, war er nun ein gescheiterter Mann – in seinem Lendenschurz nicht unähnlich einem tragischen Helden, einem in der Asche sitzenden Hiob. Die Beine an den Körper gezogen, den Kopf auf den Knien ruhend, sah er von Zeit zu Zeit zu mir auf, sah mich flehentlich an. Eben noch hatte sein braungebrannter Körper mit den blonden Härchen trotz des breiten Kreuzes schmal und leicht ausgesehen, nun wirkte er gedrungen und von verlassener Schwere. Eben noch hatte ich gedacht, er sei nicht viel älter als ich, nun war er schlagartig um zehn Jahre gealtert, ja, mehr noch, er schien sein Leben hinter sich gelassen zu haben.

Als ich ihn fragte, wo denn all die anderen, seine Pariser Freunde, nun seien, nahm er einen großen Schluck Wein und starrte melancholisch in seinen Garten. Die Sonne stand jetzt tiefer, der Schatten der Villa war länger und der Urwald loderte wärmer – das gleichmäßige Ocker hatte sich in tausend unterschiedliche Orangetöne zerlegt; alles schien zu summen, zu schwirren und zu dröhnen. Ich hatte mich an den schweren Wein in der Hitze gewöhnt und nahm meinerseits einen großen Schluck. Dann steckte ich mir eine Zigarette an. Gédéon rümpfte verächtlich die Nase, aber das ignorierte ich und fragte noch einmal, wo seine Freunde nun seien.

Ja, das wäre eben das Problem gewesen, *un fiasco*! Sie hätten hier für kurze Zeit ein paradiesisches Leben verlebt und in wenigen Wochen die ganze zweite Etage renoviert, hätten einander geliebt – jeder jeden! – und alles geteilt. Ich musste lachen, ließ es aber so aussehen, als hätte ich den Rauch meiner Zigarette verschluckt. Gédéon schaute ohnehin weiter in seinen Garten, und ich schenkte uns nach.

Ihm sei gar nicht aufgefallen, dass er der Einzige war, der Geld in das Hotel gesteckt, der einen Kredit, dessen Eltern sogar eine Hypothek auf ihr Haus aufgenommen hätten. Ich schaute ihn jetzt doch etwas ungläubig an, da er einzig in seit fünfzig Jahren abgelaufenen Klischees zu sprechen schien. Er sei eben glücklich gewesen! Als müsste er mich von der unanfechtbaren Glaubwürdigkeit seines Glücks, ja von dessen Notwendigkeit bis hin zum gegenwärtigen Zeitpunkt und auch darüber hinaus überzeugen, sprang er plötzlich auf, hockte sich mit einem weiteren Sprung vor mich und krallte sich mit beiden Händen in meine Schultern.

»Happy!«, rief er ein weiteres Mal aus und verschluckte das »H«.

Um ihn zu besänftigen, nickte ich mit größtmöglichen Augen, versuchte zu lächeln und tätschelte seine großen Hände, die ihre Krallen weiterhin in meinen zusammengefahrenen Körper bohrten. »Je sais, Gédéon! Je sais.«

Er sprang wieder auf, setzte sich aber nicht mehr hin und fing an, auf dem Balkon auf und ab zu gehen. Schließlich habe er einen nach dem anderen rauswerfen müssen. Sie seien immer fauler geworden, hätten die Werkzeuge kaputtgemacht, das Eigentum seiner Großmutter sei von heute auf morgen verschwunden – ja, die meisten seien schließlich von selbst gegangen. Seit über einem Jahr lebe er nun ganz allein hier. Er hätte kein Geld, dafür aber jede Menge Schulden. Ich bemerkte, wie sich sein Körper anstatt sich durch die Last der Erzählung weiter niederreißen zu lassen, schon seit einiger Zeit immer weiter aufreckte, sich wieder zu verjüngen schien; er tänzelte nun schon auf und ab, mehr denn er ging.

Das sei alles kein Problem, denn er habe ja *Capital culturel* und außerdem – das sei noch viel wichtiger – *Capital social*. Ob ich Bourdieu gelesen habe, wollte er wissen. Jetzt strahlte er wieder wie ein Kind. Mir gingen die Verwandlungen zu schnell, und deshalb log ich und verneinte, was ein Fehler zu sein schien, denn es folgte eine krude Zusammenfassung von Bourdieus Gesamtwerk, einzig zugeschnitten auf Gédéons Situation.

Seine Fähigkeit, Menschen zu begeistern, mit seiner Begeisterung gewissermaßen in ihre Arbeitskraft zu investieren, sei alles was zähle! Gemeinsam würde uns hier etwas Großes gelingen, *something really really great*. Ich hielt mich an den Wein, während Gédéon vor mir auf und ab sprang; sein französisches Englisch steigerte sich zu einem frenetischen Kauderwelsch. Langsam verstand ich meine eigene Rolle in dieser Geschichte: Ich war sein *Capital social*. Francesco hatte ihm offenbar zugesichert, dass wir ihm helfen würden, sein Hotel fertigzustellen. Besser, ich steckte mir noch eine Zigarette an.

»Why are you drinking red wine in this fuckin' heat?«, erklang es hinter mir.

»I do not know. This crazy man really wanted to drink red wine.«

Gédéon hüpfte weiter auf und ab und zeigte mit lachenden Fingern auf mich – nicht eigentlich höhnisch klang er, vielmehr so, als freute er sich ehrlich über meinen lustigen Einfall, ja, als glaubte er ehrlich, es sei mein Einfall gewesen.

Francesco trat auf den Balkon, bekleidet noch immer einzig mit seiner Thaiboxhose. Er hatte eine Flasche Birnencidre in der Hand, was ich zum Anlass nahm, den restlichen Syrah in den Garten zu kippen und ihm die Flasche aus der Hand zu reißen. Wennschon, ich sah ihn dabei nicht an, nein, ich trank direkt aus der Flasche, steckte mir eine neue Zigarette an der noch brennenden an, schmiss auch diese in den Garten und trat an das Geländer – lehnte mich mit den Ellbogen darauf. Der Cidre war warm, und hinter meinem Rücken redeten Francesco und Gédéon, doch ich sog den Rauch tief ein und versuchte, mich auf den Garten zu konzentrieren, den Urwald, der bald rosa vor mir lag.

Seitdem Chaim wieder in Tel Aviv war, hatte er kein einziges Foto gepostet. Vielleicht hatte er jetzt kürzere oder längere Haare, hatte zu- oder abgenommen; vielleicht war er auch älter geworden, und härter, noch härter. Doch wusste ich nichts und würde nichts wissen – es war, als sei Chaim zum Bilderverbot zurückgekehrt.

Ich rauchte – rauchte und trank, und es dämmerte freudlos dahin. Die Stimmen hinter mir waren schon lange verstummt, und als Francesco neben mich trat und mich ansah, hatte ich fast vergessen, dass ich wütend auf ihn war. Besser, ich sah weg; besser, ich sah in den Garten.

»Komm mit, Boy!« Francesco klang beschwingt. »Komm mit, ich zeige dir die Kirche. Ich habe mit Gédéon Schlüssel getauscht: Die Kirche gegen das Auto. Er hat sich gefreut wie ein Pferd, und wir haben bestimmt für ein paar Stunden unsere Ruhe.«

»Du hast Gédéon den Porsche gegeben?«

»Ja, er soll halt ein bisschen rumcruisen.«

Ich sah weiter in den Garten.

»Bitte komm mit, Boy! Es wird sicher nice. Du brauchst auch nicht helfen oder so was. Du hast doch unser Städtchen noch gar nicht richtig gesehen. Und du magst doch Kirchen, right? Ich habe ein paar Flaschen Chablis ins Kühlfach gestellt, während du hier rumstandest, wie … wie Arnold Böcklin.«

Ich musste lachen.

»Hast du gesehen, dass wir unten einen Kühlschrank haben? Sorry, das hatte ich irgendwie vergessen. Jedenfalls müssten die Flaschen jetzt kalt sein. Ich glaube, das wird eine herrliche Nacht!«

Ich drehte mich um und versuchte, ihn so entnervt wie möglich anzuschauen, aber er hatte mich schon überzeugt, zwickte mich in den Bauch, und wieder musste ich lachen. Francesco hatte ein unglaubliches Talent: Man verzieh ihm fast alles, konnte ihn nicht hassen – zumindest nicht aus der Nähe. Manchmal war ich mir nicht sicher, inwieweit er sich über diese Wirkung im Klaren war, inwieweit er davon ausging, dass man ihm alles verzieh. Doch das war unerheblich, zumindest in dem Moment in dem er mich nun ansah, schelmisch grinsend – schuldbewusst, aber ohne Reue.

Francesco hatte sich ein Hemd angezogen, einen großen Rucksack vollgepackt, und als wir das Haus verließen, war wieder alles blau. Wir gingen zum Fluss und auf die Brücke, tranken den Chablis aus der Flasche, und allmählich steckte Francesco mich mit seiner Freude an, denn ich war lange nicht mehr an einem fremden Ort gewesen. Er erzählte mir, er sei vor zwei oder drei Wochen schon einmal hier gewesen, für zwei oder drei Tage. Gédéon wüsste er schon zu handeln, nur beschäftigen müsste man ihn. Und überhaupt, der halbe Sommer läge noch vor uns und wir seien in Frankreich – ja, in Frankreich! Es war noch immer sehr warm, aber auf der Brücke wehte ein milder Wind, und der Chablis erfrischte mich auch. Die blaue Stunde neigte sich bald ihrem Ende, aber alles hatte noch jenen kurzen Schimmer vor Einbruch der Nacht, und am anderen Ende der Brücke machte sich ein Kellner daran, kleine geflochtene Stühle anzuketten.

»Da trinken wir morgen einen Pastis! Jeden Tag trinken wir da mindestens einen Pastis! Oder besser: Wir trinken einen morgens, zwei am Mittag und drei abends. Das macht man hier so, ich schwöre es dir!«

Francesco sprang mit seinem großen Rucksack um mich herum, eine Packung Alufolie fiel heraus, und ich steckte mir eine Zigarette an – lächelte spöttisch und ernst, aber irgendwie froh.

Ja, Deutschland schien fern.

Wir liefen vorbei an den verrammelten Ladenzeilen, den zerbrochenen Fenstern in den ehedem pittoresken Häusern – bei genauerem Hinsehen war nicht alles verlassen, nicht alles zerbrochen. Eine Bar war noch geöffnet, und in einem winzigen Supermarkt brannte weißes Licht. Doch die Gassen schlängelten sich träge, und die Passanten, denen wir über den Weg liefen, waren meist ältere, gebeugte Menschen – vereinzelte, ab und an auch paarweise auftretende Gestalten, die sich kaum von den verlassenen Häusern abzusetzen schienen, gerade so, als wären sie nicht wirklich da.

Die einzigen jüngeren Leute, die wir auf diesem unserem ersten Spaziergang sahen, waren vier Jungen, die johlend auf zwei Fahrrädern durch die Straßen schlitterten. Das Gebrüll war schon von Weitem zu hören, doch brauchte ich einige Zeit, um es einzuordnen. Ich verstand nicht, was sie riefen, aber ich fing an, schneller zu atmen und schwitzte. Francesco bemerkte das, hörte freundlicherweise auf, um mich herumzuhüpfen und ging ganz ruhig neben mir, als sie nun an uns vorbeifuhren. Dennoch hatten wir ihre Aufmerksamkeit erregt, und ein verächtlicher Blick bohrte sich in meinen bebenden Körper. Ich versuchte so zu tun, als hätte ich es nicht bemerkt, versuchte, so flach wie möglich zu atmen, und als sie an uns vorbeigefahren waren, wusste ich schon nicht mehr, ob es wirklich Verachtung war, ob der Blick nicht viel eher voller Neid – wobei, das eine schloss das andere nicht gerade aus.

»Mach dir keine Sorgen, mein paranoider Freund. Die müssen jetzt eh beten. Schau, es ist dunkel geworden! Die müssen sich beeilen, wenn sie keinen Stress wollen, Boy.« Francesco flüsterte wie zu sich selbst und legte mir den Arm um die Schulter.

Und siehe, wenige Minuten später erklang leise aus der Ferne das vertraute »Allahu akbar« durch die sonst leblose Geisterstadt.

Francesco blieb stehen. Wir waren bei einer unscheinbaren, nicht besonders großen Kirche angelangt; das gelbe Laternenlicht ruhte auf wieder morschem Sandstein, die kleinen vergitterten Fenster lagen tief und schwarz wie Schießscharten in den dicken Wänden, und eine kleine Treppe führte zu einer schlichten gusseisernen Tür. Francesco beeilte sich, die Stufen hinaufzutänzeln und ich entnahm einem kleinen verrosteten Schild, dass die »Chapelle Saint-Michel« im Jahre 1788 fertiggestellt worden war, aufgrund der Revolution nie ausgemalt worden sei und wie viele Kirchen Frankreichs in der darauffolgenden Zeit als Gefängnis hatte dienen müssen. Als ich wieder zur Tür sah, war sie bereits geöffnet, und also stieg ich die wenigen Stufen empor – sah in den dunklen Raum. Noch zögerte ich, hineinzugehen, als plötzlich ein heller Strahl auf mich fiel. Geblendet sah ich erst nichts, trat dann ein und erkannte, dass die Kirche größer war, als sie von außen schien.

Ein leerer, schmuckloser und doch erhabener Raum, an dessen Ende Francesco mit einem Baustrahler auf dem Altar stand und freudig winkte. Die Fenster an den Seiten waren nur ein wenig größer und breiter als die in den Schießscharten, und nach allem was ich sah, waren sie nicht vergittert – obgleich, sie schienen unnatürlich hoch zu liegen, ja, viel zu hoch; direkt darüber ein schlichtes Gewölbe, liefen unter ihnen gleichsam kahle, schmutzig weiße Wände bis zum Boden.

Als ich mich umsah, entdeckte ich an der Wand, rechts der Tür, ein deplatziertes, spätbarockes Altarretabel: perlweißer Rokoko, stellenweise vergoldet – zwei goldene Bischöfe rahmten das Kruzifix in der Mitte, und üppig asynchrone Blätter in Rankenformationen verwiesen auf späte Opulenz. Das Retabel passte nicht hierhin, weder Position noch Stil stimmten – nein, alles war falsch. Ich erkannte über der Eingangstür nun doch, aber ebenfalls in beträchtlich absurder Höhe – wohl hatte ich sie deshalb im spärlichen Licht von außen nicht gesehen – eine bescheidene Rose.

Und eben als ich sie erblickte, wurde sie erleuchtet durch einen zweiten gleißenden Strahl, doch wurden ihre Fenster nicht durchschienen, denn das Licht kam aus dem Inneren der Kirche und also drehte ich mich um. Emsig befestigte Francesco einen zweiten Baustrahler an der hölzernen Kanzel; das Licht glitt mit jeder Bewegung in eine andere Richtung, erhellte abwechselnd den steinernen Boden und die nüchternen Wände – schließlich das Retabel. Trotz der Kahlheit hatte dieses nervöse Spiel etwas

Schauerliches, und ich war erleichtert, sowie er den Strahler endlich festgezurrt hatte und mit schnellen, tänzelnden Schritten wieder zurück zum Altar, zum anderen Strahler lief.

Erst jetzt erkannte ich, dass sich in der Rundung hinter dem Altar drei lange Fenster befanden, die einzigen langen, gotischen Kirchenfenster in diesem spartanischen Raum. Wie die Fenster der Kapellen in der Kathedrale von Amiens zogen sie die Wände herunter, sodass der Altar bei Tageslicht von hinten erhellt werden würde. Doch jetzt blieben sie dunkel, und nur der Baustrahler blendete mir entgegen, blendete mich mit jedem Schritt mehr, sodass ich immer weniger sah, je näher ich ihm kam. Erst vorn erblickte ich Francesco, er saß im Schneidersitz auf der kahlen Mensa. Mit seiner Kreditkarte schob er eine größere Menge Kokain hin und her.

»Komm hoch, Boy! Setz dich zu mir.« Er lächelte selbstzufrieden.

Ich setzte mich also zu ihm, setzte mich auf den kühlen Stein, ließ die Beine hinunterbaumeln, und gemeinsam sahen wir in das hellerleuchtete Schiff. Die Tür war noch immer offen. Ich stieg also wieder hinab, lief zurück, diesmal schneller, und meine Schritte hallten durch die stumme Kirche. Dann schob ich die schwere Tür zu, aber sie ließ sich nicht richtig schließen – blieb einen Spaltbreit offen. Als ich zurückkam, stand Francesco bereits vor dem Altar und zog mit einem seiner Hunderteuroscheine eine große Line von ebendiesem.

»Die Tür geht nicht zu.«

»Ich weiß, die geht von innen nicht ganz zu. Entspann dich bitte mal, Boy. Ich war neulich dreißig Stunden am Stück hier drinnen und habe sie nicht einmal angelehnt. Hier kommt niemand hin. Höchstens spielende Kinder, aber dafür ist es jetzt auch zu spät.«

»Was hast du dreißig Stunden hier drinnen gemacht?«

»Aufgeräumt«, sagte Francesco, übergab mir seinen Schein und sprach erst weiter, als ich mich über den Altar beugte. »Gédéon hatte hier vorher so eine Ausstellung.«

Ich musste husten, behielt das Kokain aber in der Nase und setzte mich wieder auf die Mensa. Besser, ich fragte gar nicht erst, was für eine Ausstellung das gewesen sei. Besser, ich erkundigte mich nur danach, ob es Leute gegeben hätte, die sich das Ganze angesehen hatten.

»Keine Ahnung, I don't know. Ich halte es aber nicht für wahrscheinlich. Hier interessiert sich niemand für Kunst, und er hat eigentlich nur Müll in die Kirche gestopft, allerlei Baumstämme und Steine, Sperrholz und was er halt noch so gefunden hat. Land- oder Garbage-Art hat er es genannt. Es war ziemlich voll.«

Ich erkundigte mich weiter, wann diese Ausstellung stattgefunden hätte, warum Gédéon überhaupt einen Schlüssel für die Kirche besaß und warum sich niemand daran störte. Francesco konnte mir nur teilweise Antworten geben, war im Ganzen eher ausweichend und sprach beiläufig, ganz so, als hätte er nichts mit alledem zu tun, als seien es komische Fragen, die ich ihm da stellte, Fragen, auf die man gar nicht kommen könnte.

Doch ich insistierte und bekam ein paar verwirrende Informationen. Er war sich nicht sicher, wann diese Ausstellung stattgefunden hatte, vermutlich war es schon ein oder zwei Jahre her. Jedenfalls hätte Gédéon irgendwann danach angefangen, alles mögliche andere aus seiner Villa hierher zu tragen, hatte die Kirche gewissermaßen als Abstellkammer benutzt – ja, als Francesco hier angekommen war, wusste er nicht so recht, was zur Ausstellung gehörte und was Hausrat gewesen sei. Gédéon sei allerdings froh gewesen, dass er für ihn aufräumte und die meisten Sachen hätte er einfach entsorgt, in die umliegenden Straßen gestellt oder in den Fluss geworfen. Auf die Frage, wer denn diese Kirche verwalte und warum sich seit Jahren niemand dafür interessiere, was hier drinnen geschah, wusste Francesco auch keine Antwort. Es gäbe vielleicht einen Verein oder etwas Ähnliches, deren Mitglied Gédéon war; er kenne sich mit dem Laizismus nicht so gut aus. Vielleicht sei Gédéon auch durch Zufall an den Schlüssel gekommen, wer wisse das schon. Oder er hätte ihn gestohlen. Wichtig sei nur, dass sich niemand dafür interessiere, was hier geschah.

»Okay, also ich dachte, du hast hier so eine Art Auftrag oder zumindest eine Erlaubnis.«

»Wie kommst du darauf?«, fragte Francesco verwundert, und ich bemerkte, dass ich selbst nicht wusste, wie ich darauf gekommen war.

»Absurd, stimmt.« Ich lachte und zog noch eine Line Kokain.

So recht beruhigen wollte mich das nicht, und deshalb fragte ich nach einer zweiten Flasche Chablis, steckte mir eine Zigarette an.

Wir tranken also – tranken, sahen in die leere Kirche, und Francesco rauchte einen Joint. Ich hatte noch immer nicht verstanden, was er hier eigentlich vorhatte, ganz einfach, weil ich es nicht wissen wollte. Ich hasste die Kunst, hasste die Künstler – was sollte denn das sein? Die Kunst war vorbei, schon lange, und alles was blieb, was nun noch geschah, war hochmütiger, moralischer Schrott oder glanzvolles Nichts – in beiden Fällen poesieloses Elend. Ja, höchstens gelang noch eine gescheite Darstellung des Mangels – wobei, nein, auch das kam nie vor, denn selbst die Nachwehen der Kunst lagen schon lange zurück, und alles was blieb, war ein Hinterher.

Ich hatte es versucht mit der Kunst und mit den Künstlern, immer wieder, doch hinter allem, was ich gesehen hatte, waberte die gleiche Leere – waberte in tausend schillernden Farben und war doch immer gleich. Ja, ich hasste die Kunst, hasste die Künstler. Und da ich Francesco nicht hassen wollte, war es besser, ich schwieg. Wiewohl, die Stille wurde zu still, die Neugierde zu gierig, und außerdem würde ich es ohnehin bald erfahren.

»Also, was genau hast du hier vor?«, hörte ich mich fragen. »Wofür ist all die Alufolie?«

Francesco freute sich sichtlich über mein Interesse, hüpfte vom Altar, stellte sich vor mich und hauchte einen Rauchring in den Lichtstrahl. »Ich werde die Kirche verspiegeln. Also von innen. Hab' ich das nicht erzählt?«

Der Ring weitete sich und wurde immer dünner, wurde vom Licht davongetragen und stieg immer weiter auf, bis er sich schließlich oben im Gewölbe ganz auflöste.

»Mit Alufolie?«

»Ja, also ich schaue erst mal, ob das funktioniert. Das Ziel ist, dass man in die Kirche geht und überall sich selbst sieht. Nice, oder? Anstelle von Gott trifft man hier dann sich selbst – egal, wo man hinschaut.«

Ich schwieg – hoffte, es würde noch einen Rauchring geben.

»Ist dir das zu provokant, Boy? Conservative Boy?«

»Nein«, antworte ich langsam. »Ich weiß ehrlich gesagt überhaupt nicht, wen du damit provozieren willst. Du hast selbst gesagt, dass hier niemand herkommt. Warum soll es jemanden provozieren, wenn du Gédéons Abstellkammer verspiegelst?« Es tat mir weh, so zu ihm zu sprechen, aber ich konnte nicht damit aufhören. »Niemand interessiert sich für diese Kirche – für diese Kirche nicht und für die Kirche im Allgemeinen auch nicht.« Ich murmelte eher, als dass ich sprach.

»Das musst du gerade sagen. Wie kommst du denn überhaupt darauf? Die Kirche hat nach wie vor zu viel Macht.«

»In Frankreich werden jede Woche Kirchen geschändet, und das ist allen egal. Und werd' bitte nicht so moralisch. Das steht dir nicht«, murmelte ich weiter.

»Stimmt, sorry.« Francesco lachte. »Ich meine das ja auch gar nicht so ernst. Es geht vor allem darum, dass ich hier diesen geilen Space gestalten kann. Wann bekommt man schon mal so eine Möglichkeit?«

Doch ich sah an ihm vorbei, denn ich spürte, dass Francesco sich ganz anders äußern würde, hätte ich angebissen – dass er irgendetwas von Subversion faseln würde und jetzt nur versuchte, sich herauszureden, weil ich sein bequemes Spiel durchschaut hatte. Er tat mir leid; besser, wir beließen es dabei. Besser, ich trank noch mehr von dem Chablis.

Hinter der Kanzel war eine kleine Tür, die in einen Anbau führte, eine Art Gemeindehaus, das in den 1960ern erbaut zu sein schien, aber nie fertiggestellt worden war: kleine verwinkelte Räume, überall Staub und Rohre, die aus den Wänden ragten, außerdem eine Toilette. Hier stand noch immer allerlei Zeug von Gédéon, alte Möbel seiner Großmutter, die wesentlich schöner waren als seine Neuanschaffungen – Fauteuils im Stil des zweiten

Kaiserreichs, ein japanischer Paravent, ein tadelloses Chesterfield und schwere dunkle Truhen –, aber auch die gesamte Bestuhlung der Kirche und ein größerer Vorrat Alufolie, den Francesco offenbar bei seinem ersten Besuch angelegt hatte. Ja, zwei volle Umzugkartons, vollgestopft mit Alufolie – er musste den Vorrat sämtlicher Supermärkte des Départements leergekauft haben. Wir liefen durch die kleinen Zimmer und fanden ein altes Radio, das Francesco sogleich mit in die Kirche nahm. Ich hingegen blieb noch ein wenig zurück, um zu stöbern.

Als Kind war es für mich das Schönste gewesen, unseren Dachboden zu durchforsten, allein durch den Garten der Großeltern zu streunen und die Schubladen im Büro meines Vaters zu durchsuchen – nie hatte ich mich gelangweilt. Wenn die Eltern oder Großeltern nicht besonders weit weg waren, ich jederzeit zu ihnen zurücklaufen konnte und sie zugleich beschäftigt wusste – ja, sie würden nicht nach mir suchen –, so bedeutete das für mich die größtmögliche Freiheit, denn ich konnte mich ganz meinen Träumen, meinen Fantasien ergeben, konnte Geheimnisse entdecken oder erfinden, konnte mir Freunde erdenken, mit denen ich sprach, und alles lag vor mir – spannend und nur dazu da, erlebt zu werden. Jetzt versuchte ich die vielen verstreuten Gegenstände mit den Augen meines kindlichen Ichs zu entdecken, doch die Karten, die ich in den alten Truhen fand, zeigten Orte, an die ich nicht wollte, und die Fotoalben, die ich durchblätterte, zeigten Menschen, die mich nicht interessierten.

Es war, als läge mein Leben bereits hinter mir, als würde es immer gleich bleiben, als wären die Neuerungen, die es geben würde, keine echten Neuerungen – und wenn doch, würden sie nur weiteres Leid mit sich bringen. Damals hatte ich von einem schöneren, volleren Dasein geträumt und gar nicht bemerkt, dass dieses Träumen vielleicht schon den Höhepunkt darstellte. Nur mit Chaim hatte es einige Augenblicke gegeben, die an die alte Vorfreude heranreichten – sie mithin ein- oder zweimal noch übertrafen. Doch Chaim war weg. Ich würde ihn nicht wiedersehen. Aus der Kirche hallte der Jingle von »Radio Nostalgie«, ich war furchtbar betrunken, und es war besser, ich ging zurück.

Francesco hatte bereits angefangen, so hoch es aus dem Stand möglich war, mit durchsichtigem Klebeband Bahnen aus Alufolie zu fixieren und sie bis zum Boden zu ziehen. Ich nahm noch eine Line Kokain, öffnete eine weitere Flasche Chablis, setzte mich auf den Altar und rauchte. Hatte Francesco mir eben noch leid getan, so beneidete ich ihn nun. Beflissen lief er in der Kirche herum, summte zu einem Lied von France Gall. An seinen Armen klebten große Streifen Klebeband, und wann immer ihm ein Stück Alufolie zerriss, zerknüllte er es und warf es in Richtung der Kanzel – versuchte ihr Inneres zu treffen.

Und es war, als befruchte er sich selbst. Ja, es war, als behüte ihn sein Irrsinn vor Schlimmerem. Entweder musste ich Francesco nun helfen, oder aber ich ginge zurück in die Villa; hier allein auf dem Altar zu sitzen, immer mehr zu trinken und mich selbst zu bemitleiden, wäre auf Dauer peinlich. Nein – und da an Schlaf ohnehin nicht zu denken war und in der Villa womöglich Gédéon auf mich wartete, nahm ich mir besser eine Rolle Alufolie.

Und also arbeiteten wir uns durch die Nacht, saßen zwischendurch auf dem Altar, zogen Kokain – tranken und rauchten. Es dauerte einige Zeit, bis ich meinen Rhythmus fand, die Folie zerknitterte schnell, und es war schwieriger, als es ausgesehen hatte, sie in geraden Bahnen auf der unebenen Wand anzukleben, doch irgendwann ging es wie von selbst.

Als die ersten Sonnenstrahlen durch die viel zu hoch liegenden Fenster rieselten, wir erschöpft mit dem Rücken an den Altar gelehnt saßen und in die Kirche blickten, erfüllte mich fast so etwas wie Genugtuung. Die Sonnenstrahlen rieselten bis nach unten über die beiden schmalen, silbernen Streifen, die wir an den Außenseiten des Kirchenschiffs verklebt hatten – zwei Meter hoch waren wir gekommen.

»So richtig spiegelt man sich darin aber nicht, Boy. Oder?«

Francesco sprang auf, lief vor das Silber, betrachtete es kritisch, und ich tat es ihm gleich.

Im Dunkel der Nacht hatten die beiden Baustrahler so stark auf dem Aluminium reflektiert, dass man nicht hatte abschätzen können, ob man bei Tag mehr als Licht und Schatten auf der Folie sah. Jetzt konnte ich zwar schemenhaft meine Gestalt erkennen, aber eben nur so schemenhaft, dass sie einem länglichen Fleck ähnelte.

»Soll man denn alles ganz genau erkennen?«, fragte ich vorsichtig.

»Es muss nicht genau sein. Aber genauer als das!«

Francesco ging auf und ab, schnaubte und machte sich sogleich daran, die glitzernden Bahnen wieder herunterzureißen. Ich war erschöpft, und mein Rücken schmerzte von den ungewohnten Bewegungen, dem Herumhantieren mit gestreckten Armen über dem Kopf, doch tat er mir leid, und also half ich ihm, riss Bahn für Bahn wieder herunter, und als wir fertig waren und für eine Zigarette nach draußen traten, war es bereits heiß.

»Hast du vorher nie überprüft, ob man sich in Alufolie spiegeln kann?«

»Lass uns später zum Baumarkt fahren und richtige Spiegelfolie kaufen. Ich muss mich erst mal kurz ausruhen – Fuck!« Francesco hatte eine ganze Stunde lang nicht gesprochen.

Die Straßen der kleinen Stadt waren nun belebter als am Vorabend, einige Geschäfte öffneten sogar, Geschäfte, die ich aufgrund ihrer verstaubten Auslagen und vergilbten Portraits lachender Gesichter der 90er-Jahre für längst verlassen gehalten hatte. Eine alte Frau zog die Rollläden eines Buchladens hoch, und das Rattern verschreckte die noch müden Tauben.

Der Kellner von gestern stellte die kleinen geflochtenen Stühle wieder auf, und ich erinnerte Francesco an sein Vorhaben. »Ein Pastis wird dich aufheitern.«

Wieder bestellten wir vier Ricards und außerdem ein großes Frühstück. Wir waren die ersten Gäste, im Blick des Kellners mischten sich Misstrauen und Belustigung. Francesco hatte noch immer seine silberne Thaiboxhose an, wahrscheinlich waren unsere Pupillen etwas zu groß und wir rochen nach Schweiß und Chablis. Der Kellner hatte nur wenige Zähne und humpelte, sein linkes Bein schien er nicht anwinkeln zu können. Doch auf Francescos schlechtes Französisch antwortete er in flüssigem Englisch, und seine geübten Bewegungen, seine stolze Reserviertheit und sein gutmütiges Schmunzeln machten mich einen Augenblick glauben, ich sei in Paris. Auch Francescos Laune besserte sich, sowie er sein Croissant in den kleinen Marmeladenbecher tunkte. Ja, noch bevor wir ausgetrunken hatten, bestellte er vier weitere Ricards, und wir lachten gemeinsam über die verlorene Nacht.

Als wir auf die Villa zutorkelten, sahen wir schon von der Brücke aus Gédéon, wie er in der Tür stand und mit beiden Armen winkte. Außer einer viel zu großen, ausgeblichenen Latzhose und einem roten Bauhelm trug er nichts, nicht einmal Schuhe. Und als wir ihn erreicht hatten, drückte er Francesco eine verrostete Spitzhacke und mir einen riesigen Vorschlaghammer in die Hand.

»Bonjour mes amis! Aujourd'hui we start with the ground floor.«

»Perfect. What shall we do?«

Entsetzt über Francescos Entgegnung, versuchte ich mich zusammenzureißen und stützte meine Hände auf den Hammer. Wir brauchten einige Zeit, um zu verstehen, was Gédéon von uns wollte: Er fand den Holzboden, das Fischgrätenparkett, nicht mehr *contemporary*, und also musste es weg. Auf Francescos Frage, was er anstelle dessen für einen Bodenbelag wünsche, wusste Gédéon nicht zu antworten. Seine Inspiration könne nicht fließen, solange dieser Holzboden hier läge – so, oder so ähnlich drückte er sich aus.

Francesco stimmte ihm bei jeder seiner Ausführungen gehorsam, ja, anerkennend, zu. Er lehnte den Kopf zur Seite, kniff von Zeit zu Zeit die Augen zu und nickte langsam, gerade so, als gäbe er sich besondere Mühe, ihn zu verstehen. Dann schloss er die Augen sogar, wie um sich vorzustellen, welchen Plan der große Gédéon in seinem Weitblick wohl verfolge. Mir war sehr warm, denn noch immer standen wir vor der Tür, und die Sonne thronte stolz und unbarmherzig am Firmament. Der Fluss floss wieder langsamer – ja, er schien überhaupt nicht mehr zu fließen, alles schien stillzustehen; nur Gédéon wedelte mit den Armen, und Francesco nickte gegen den Takt. Ich sah auf den bleiernen Fluss und wusste, dass ich sofort einschlafen würde, wenn ich die Augen schlösse.

»Kommst du?«

Wir gingen hinein. Das Erdgeschoss war eine einzige Brache, leergeräumt und unter dichtem Staub lag es da – vereinzelt trotzten dicke Seidentapeten den kahlen, unverputzten Wänden, an denen massive Türen lose neben ihren verrosteten Angeln lehnten. Die Villa schien nicht dicht zu sein, überall schimmelte es.

Gédéon nahm auf der Treppe Platz und gab uns Anweisungen, während er sich die nackten Füße massierte. Erst sollten wir direkt an der Türschwelle anfangen, und also hackte Francesco drauf los, dann sollten wir doch lieber an der Treppe beginnen, und also hackte Francesco an der Treppe drauf los. Zunächst kleine, dann immer größere Fasern splitterten aus altem, aus hartem Holz. Ich wusste mit meinem Hammer nichts anzufangen und starrte vielleicht etwas zu misstrauisch auf das seltsame Treiben.

»Please help him. We in this together! Teamwork, you know«, schnarrte Gédéon in ermahnendem Singsang.

Ich beeilte mich also, etwas zu tun, und begann mit dem Hammer auf das Holz zu schlagen – massierte es mit schonender Kraft. Das Parkett blieb davon unbeeindruckt, ja, es rührte sich nicht einmal, aber ich schlug weiter – gleichmäßig und so ausdauernd wie es eben noch ging. Francesco lachte, und ich zog Gédéons Zorn auf mich: Er fluchte in einem mir unverständlichen Französisch, stand auf und riss mir den Hammer aus der Hand. Doch er war auf dem Weg zu mir in einen der groben, großen Splitter getreten, die nun überall auf dem Fußboden lagen.

Eben noch von der Wut betäubt, schrie er nun zeitversetzt los, mir direkt ins Gesicht. »Merde, misérable chien! Tu veux me tuer?«

Francesco lachte nun noch lauter, und ich verspürte das Bedürfnis, die beiden umgehend mit meinem Hammer zu erschlagen. Stattdessen ließ ich sie stehen, trat nach draußen in die trockene

Hitze und steckte mir eine Zigarette an. Ich würde mir von Francesco Geld leihen, um zurück nach Berlin zu kommen. Der Fluss schien immer noch leblos dazuliegen – ein silbernes Band; von drinnen ertönte konfuses Geschrei. Zunächst schlafen, dachte ich. Doch wie in das Zimmer gelangen, ohne an den beiden vorbeizukommen?

Ich wollte gerade den beschwerlichen Weg durch den Garten, den Wintergarten und über den Dachboden antreten, als Francesco in der Tür stand.

»Hey, sorry, Boy. Gédéon will, dass wir für ihn eine Wand einreißen. Links von der Treppe braucht er Platz für eine Portiersloge. Kannst du mir noch mal kurz helfen?«

»Bist du jetzt auch völlig irre geworden? Ich kann so was gar nicht, und außerdem habe ich keine Lust, für diesen Freak zu arbeiten. Lass mich bitte einfach schlafen gehen. Morgen fahre ich nach Hause.«

Erschrocken sah Francesco mich an. Meine Stimme hatte mehr geschwungen als es mir recht war, und ich kam mir mit einem Mal ein bisschen pathetisch, nein, weinerlich vor.

»Ich kann so was auch nicht. Bitte bleib hier. Ich bitte dich, Boy!«

»Warum ergibst du dich dann seinen beknackten Dekreten? Wie soll man mit einem Hammer Parkett aufbrechen? Und warum sollte man das überhaupt wollen?« Ich hatte das Schwingen noch immer nicht unter Kontrolle, fixierte den stehenden Fluss und setzte mich auf die Stufe vor der Eingangstür.

»Keine Ahnung, das ist mir aber auch völlig egal. You'll see: Er will nur, dass man ihn kurz ernst nimmt, ihn appreciatet und seine Dekrete, wie du es nennst, befolgt. Und ja, er ist wahnsinnig, aber sein Wahnsinn ist … ist kalkulierbar.«

»Kalkulierbar?«

Francesco setzte sich neben mich, streute ein bisschen Kokain auf, und nachdem er zwei Lines geformt hatte, mir das Telefon und einen seiner Geldscheine vor mein Gesicht hielt und ich nur den Kopf schüttelte, zog er beide hintereinander.

»Er merkt immer selbst nach fünf Minuten, dass seine Idee schwachsinnig ist. Dann will er, dass man aufhört, und denkt sich etwas Neues aus: Nach zwei oder drei Anläufen ist er dann traurig und schämt sich. Dann hat man wieder ein paar Tage Ruhe.« Francescos Stimme klang noch höher als sonst. »Ich weiß, das ist exhausting, aber ich bin mir sicher, wir werden nie länger als ein paar Minuten irgendwas tun müssen.«

Ich schwieg.

»Glaub mir, Boy! Ich kenne ihn. Ich bitte dich ja nur, noch einmal mit reinzukommen.«

Ich schwieg und starrte auf meine Schuhe, die eine dichte Staubschicht überzog; Gédéons Auffahrt hatte einen ähnlichen Bodenbelag wie die Tuilerien.

»Es tut mir leid.«

Verblüfft sah ich zu ihm auf und in seine großen dunklen Augen, denn die Sonnenbrille hatte er sich ausnahmsweise in den Ausschnitt seines Hemdes gesteckt.

Traurig und ernst sah er mich an, und über seinen Mund flog diesmal kein Lächeln. »Ich hätte dir sagen müssen, was hier auf dich wartet. Aber du wärst niemals mitgekommen, right?«

»Right.«

»Ich glaube dennoch, dass es hier lustig werden kann. Wenn du willst, kann ich dich aber auch im Hotel einquartieren.«

Francescos Reue verschlug mir den Atem, seine Aufrichtigkeit lähmte mich.

Ich brauchte einige Zeit, um zu antworten, und als ich dann sprach, war es nicht das, was ich hatte sagen wollen. »Lass uns reingehen und diese Wand einreißen. Wenn du Recht hast und wir nicht länger als fünf Minuten arbeiten müssen, bleibe ich hier.«

Als Francesco nun strahlte und ich seine großen gelben Zähne zwischen dem dichten Bart aufblitzen sah, wurde mir schlecht. Doch ließ er mir keine Zeit, meinen Entschluss zurückzunehmen, sprang sogleich auf und zog mich zurück in die Villa, zog mich hinter sich her. Dort wartete Gédéon auf uns, mit nunmehr zwei großen Vorschlaghämmern. Blond und gleich einer Statue stand er da – ein heidnischer Gott, ein furchtloser Krieger, ein gallischer Barbar. Tollkühn triumphierend über meine schmachvolle Rückkehr grinste er uns an; sein rechter Fuß war notdürftig mit einem Handtuch verbunden, sein linker noch immer nackt.

Und siehe, die Prophezeiung wurde wahr. Nachdem wir eine verschwindend kurze Zeit unter größten Anstrengungen auf die Wand eingeschlagen hatten, war noch immer kein Loch zu sehen – nur ein wenig Putz bröckelte hinter der mürben Tapete hervor. Doch über unsere Köpfen schlängelte sich ein Riss durch die Decke und ein handgroßes Stück Stuck fiel hernieder – fiel direkt vor Gédéons Füße.

»Arrêtez! Stop, please! Stop!«

Und also waren wir frei. Francesco gab dem tiefbetrübten Gédéon wieder die Schlüssel für den Cayenne, und wir gingen natürlich nicht schlafen – nein. Besser, wir zogen noch etwas Kokain, etwas Speed – besser, wir liefen runter zum Fluss und sprangen ins Wasser.

5 Obwohl die Sonne scheint, ist es nicht heiß, und mein Trenchcoat flattert fröhlich im Wind. Bemerkenswert kultivierte Menschen gehen heute über den Kurfürstendamm. Manchmal muss ich an einer Kreuzung stehen bleiben, um einen ungewöhnlich großen, ungewöhnlich alten Cadillac an mir vorbeifahren zu lassen, und da ich kein Ziel und keinerlei Verpflichtungen habe, steuere ich das KaDeWe an. Vielleicht sitzt Harald Juhnke an der Austernbar, und wenn nicht, könnte ich mir zumindest ein paar Giraffenhälse ansehen oder einen Schwertfisch erstehen. Vielleicht gibt es einen Probierstand mit Cognac-Pralinen.

Ich betrete also das Warenhaus. Die Tür wird mir von einem stattlichen Doorman in roter Livree geöffnet, der sich zum Gruß keck an die goldbesetzte Kappe greift. Er zwinkert mir zu, und ich stecke ihm im Vorbeigehen einen Zwanzigdollarschein zu, klatsche ihm diskret auf seinen knackigen Arsch. Grazile Kandelaber verströmen goldenes Licht, aus den Lautsprechern erklingt Sinatras »Luck be a lady« und ich tänzle zu den hölzernen Rolltreppen – vorbei an den hübschen, runzligen Damen mit den silberglänzenden Duftzerstäubern, vorbei an Jünglingen, die mir Zigaretten aus silberglänzenden Etuis anbieten. Man raucht hier überall.

Die Feinschmeckerabteilung ist ganz oben, das weiß jedes Kind. Ratternd setzt mich die Treppe in Bewegung, immer höher geht es hinauf. Die Treppe scheint gar kein Ende zu haben – oben jedenfalls ist keines in Sicht. Ich drehe mich um, aber unten sehe ich auch nichts bis auf die braunen Stufen, einen langen Korridor aus braunen Stufen. Es wird schon seine Richtigkeit haben – natürlich, das Kaufhaus ist immerhin sehr groß. Irgendwann hält die Rolltreppe an. Links von mir öffnet sich eine Stahltür, und ich sehe in einen schmucklosen Flur. Es widerstrebt mir, ihn zu betreten, denn das orangefarbene Laminat wird von unverhüllten Neonröhren bestrahlt, und Sinatra ist hier auch nirgends mehr zu hören. Doch die Treppe, sie ist so lang – und vielleicht finde ich hier einen Aufzug.

Am Ende des Flurs ist eine weitere Stahltür, die jedoch ich öffnen muss; ein Kinderzimmer befindet sich dahinter. Nein, es ist eine Spielecke, wie man sie schließlich aus Kaufhäusern kennt – alles hat hier seine Richtigkeit: eine Murmelbahn, Kunststoffmatten mit großen Buchstaben, die sich aneinanderpuzzeln lassen, und winzig kleine bunte Stühle an winzig kleinen bunten Tischen.

An einem der Tische sitzt Sophia mit al-Husseini, dem Großmufti von Jerusalem. Sie kichern und tuscheln, derweil ihre Köpfe zwischen ihren Knien zu versinken scheinen – so winzig sind die Stühle. Manchmal zwickt der Mufti Sophia in die Wange, und dann muss sie lachen und ihr undefinierbares Haar schütteln. Auf dem Boden liegt eine Pferdezeitschrift. Mit Wachsmalstiften zeichnen sie nun in äußerster Konzentration große, saubere Runen auf blütenweiße Papiervorlagen, ziehen mit den speckigen Stiften langsam Linien zwischen vorgedruckten Punkten. Auf leisen Sohlen gehe ich weiter, um sie bloß nicht zu stören, und stoße die nächste Tür auf.

Freudig springt mir Gédéon entgegen, in den Händen ein kleines Fass Cancoillotte, auf dem Kopf ein roter Helm. Es sei zu meinem Besten, sagt er in zackigem Deutsch und befestigt mit einem Tacker einen Käsefaden an meiner Brust, denn offenbar bin ich nackt. Wo ist mein Trenchcoat? In einer Ecke sitzt Francesco vor einer großen Buschtrommel und trommelt langsam und andächtig auf sie ein. Gédéon dreht mich nun sorgfältig im Kreis, und der Faden reißt nicht ab, zurrt in festen Bahnen um meinen Leib. Immer mehr Käse kommt aus dem kleinen Fass, und er dreht und dreht mich, dreht immer schneller, und Francesco seinerseits trommelt schneller und schneller, obschon er den Takt nicht eigentlich vorzugeben scheint, nein – hinkt er doch eher hinterher, hat er doch Mühe, mit Gédéons steigendem Tempo mitzuhalten.

Dieser stößt mich in immer heftigeren Pirouetten um meine eigene Achse, und ich habe Mühe, noch etwas zu fixieren. Manchmal scheint es, als seien Francescos Augen nach oben entglitten, aber ich drehe mich schon zu schnell, um das mit Sicherheit festzustellen. Der Käse umschließt bereits meine Beine, wandert in immer schnelleren Runden wieder an mir hoch, verpuppt mich zusehends, schließt direkt zu meinem Hals auf, und das Trommeln verdeckt das Klingeln aus der Ferne noch, als sich der Faden weiter auf meinen Mund – schließlich auch auf meine Augen zubewegt.

Kurz ist mir, als baumele da in einer Ecke Chaim, als baumele er dort an einem Strick. Doch schon sehe ich nichts mehr, und mir fällt auf, dass ich seit geraumer Zeit nicht mehr geatmet habe. Das Klingeln war erst ganz leise, kaum hörbar gewesen, doch jetzt schwillt es an, steigert sich langsam zu einem hellen, infernalischen Geläut, als zeitigte der Exorzismus einen ersten Erfolg.

Als ich die Augen öffnete, befand ich mich in einem Zimmer – dicklich geschwungenes Art Nouveau auf quietschbuntem Grund. Die Sonne war bereits aufgegangen, aber es schien noch recht früh zu sein. Das Geläut ließ sich endlich lokalisieren; von rechts kam es, rechts unterhalb des Bettes. Noch bevor ich das Telefon in der Hand hielt, war es verstummt, und sowie meine Augen sich an die Helligkeit gewöhnt hatten, erkannte ich, dass Hatice viermal versucht hatte, mich anzurufen. Seit wann tat sie so etwas, einfach anrufen? Normalerweise schrieben wir nur, und ich wusste, dass sie das Telefonieren ebenso sehr hasste wie ich. Wütend über ihre Zudringlichkeit steckte ich mir eine Zigarette an, stand auf und sah aus dem Fenster. Die kleine Stadt schien noch zu schlafen, und der Fluss floss mäßig mäandernd und leise, gerade so, als wollte er sie nicht wecken.

An dem Tag, an dem ich *Pack* gesagt hatte, war Hatice die einzige gewesen, die zu mir, die zu uns stand. Nach Sophias Geburtstag waren wir alle den nächsten Tag über bei Peter gestrandet, eine Gruppe von vielleicht zehn Personen – diejenigen, die nach der Party immer noch übrig blieben, meine Freunde also, und eine Schwedin, die sich an uns geheftet hatte, die aber niemand kannte. Es war heiß, Peters Speed-Spiegel kreiste, und wir lagen auf dem

Boden verteilt und redeten fröhlichen Unsinn. Die Schwedin, deren Namen ich immer wieder vergaß, war allein im Club gewesen und hatte sich gut mit Sophia verstanden. Ja, sie war so etwas wie ihre rothaarige Entsprechung, war ebenfalls klein, dünn, laut und schamlos, hatte sogar ein ebenso zierliches Spatzengesicht, die Augen von dickem Glas bedrohlich vergrößert. Gemeinsam hatten sie sich über Väter echauffiert, Väter, die es überhaupt nicht mehr gab – Väter zumindest, die sie gar nicht kannten.

Dichte, helle Rauchschwaden standen im Raum, und alle waren auf Mephedron. Ich weiß noch, dass der Ventilator zu jener Zeit kaputt war und alle bloß ihre Unterwäsche trugen. Nur Peter hatte noch ein verschwitztes Antifa-Shirt an, trank ein Weizen nach dem anderen und ergoß sich in Theorien darüber, ob Stalins Tod nicht vielleicht vorgetäuscht worden sei, schließlich hätte er ebensogut einen seiner Doppelgänger aufbahren lassen können; er sei ein Fuchs gewesen. Er kicherte unentwegt und schien seine Worte an niemanden Bestimmtes zu richten; ich zumindest hörte nicht so recht hin, denn Chaim hatte eine kurze blaue Adidas-Hose an, die den Blick auf die oberen Ausläufer seines pechschwarzen Schamhaares freigab.

Chaim hatte eine Begabung zum Glück, wie ich es noch nie zuvor gesehen hatte – zuweilen steckte er mich sogar an. Damals ließ er Eiswürfel auf meinem Bauch schmelzen und strich mir sanft über die Wangen. Irgendwer hatte sich gegen Peters Punkrockgebot durchgesetzt, denn das Album »Moon Safari« lief, und die Zeit schien in der Hitze angehalten, als würde es ewig so weitergehen.

Irgendwann am Nachmittag war uns der Alkohol ausgegangen, und Chaim und ich hatten uns erboten, noch einmal hinunterzugehen, um ein paar Flaschen Sekt zu kaufen. Als wir das Zimmer verließen, mussten wir an Sophia und der Schwedin vorbei, die zusammen mit Hatice, die seltsam deplatziert wirkte, auf Peters Matratze lagen und noch immer eines dieser Gespräche führten, die man am besten ignoriert. Beide fuchtelten mit den Armen herum, verglichen ihre Brüste, und Hatice sah mich unglücklich an, wäre wohl gern mit uns gekommen, hatte aber wie immer kein Talent, sich aus der unangenehmen Szene zu flüchten, und überließ es mir, sie zurückzulassen, indem ich so tat, als hätte ich nichts gesehen. Nur einen Satz schnappte ich auf, als wir an ihnen vorbeiliefen – nein, ich war bereits in der Tür.

The great thing about Berlin is, that you can be what ever you want.

Die Schwedin hatte diesen Satz in ihrem schrillen Sopran mehr gesungen denn gesprochen, ja, sie hatte ihn schief gesungen, und Chaim und ich mussten gleichzeitig lachen. Doch ich spürte Sophias drohenden Blick auf meiner Schulter und riss mich zusammen, denn es war schließlich ihr Geburtstag.

Wir gingen also in einen Spätkauf in einer der ruhigeren Seitenstraßen der Sonnenallee, und als wir die Flaschen in den großen roten Plastiktüten verstaut hatten, wieder auf die Straße traten und eine leichte Brise meine vom Speed geschwollene Nase kitzelte, war ich so glücklich und selbstvergessen, ja, war ich so dumm, dass ich Chaim einen flüchtigen Kuss auf die Wange gab. Ihm in der Öffentlichkeit einen Kuss zu geben, war gegen unsere unausgesprochene Regel: Man tat so etwas nicht in Neukölln, wir taten so etwas nicht einmal in den anderen Bezirken Berlins, hatten es noch nie in dieser Stadt getan, wenn wir uns nicht absolut sicher waren, dass niemand uns beobachtete.

Allein, es war nur ein Hauch von einem Kuss, weil er seinen Kopf sogleich von mir wegzog und erschrocken an mir vorbeisah. Beim Hinaustreten hatte ich die beiden auf dem Fahrrad nicht gesehen, und nun, als ich mich umdrehte, war es schon zu spät. Ich erblickte sie, als sie schon ihren Schlachtruf ausriefen – zwei schmächtige Jungs in Unterhemden, höchstens dreizehn, der eine hinten auf dem Gepäckträger, den Vorderen umklammernd.

Schwuchteln! Yallah, da sind Homos!

Die Patrouille hatte uns entdeckt, und nun strömte ihre Bande aus einer Querstraße – junge Männer, vereint in ihrem heiligen Dienst. Einige waren ebenso jung wie die beiden auf dem Fahrrad, andere waren schon bärtig und breit, einige schrien aus heiseren Kehlen ihr *Allahu Akbar* – alle aber hatten denselben Ausdruck im Gesicht, alle einte sie derselbe Wille zur Vernichtung. Bei dem fetten Typen, dem libanesischen Hünen am Ende der Straße, hatte ich jahrelang Shawarma bestellt; er trug eine Holzlatte.

Chaim war geistesgegenwärtiger als ich und lief sofort los. Ich blieb noch einen Augenblick stehen und ließ die Tüte mit den Flaschen erst fallen, als er nach mir rief; mindestens eine von ihnen zerschellte auf dem Asphalt, sodass der Sekt in einem hektischen Strahl aus der Tüte emporschoß. Zum Glück waren es nur hundert Meter bis zu Peter, wir hatten einen kleinen Vorsprung, und als ich Chaim erreichte, stand dieser schon in der Haustür. In letzter Sekunde stemmten wir uns von innen gegen die Tür; in letzter Sekunde drehte Chaim mit zittrigen Fingern den Schlüssel.

Nun standen wir im kühlen Flur, sogen den stehenden Uringeruch ein, und vernahmen von draußen die Stimmen und Fäuste, die gegen die Tür knallten. Ein blasser Mann, wohl eher noch ein Junge mit einem borstig werdenden Oberlippenflaum, saß unter der Treppe und sah uns verwirrt an – ließ sich nicht davon abhalten, eine Nadel in seinen schmutzigen Knöchel zu rammen. Er murmelte eine beiläufige Entschuldigung.

Oben vor der Wohnungstür angekommen, sah ich außer Atem in Chaims verzerrtes Gesicht. Tränen liefen ihm über die schönen, hohlen und blassen Wangen, und immer wieder durchfuhr ihn ein grässlicher Schauer. Seine vollen Lippen kräuselten sich in einer Weise, wie ich es zuvor nicht gesehen hatte, kräuselten sich, wie ich es nicht für möglich gehalten hatte – ein unbekannter, bitterer Zug, der in diesem Moment noch aussah, als gehörte er nicht zu ihm, ein bitteres Kräuseln, an das ich mich nie ganz gewöhnen konnte, auch dann nicht, als es schon längst und unwiderruflich wie ein Mal in sein sonst so zartes Antlitz gemeißelt zu sein schien. Wir nahmen einander in die Arme und verharrten vor der Wohnungstür, während von unten das nunmehr dumpfere Hämmern zu hören war. Chaim roch wie mein Vater, nur noch besser. Ich strich über seinen fein ausrasierten Nacken, strich über die kurzen, festen Härchen, und als wir schließlich die Wohnung betraten, atmete ich auf, weil ich dachte, das Schlimmste überstanden zu haben.

Ich steckte mir eine zweite Zigarette an und sah weiter auf den Fluss, der an Fahrt zugenommen hatte, während ich den Stummel der ersten aus dem offenen Fenster auf die sandige Auffahrt schnippte. Von oben hörte ich Gédéons Stimme, eigentlich mehrere Stimmen, die aber alle Gédéon zu gehören schienen. Ob Chaim noch immer Grund hatte, seine Lippen zu kräuseln; ob aus dem lebendigen Kräuseln schon eine kalte, tote Falte geworden war, die nie wieder verblassen würde? Aber wahrscheinlich gab es in Tel Aviv seltener einen Anlass, die Lippen zu kräuseln.

An dem Tag, an dem ich *Pack* gesagt hatte, war Chaim dagegen gewesen, zurück zu Peter zu gehen, wollte direkt in sein Zimmer und niemanden sehen. Ich weiß nicht, was mich bewog, wieder zu den anderen zu gehen. Es ist dies ein Zug an mir, den ich nie ganz verstanden habe – ein fehlgeleiteter, nach außen getragener Idealismus, vielleicht auch nur das Bedürfnis, verstanden zu werden. Ungeachtet, da war doch jemand, der mich verstand: Eben noch stand ich vor ihm, hatte über seine kurzen, festen Härchen gestrichen. Ich käme gleich wieder, hatte ich gesagt. *Warte kurz*, hatte ich gesagt.

Die Aufregung war groß, die Anteilnahme enorm. Alle schwiegen, als ich anfing zu sprechen, wohl auch, weil sie mein verstörtes Gesicht verwunderte; Peter drehte sogar die Musik leise. Einige meinten, nun runtergehen zu müssen, um sich den Angreifern in den Weg zu stellen. Ich hatte gar nicht bemerkt, dass ich nicht gesagt hatte, welcher Personengruppe unsere Verfolger angehörten – hatte es vielleicht auch nicht bemerken wollen. Doch hielt ich es für ausgemacht, dass die anderen, meine Freunde, sich das ohnehin dachten und ihre Anteilnahme bestätigte in mir noch die Wut, sodass –

Gédéon stand in der Tür. Ich hatte nicht bemerkt, dass er sie geöffnet hatte, aber er schien ebenso verwundert zu sein, mich wach, am Fenster stehend, vorzufinden.

Er sagte »Miaou!«, streckte seine rechte Hand pfotenähnlich nach mir aus und verschwand.

Ich musste mir wohl oder übel eine dritte Zigarette anstecken, auch wenn mir allmählich schlecht wurde und ich etwas hätte essen sollen. Ich schnippte den Stummel der zweiten auf die sandige Auffahrt, und der Fluss raste. Besser, ich rauchte gierig und ohne zwischen den Zügen zu atmen.

In ihren Blicken ein Gemisch aus Mitleid und Wut – was sie denn gesagt hätten, wollten sie wissen. *Allahu akbar*, stammelte ich.

Elendiges Pack, stammelte ich. *Dreckiges Pack*, stammelte ich noch einmal, weil meine Freunde nun schwiegen – stammelte es schließlich noch einmal, ein letztes Mal. In ihren Blicken jetzt ein anderes Gemisch: Für einen kurzen Moment sahen sich alle ratlos gegenseitig an, um zu erörtern, wie man denn jetzt schauen müsste. Und als sich die ersten Mienen verhärteten, zogen die anderen nach.

Mir wurde immer wärmer, noch wärmer, und kurz war es so, als drehte der Ventilator sich, aber es wurde nicht kühler, und also war es mein Kopf, der sich drehte. Einzig Hatice lächelte mich traurig an, ganz so, als wäre es ihre Schuld. Und Francesco? Ich glaube, Francesco schlief. Lag er nicht am anderen Ende des Zimmers auf dem Sofa? Waren seine Augen nicht geschlossen? Die Schwedin und Sophia fingen an zu tuscheln, anscheinend übersetzte Sophia.

Ja, und schließlich war es die Schwedin, die als Erste laut sprach. *Don't you think it was a little bit insensitive to kiss each other? I mean, this is Neukölln – their home. You probably hurt their feelings.*

Ich spürte, wie ein großer Schwall meine Kehle emporschoss – dünn und ätzend. Irgendwie gelang es mir, alles wieder hinunterzuschlucken, und die anderen schienen nicht zu bemerken, wie sich meine Gesichtsfarbe wandelte – vielleicht wegen der Rauchschwaden, vielleicht aber auch, weil sie einander noch immer musterten. Schnell hatten sich die Blicke auf eine Haltung geeinigt: Ob ich nicht wisse, dass meine Terminologie den rechten Hetzern zuarbeiten würde; ob ich mich ernsthaft mit diesen Rassisten gemein machen wolle; ob mir eigentlich gar nichts mehr peinlich sei? Das ging eine Weile so weiter – jeder gab sich sehr viel Mühe, dasselbe noch einmal in eigene Begriffe zu kleiden. Und ja, ganz sicher, Francesco schlief. Er musste schlafen.

Ich schwieg und schwieg und bemerkte kaum, dass sie sich mittlerweile nicht mehr damit begnügten, dasselbe zu sagen, sondern sich bereits gegenseitig zu überbieten suchten. Ja, jetzt hatte ich offenbar schon ganz andere Worte gesagt, ganz andere Worte als *Pack*; zumindest erklang es so – erklang es so in ihren Paraphrasen. Erst als Sophia meinte, es wäre vielleicht gar nicht so schlecht, wenn *Nazis wie Chaim und ich* sich in Neukölln nicht mehr sicher fühlten, konnte ich es nicht mehr zurückhalten und erbrach mich in einer großen Flut auf dem Dielenboden. Einige mussten lachen, Peter sah ausdruckslos in sein verschmiertes Weizenglas, und als Hatice aufstand, mich am Arm nahm und schrie, sie sollten sich alle schämen, war ich so verwundert über diesen schlagartigen Ausbruch, dass ich nicht wusste, wie mir geschah. Ja, Hatice schrie, weinte und zog mich aus dem Zimmer, zog mich durch den Flur, stieß ohne anzuklopfen Chaims Tür auf, zog ihn vom Bett – *Wir gehen jetzt!* – und rief noch im Hausflur ein Taxi.

Ja, ich sollte sie demnächst zurückrufen, ihr schreiben zumindest – ja, ich würde ihr später schreiben.

Ich schnippte meine Zigarette aus dem Fenster, zog mir ein frisches weißes Hemd an und ging barfuß über den schmutzigen Boden in die Küche, wo Francesco in seiner silbernen Thaiboxhose am Herd stand, eine Pfanne mit seiner Rechten auf und ab schwenkend. Ich fragte mich allmählich, wofür er all die Kleidungstücke mitgenommen hatte, und setzte mich auf den Tisch. Irgendwer hatte nach unserem gestrigen Essen aufgeräumt. Ich war sehr betrunken gewesen und erinnerte mich nur noch, wie irgendwann die Fledermäuse große Runden durch die Küche gezogen hatten. Gédéon war erst zurückgekehrt, als es schon dunkel war, und sowie wir das Auto in der Einfahrt gehört hatten, flohen die Fledermäuse aus den Fenstern, und wir taten es ihnen gewissermaßen gleich, löschten das Licht und gingen zu Bett, noch bevor er sich zu uns gesellen konnte.

»Bonjour, Boy! Was hältst du von Omelette?« Francesco wirbelte in einer gekonnten Bewegung einen gelblichen Fladen zweimal um die eigene Achse, um ihn sogleich behutsam wieder aufzufangen.

»Ich habe mich gestern schon gefragt, wo du das Kochen gelernt hast.«

»Komischerweise in good old Britain. Also alles nur nach Rezept, weil das Essen in der Schule so furchtbar war, also wirklich eklig – und weil ich die ersten Jahre keine Freunde hatte. Ich hatte sehr viel Zeit, und meine Mum legte auf derlei keinen großen Wert.« Er hatte *derlei* gesagt und beeilte sich nun, den Tisch zu decken, auf dem ich noch immer saß, deckte gewissermaßen um mich herum. »Meine Mum isst immer nur Haferflocken. Lass uns hier drinnen frühstücken, auf dem Balkon ist es ekelhaft heiß«, sprach er weiter, und erst jetzt bemerkte ich, dass die Fensterläden geschlossen waren – ich direkt unter der hellen Glühbirne saß.

»Wo ist Gédéon?«, fragte ich benommen. »Er stand eben plötzlich in meinem Zimmer.«

»Ja, mich hat er auch geweckt, hat in meinen Sachen gewühlt und mir dann, also als ich aufgewacht bin, eine Predigt darüber gehalten, dass er chemische Drugs ablehnt und ich das besser lassen sollte. *Mother nature,* oder so.« Francesco imitierte Gédéons Akzent virtuos. »Er hat mir dann mit den Baggys vor der Nase herumgewedelt und, na ja, ich war echt zu müde, mit ihm zu quatschen, und es war eh klar, was er wollte.«

»Was wollte er denn?«

»Ich habe ihm gesagt, wo er das Weed findet, und er hat sich einen Batzen genommen und ist wieder weg. Ich glaube, er läuft irgendwo draußen rum und kifft.«

Als Francesco sich umdrehte, um den Kaffee in zwei Tassen zu gießen, sah ich eine kleine Erhebung, eine Schwellung hinter seinem Ohr, vergaß sie aber wieder, sowie er mir eine der Tassen in die Hand drückte. Die Tasse war weiß, klobig und verblichene Lettern – einstmals pink-, nun aber eher lachsfarben – zierten sie: »Il n'y a pas de hors-texte«. Meine Übelkeit steigerte sich schon wieder, und als Francesco sich selbst ein großes Glas Pastis einschenkte, tat ich es ihm gleich, trank also abwechselnd Kaffee und Pastis, aß das Omelette – saß noch immer auf dem Tisch und wusste nicht, warum.

Wir beendeten das Frühstück schließlich mit ein wenig Kokain; meine Benommenheit schwand, ebenso die Übelkeit. Ja, man konnte sich ganz gut daran gewöhnen, selbst die Schrift auf der Tasse wurde immer blasser, und wahrscheinlich war ich bloß nie abhängig geworden, weil ich es mir nicht hatte leisten können. Wie auch immer! Entgegen meines ursprünglichen Plans erklärte ich mich bereit, Francesco zu begleiten, und da wir beide keine Lust auf eine kalte Dusche hatten, fuhren wir direkt zum nächstgelegenen Baumarkt. Seit unserer Ankunft hatte ich nie auch nur eine Wolke am Himmel gesehen, und auch jetzt fuhren wir wieder durch den gleißenden Sommer, vorüber an Kühen und Apfelbäumen.

Francesco redete unaufhörlich, aber die Benommenheit kam zurück, in größer werdenden Schüben. Es ist doch verwunderlich, wie einfach man einen Menschen glauben machen kann, ihm zuzuhören, wenn man anstelle von »Hmm« ab und zu »Wirklich?« sagt, oder noch besser: das letzte Wort des vorangegangenen Satzes aufschnappt und wiederholt, wobei die Stimme am Ende des Wortes ein wenig nach oben schwenken muss. Daraufhin bekräftigt oder revidiert der andere, in diesem Fall Francesco, seine Aussage – das kann einem aber gleichgültig sein, denn in jedem Fall freut er sich, noch mehr reden zu dürfen, und fühlt sich sehr ernst genommen, wahrscheinlich sogar verstanden. Ich sah also aus dem Fenster, auf die Kühe, die Apfelbäume und dachte an Hatice, an ihre hübsch gebogene Nase und ihre perfekt gepflegten, etwas zu langen Gelnägel – dachte, was ich ihr wohl schreiben sollte. Ab und an wiederholte ich Francescos letztes Wort.

Im ersten Baumarkt fanden wir Spiegelfolie, aber nicht besonders viel. Francesco kaufte den gesamten Vorrat auf, und also fuhren wir weiter. Im zweiten Baumarkt gab es bedeutend mehr Spiegelfolie, aber nicht genug. Francesco kaufte den gesamten Vorrat auf, und wieder fuhren wir weiter. Im dritten Baumarkt endlich, die Sonne stand schon im Zenit, gab es sehr viel Spiegelfolie. Auch hier kaufte Francesco den gesamten Vorrat auf, und nun hatten wir Mühe, alles unterzubringen, stopften schließlich Fußraum und Rückbank voll – ja, ich nahm noch einige Rollen auf den Schoß und als wir losfuhren, ließen wir tatsächlich ein paar Rollen auf dem Parkplatz liegen. Wir fuhren schon eine Weile, Francesco redete wieder, und ich sah wieder aus dem Fenster.

Auf einmal wendete der Wagen, fuhr wieder zurück, und ich sah irritiert nach meinem Freund.

»Das Gerüst«, sagte er nachdrücklich, ganz so, als hätte er das eben schon erwähnt. Anscheinend wollte Francesco ein Gerüst kaufen – natürlich, ein Gerüst. »Kokain, bitte!«

Wir fuhren also zurück, ich legte uns ein wenig Kokain, und als wir wieder auf dem Parkplatz angekommen waren, lagen dort noch immer unsere Rollen. Ich bat Francesco, im Auto bleiben zu dürfen, weil ich keine Lust auf weitere, umständliche Diskussionen mit den Verkäufern hatte. Mir gehe es nicht so gut, sagte ich, und irgendwie stimmte das ja auch. Geistesabwesend schloss Francesco das Auto ab, nahm die Schlüssel mit, und ich, mindestens ebenso geistesabwesend wie er, bemerkte das erst, als er schon im Baumarkt verschwunden war.

Sein Telefon lag auf dem Fahrersitz; kein Baum, nichts spendete Schatten, und so wurde es immer heißer. Als Kind hatte ich das schon einmal erlebt, hatte, bockig wie ich war, nicht mit auf die Wanderung gehen wollen. Damals hatte das Auto im Schatten gestanden, aber dennoch war es schnell unerträglich geworden. Ja – nein, die Sonne war weitergewandert, der Schatten war der Sonne gewichen. Die Sonne hatte auf das Auto geschienen, hatte lange auf das Auto geschienen, und die Eltern waren lange, sehr lange fort.

Überall Spiegelfolie und nirgends Wasser. Ich versuchte mich zu beruhigen und zählte die Autos, die vorbeifuhren, legte Tabellen in meinem Kopf an, zählte zunächst die schwarzen, dann die blauen, grauen und silbernen, die roten und weißen, die grünen – doch entglitten mir die Zahlen der vorangegangenen, sobald ich eine neue Farbe sah; die Statistik wurde unbrauchbar, nein, die Statistik war ohnehin unbrauchbar. Schon hatte ich das Gefühl, der Sauerstoff würde knapp. Nicht auf die Uhr sehen, dachte ich und sah auf die Uhr, sah auf mein Telefon. Hatice hatte mir geschrieben; ich solle sie bitte zurückrufen.

Das war dann doch etwas, nein, wirklich dreist!, wo sie doch wusste, wie sehr ich das Telefonieren hasste, wo sie doch wusste, dass ich das ohnehin nicht tun würde – wo sie doch wusste, dass mir das einzig ein schlechtes Gewissen machen würde. Was dachte sie sich eigentlich?

An dem Tag, an dem ich *Pack* gesagt hatte, waren wir dann mit dem Taxi zu uns gefahren, ja, wir waren zu dritt zu uns gefahren, zu Hatice und mir, in die Wohnung, in die ich einst mit Sophia gezogen war; wir waren zu uns gefahren – mit dem Taxi, zu dritt. Ob ich sie nicht anrufen könne – nein, ich solle sie anrufen. Sie *bitte* anrufen, als sei ich ihr das schuldig. Und ja, wahrscheinlich war ich ihr das schuldig, aber so etwas forderte man doch nicht einfach ein – und nein, gar nichts war ich ihr schuldig. An dem Tag, an dem ich *Pack* gesagt hatte, war ich nicht verwundert gewesen, dass die Meute nicht mehr vor der Haustür stand, denn schließlich hatte Hatice mich, mich und Chaim – nein, Chaim und mich muss es heißen – hinter sich hergezogen. Wobei, was machte das aus – nein, es war ja auch einige Zeit vergangen.

Drei rote Autos hintereinander! Darauf hatte ich damals gewartet. Damals hatte das bedeutet, dass die Eltern bald kämen – drei rote Autos! Hintereinander! Damals hatte ich den ganzen Nachmittag darauf gewartet. Die Mutter meinte, es sei nur eine Stunde gewesen – aber es war der ganze Nachmittag. Drei rote Autos waren damals nie vorbeigefahren, nicht hintereinander, und ich war ungläubig, als meine Eltern dann plötzlich trotzdem da waren, hatte noch Wochen später davon geträumt, dass es gar nicht meine Eltern waren, die da zurückkehrten – war schließlich und endlich nie ganz sicher gewesen, dass sie es waren, war es auch jetzt nicht ganz, nein. Drei rote Autos, und wo war jetzt Francesco?

Hatice rief an – rief mich an. Es vibrierte und vibrierte, und ich musste warten – warten bis es wieder aufhörte zu vibrieren, durfte sie nicht wegdrücken, musste es aushalten, dass es nun vibrierte, damit sie nicht merkte, wie ich sie wegdrückte. Hatice war schon vor Jahren aus Düsseldorf nach Berlin geflohen, weil sie kein Kopftuch hatte tragen wollen und sie in der Stadt ihrer Familie nicht mehr sicher war.

Indes strahlte die Sonne immer weiter, mein Hemd klebte an meinem Oberkörper, meine Hose an meinen Beinen, und jede Bewegung fühlte sich an, als würde der nasse Stoff meine Haut aufraspeln – aufreißen. Und sowie das Vibrieren aufhörte, fing es wieder von Neuem an.

Seit dem Tag, an dem ich *Pack* gesagt hatte, war unsere Beziehung eine andere geworden. Hatices Nähe, ihre Aufopferung, hatten mich erdrückt, denn es lag eine Distanzlosigkeit in ihren Gesten, eine Bereitschaft zur Selbstaufgabe, aber eben, das war jetzt ganz klar, eine fordernde Bereitschaft. In ihrer idealisierenden Liebe, in ihrer devoten Mittelmäßigkeit, erkannte ich nichts als Erwartung, die immerwährende Drohung der demütigen Mutter. Ja, selbst noch ihre Solidarität erzürnte mich.

Die Hauptsache ist, dass du jetzt erst mal aufhörst da zu arbeiten. Das tut dir nicht gut! Es war, als würde die Spiegelfolie noch in der Verpackung das Licht reflektieren.

Ohnehin konnte ich ihr nie gerecht werden, seitdem auch sie ihre Freunde verloren hatte. Und das wusste sie und dennoch rief sie mich jetzt an – immer wieder rief sie mich an. Und dann sollte ich sie *bitte* zurückrufen. Drei rote Autos waren hintereinander an mir vorbeigefahren und kein einziger Volkswagen. *Das wird schon, glaub mir. Ich kann uns ein paar Monate über Wasser halten, wenn du nichts findest. Nein, wirklich! Das geht schon. Ich verdiene genug. Nein, du brauchst mir nichts zurückgeben.*

Kein einziger Volkswagen, nirgends. Und dieses *Bitte – Bitte ruf mich zurück!* Ich wartete ab, bis das Vibrieren kurz pausierte und schaltete mein Telefon aus.

Als das Auto wenig später piepte, die Riegel nach oben schossen und Francesco, noch in einiger Entfernung, aber sichtlich zufrieden winkte, die Autoschlüssel in der halb ausgestreckten Hand, stieß ich keuchend die Tür auf und war geborgen in den nunmehr milden 35 Grad.

Gegen Abend wurde das Gerüst geliefert, und Francesco machte sich mit zwei Transporteuren daran, die losen Stangen und Bretter in die Kirche zu tragen, nachdem er den Nachmittag damit verbracht hatte, die Spiegelfolie anzubringen, so hoch er eben kam. Ich blieb drinnen, saß auf dem Altar und trank lauwarmen Cidre aus einer großen Plastikflasche. Ich hatte die ganze Zeit hier gesessen und nicht mehr geredet, hatte das Gefühl, irgendwie eingeschmolzen zu sein, und konnte die Transporteure nicht auseinanderhalten. Beide waren sie sehr fett und hatten schütteres blondes Haar, das ihnen nass und strähnig in die sonnenverbrannten Nacken fiel. Und wenn sie an den sich teilweise schon spiegelnden Wänden vorbeiliefen und sich somit weiter potenzierten, verwirrten sie mich vollends, zumal Francesco sich komischerweise nicht potenzierte, seine schmale Gestalt inmitten des Gemenges aus fettigen Strähnen und rotem Fleisch umhersprang – nackt bis auf die silberne Hose, widersprüchliche Anweisungen gebend.

Ja, er schien zu schnell für die Spiegel.

Als die Transporteure endlich verschwunden waren, hüpfte Francesco auf mich zu, nahm mir die Flasche aus der Hand, rüttelte mich, und alles wankte.

»Bonsoir, Monsieur! Jemand zu Hause? Ich glaube, du brauchst mal etwas Ablenkung, Boy. Komm, wir fahren irgendwohin und gehen dancen! Ist nicht schon Freitag?«

»Keine Ahnung, aber ich glaube nicht«, antwortete ich, denn anscheinend konnte ich sprechen.

»Lass uns trotzdem irgendwohin fahren! Wir könnten uns den Beton in Le Havre geben oder die Kathedrale in Rouen. Du magst doch so gern Kathedralen, und die ist sicher nice.«

»Es ist dunkel, bis wir da sind.«

»Umso schöner!« Und er beeilte sich, meine Hand zu nehmen, um mich wieder hinter sich her zu ziehen.

Aber diesmal entwand ich mich und ging an ihm vorbei, raus aus der Kirche, und als er mir etwas hinterherrief, hörte ich ihn nicht, obschon ich mich kaum entfernt hatte.

Auf der anderen Straßenseite war ein kleiner, recht maroder Spielplatz, der mir bis dahin noch nicht aufgefallen war. Ja, sogar Kinder waren da. Sie schaukelten lustlos auf den verrosteten Schaukeln, wippten träge auf der verrosteten Wippe; zwei Jungen spielten an ihren Telefonen, ein Mädchen saß allein auf einer Bank. Ich blieb einen Moment stehen, denn es waren die ersten Kinder, die ich hier zu Gesicht bekam, und es irritierte mich, dass sie da waren – Grundschüler, deren Eltern sich keinen Sommerurlaub leisten konnten? Noch immer hatte ich die nunmehr leere Plastikflasche in der Hand, und weil am Rande des Spielplatzes ein Mülleimer stand, trat ich ein paar Schritte auf die Kinder zu.

Als Kind hatte ich Kinder gehasst, aber diese waren recht hübsch anzusehen – ja, ich war sehr betrunken. Vielleicht stand ich auch einen Moment zu lang am Mülleimer, doch es faszinierte mich, wie sie Französisch sprachen: Ich verstand kaum ein Wort und fühlte mich wie ein einfältiger Greis. Schon war eines der Kinder, ein brünett gelocktes Mädchen mit kurzen Hosen und gedrungenen Beinen von der Schaukel heruntergesprungen; sie lief auf mich zu.

»Guten Tag!«, rief sie mit starkem Akzent.

Die übrigen Kinder sahen mich nun an, lachten. Ein Junge, vielleicht der Älteste, aber auch er war noch sehr jung, kam hinter der rostigen Rutsche hervor. Sommersprossig, verschrammt und unwirsch sah er mich an.

»Heil Hitler!« Seine Aussprache war wesentlich besser.

Und wieder lachten die übrigen Kinder, diesmal lauter – einige schrien sich förmlich aus. Alle waren sie nun aufgesprungen, von ihren Schaukeln und Wippen, Bänken und Telefonen.

Besser, ich ging weiter; besser, ich verschwand.

Ich lief ziellos durch die kleine Stadt, in immer größer werdenden Kreisen. Der Abend war klar, doch zunächst dumpf und grell, dickflüssig, ja, pastos, dann zusehends schimmernd, irgendwann pastellen. Der Himmel verfärbte sich erst schnell und dann langsamer, in erst stärker, dann schwächer werdenden Nuancen, war bald grell orange mit auslaufenden Rändern in bösem Magenta, dann wieder altrosa, zusehends zarter. Und schließlich ward alles übertönt von hellem Blau.

Ich war auf einem Hügel angelangt, und zu meiner Linken schlängelte sich der Fluss, wohl eher ein müder Bach, durch die wenigen Lichter der kleinen Stadt. Zu meiner Rechten erstreckte sich ein Gewerbegebiet. Ich erkannte das grüne Schild des ersten Baumarkts von heute morgen, eine Tankstelle und einen McDonald's in goldenem Glanz, setzte mich in das ungemähte, trockene Gras, steckte mir eine Zigarette an und dachte an Peter Handke, denn mein Versuch mich zu verlaufen war gescheitert. Oder an Thomas Bernhard? Es war ja doch egal.

Es flimmerte, die Mücken summten, und durch das Gehen war ich nüchtern geworden, hatte mich beruhigt, gemäß den Farben am Firmament.

Nach dem Tag, an dem ich *Pack* gesagt hatte, war Chaim bei uns geblieben, und wir verbrachten viel Zeit mit Hatice. Nach ihrer Flucht aus Düsseldorf hatte sie in Berlin Freunde gefunden, Fotografie studiert, abgebrochen und war schließlich an einer Supermarktkasse gelandet. Ich lernte sie erst kennen, als ihr Studium schon hinter ihr lag, lernte sie über Sophia kennen. Alsbald verstand ich mich besser mit ihr als mit Sophia; alsbald verstand auch sie sich besser mit mir als mit Sophia. Und als Chaim dann nach Berlin kam, wohnten wir bereits zusammen.

Der Tag, an dem ich *Pack* gesagt hatte, war nun zwei Jahre her, und irgendetwas hatte sich schon vor dieser Zeit verändert. Hatice drückte das Chaim gegenüber so aus, dass sie das Gefühl hätte, ihre deutschen Freunde würden ihr das selbstbestimmte Leben nicht mehr verzeihen – ja, sie selbst hätte das Gefühl, plötzlich zu stören. Chaim hatte geantwortet, vielleicht solle sie das Kopftuch zumindest in ihrem Beisein tragen, im Beisein der Deutschen, und Hatice hatte schallend gelacht. Die beiden waren schließlich unzertrennlich geworden. Ob sie wohl noch miteinander schrieben? Nie hatte ich mich getraut, Hatice danach zu fragen.

Sie wurde also schon vorher gemieden, schon vor dem Tag, an dem ich *Pack* gesagt hatte, und als Sophia sie zu ihrem Geburtstag einlud, war sie ebenso dankbar wie überrascht.

Das Blau des Himmels wurde schwächer, nein, dunkler, die Lichter brannten stärker, ich zog meine Beine an die Brust und dachte daran, wie gern ich Hatice hatte. Sie war klug und herzlich, schön und lustig – großzügig in jedem Sinn: War sie doch immer bereit zu helfen, zuzuhören oder mich in Ruhe zu lassen, wusste ich nicht, wie ich im letzten Jahr ohne sie ausgekommen wäre. Den Mond hatte ich gar nicht aufgehen gesehen – dick und milchig und voll hing er da, leuchtete die Bäume, die Gräser scheinbar von hinten an, zeichnete weiße Linien um sie herum.

Und also fing ich an, die Gräser büschelweise auszurupfen, denn die Bäume hätten meine Kräfte überstiegen; ich rupfte und riss, und sie waren hart, trocken und schmerzten in meinen Händen. Hatte ich früher die Halme einzeln zwischen Daumen und Zeigefinger genommen, war ich von unten nach oben geglitten, hatte ich diejenigen mit Samen am oberen Ende, langsam gleitend, quetschend von diesen befreit, so riss ich sie jetzt am unteren Ende ab, an der Graswurzel oder noch darunter – riss sie mit Wurzel und

Erde aus dem Boden und warf sie von mir weg, bis in einem Umkreis von einem Meter nur noch Acker war. Und so pflügte ich den Acker mit meinen Händen weiter, warf größer werdende Erdklumpen von mir weg, nahm ganze Hände voll Erde – bald trockener, bald klumpiger Erde – und warf sie von mir weg.

Als ich bemerkte, was ich tat, wischte ich mir die schwarzen Hände an meiner Hose ab und steuerte den McDonald's an, denn ich hatte großen, staubigen Durst, und es war, als hätte ich die Erde gegessen und nicht von mir geworfen. Auch mein weißes Hemd war nun schmutzig. Ich brauchte länger, als ich angenommen hatte, aber die Ähren wiesen mir den Weg, indem sie sich teilten, und als ich das Restaurant betreten hatte und den universellen, süßlichen Geruch der Fritteusen einatmete, das immer gleiche bunte Kunstleder auf den Bänken sah, sowie die klebrigen roten Tabletts mit dem zerknüllten weißen Papier der Cheeseburger, fühlte ich mich behütet: Solange es McDonald's gab, war nicht alles verloren – ja, solange es McDonald's gab, gab es überall auf der Welt ein Stück Freiheit, ein Zuhause.

Außer mir war nur eine Gruppe Teenager da. Sie saßen am Fenster, sahen sich Videos auf ihren Telefonen an, warfen sich gegenseitig mit Eiswürfeln und Pommes ab, und ich hätte mich nur zu gern zu ihnen gesetzt, ihre Videos angesehen und ihre Eiswürfel geworfen, denn sie wirkten friedlich und rein. Unweit meines Gymnasiums war auch ein McDonald's gewesen, und ich hatte viele Freistunden dort verbracht. Damals konnte man sich das Crushed Ice noch selbst nachfüllen, die Getränke natürlich auch, und wir hatten beides mithilfe der Strohhalme durch das Restaurant gepustet und gespuckt, bis wir rausgeworfen wurden. Auch Videos hatten wir angesehen, nur waren unsere Bildschirme noch ein wenig kleiner gewesen.

Erst als eine von ihnen, ein schönes Mädchen mit dunklen Locken und schwarzlackierten Nägeln mich angewidert anstarrte, wandte ich mich ab, denn mir wurde bewusst, wie schmutzig ich war – schmutzig, fremd und außerdem zu alt. Und erst als ich vor dem Selbstbedienungsterminal stand und mit meinen noch immer schwarzen Fingern eine große Coke Zero angewählt hatte, fiel mir ein, dass ich weder eine Kreditkarte noch Bargeld hatte, da mein Portemonnaie in meinem Koffer in Peters Zimmer lag. Ich hatte Francesco vergessen, Francesco, der immer für mich zahlte. Die Tür zu den Toiletten war durch einen Code gesichert, und also ging ich zu einem der Ständer, in die man nach Beendigung der Mahlzeit sein Tablett schiebt, klaubte einen Kassenbon aus dem Müll, entzifferte den Code, öffnete die Tür, wusch meine Hände, mein Gesicht und trank lange und viel, direkt aus dem Hahn.

Zurück im Restaurant war von den Teenagern nichts mehr zu sehen, selbst ihr Tisch am Fenster war bereits abgewischt – ja, sogar die Stühle standen schon darauf. Ich ging hinaus und steckte mir eine Zigarette an, meine letzte. Wieder musste ich in die Villa und zu Francescos Zigaretten.

So lief ich also an einer wenig befahrenen Straße entlang, bis ich den Fluss erreichte. Nirgends brannte nun Licht, ich war anscheinend weit gegangen, und es musste sehr spät sein. Besser, ich schaltete mein Telefon wieder an; besser, ich schrieb endlich an Hatice. Im Mondschein floss der Fluss sanft und still, stimmte mich fast versöhnlich, und ich hätte mich wohl hingesetzt, dem Plätschern zu lauschen, hätte ich noch eine Zigarette gehabt.

Ich hatte gerade die Brücke erreicht, die Brücke zu Gédéons Villa, als es in meiner Hosentasche anfing zu vibrieren. Dann sah ich mich den Anruf annehmen.

»Hey, wie geht es dir?« Ihre Stimme klang zittrig.

»Ähm, ja, soweit ganz gut.«

»Ich habe ewig versucht, dich zu erreichen – ist ja auch egal. Ich will dich gar nicht nerven! Sorry, dass ich dich in deinem Urlaub störe. Ich … Ich weiß, ich hätte schreiben sollen, aber ich konnte nicht. Sorry! Ich muss nur kurz deine Stimme hören. Es ist etwas Furchtbares passiert: Jemand hat mich erkannt; ich weiß nicht, wer. Ich weiß es nicht – aber … aber gestern ist mein kleiner

Bruder bei mir aufgetaucht, bei uns zu Hause! Er hat geklingelt, und ich dachte, es ist ein Paketbote oder so. Also sorry – sag ruhig wenn ich nerve. Jedenfalls stand er plötzlich vor mir, und ich habe ihn zuerst nicht erkannt, weil … weil er so groß geworden ist. Er trägt jetzt einen Bart – ist ja auch egal. Erst als er den Mund aufgemacht hat, habe ich ihn an der Stimme erkannt. Ich glaube, er ist extra hergefahren, um … um mit mir zu sprechen.«

Hatice machte eine Pause, denn ihre Stimme hatte sich überschlagen. Sie schluchzte, erwartete wohl eine Reaktion. Ich sah auf die Lichtreflexe des Mondes im Wasser, die leichten, zarten Wogen.

»Er meinte, sie wüssten, dass ich wie eine Hure lebe«, sprach sie weiter. »Wie eine deutsche Hure. Ich … Ich war viel zu perplex um zu antworten, und starrte ihn einfach nur an. Ich hatte irgendwie fast vergessen, dass es ihn gab – also bis er vor mir stand. Und er meinte, sie wüssten auch, dass ich mit einer Schwuchtel zusammenlebe. Ob mir nicht klar sei, dass ich Schande über unsere Familie bringe, wollte er wissen. Ob ich nicht wüsste, dass sie so etwas nie hinnehmen könnten. Er hat meine … meine Hand gepackt und meine Fingernägel angesehen und als ich sie weggerissen habe, hat er … geschrien und mich angespuckt, und ich konnte gar nichts sagen.«

Sie weinte jetzt heftig, ihre Atmung überschlug sich immer weiter, und es wurde immer schwerer, sie zu verstehen, aber ich sah zum Ufer, denn dort ging Gédéon auf allen vieren – ja, es gelang ihm sogar, einen Buckel zu machen.

»Ich … Ich weiß auch nicht, aber ich habe es irgendwie geschafft, ihm die Tür vor der Nase zuzuschlagen. Er stand dann noch ewig da, hat gegen die Tür gehämmert, und ich saß drinnen und habe geweint und … geweint. Oh man, sorry, das zieht dich jetzt bestimmt voll runter. Soll ich aufhören zu erzählen? Irgendwann kamen die Nachbarn, haben ihn weggeschickt, und ich konnte vom Fenster aus sehen … sehen, wie er gegangen ist. Ich bin dann zu Lisa nach Friedenau. Sie meinte, ich kann erst mal bei ihr bleiben. Ich hoffe … Ich hoffe, mich hat niemand gesehen. Hab' mich heute gar nicht getraut zur Arbeit zu gehen und bin nicht ans Handy gegangen, als mein Chef angerufen hat, weil ich … die ganze Zeit so weinen musste. Ach fuck, sorry! Ich höre jetzt auf zu reden. Es tut mir wirklich leid, dich damit zu stören … Und ich weiß auch, dass du damit nicht umgehen kannst, dass du dir wieder alles mögliche einbilden wirst. Bitte bleib jetzt ganz ruhig … Ich bin nur so einsam. Bist du noch da?«

Gédéon, gerade dabei, seinen Milchtritt zu perfektionieren, hatte mich entdeckt, winkte eifrig und schrie. »Look at me, mon ami! I'm a cat now. Miaou, miaou!«

Ich winkte zurück, und er verschwand auf allen vieren in seiner Villa, stieß die Tür ins Schloss, und ich ärgerte mich, weil das bedeutete, dass ich den komplizierten Weg durch den Garten, über den Dachboden antreten musste, wenn ich an die Zigaretten kommen wollte, ohne Francesco zu stören oder mit Gédéon Katze zu spielen.

»Hey! Kannst du bitte irgendwas sagen? Deine Stimme fehlt mir so, und ich habe Angst, dass ich untertauchen muss – umziehen oder so. Ich weiß nicht, ob sie tatsächlich … so weit gehen würden. Wahrscheinlich nicht, oder? Oder?! Und du musst dir auch Gedanken machen, wie du jetzt weitermachst. Sie wissen von dir, und du solltest erst mal nicht zurück in die Wohnung. Es tut mir so leid! Weißt du schon, wie lange du noch in Frankreich bleibst? Hast du eine Idee, was wir tun können? Bitte sprich mit –«

Ich legte auf, ging durch den Garten ins Haus, stolperte über den Dachboden und wäre fast abgerutscht.

In der ersten Etage angekommen, hörte ich in Francescos Zimmer eine Frau stöhnen – hörte ein schneller werdendes Klatschen, ein animalisches Grunzen. Angewidert schlich ich in die Küche, nahm mir eine Packung Zigaretten und eine Flasche Calvados, ohne Licht zu machen, schlich sodann in mein Zimmer, legte mich angezogen aufs Bett, rauchte und schlief nach wenigen Schlucken ein – fiel in ein traumloses Nichts.

Hatice rief mich nicht wieder an.

6 Als ich aufwachte, pochte mein Schwanz schmerzhaft in meiner Hose, denn mein Körper schien zu funktionieren. Allein, ich hatte damit nichts zu tun. Auch mein Kopf schmerzte wieder, es war bereits sehr warm, und von draußen hörte ich ein konfuses Stimmengewirr: Ein hitziges Französisch vermischte sich mit einem menschlichen Fauchen, das eine Katze imitierte. Ich entledigte mich meiner Hose, dann meiner Unterhose und sah mit der Distanz eines Wissenschaftlers auf mein pralles, rotes Geschlecht. Unfähig, es anzurühren, massierte ich mir die Schläfen und brachte meine Konzentration gegen die Schwellung in Position, diktierte meinem Schwanz gewissermaßen, mich in Ruhe zu lassen – und siehe, schon wurde er schlaff.

Mein Blick fiel sodann auf einen der Sprüche an der Wand – »Carpe diem« –, und also schlüpfte ich wieder zurück in die Unterhose, zurück in die Hose, zündete mir eine Zigarette an und trat ans offene Fenster.

Unten stand ein kleiner Mann, unter dessen zu kurzem Trikot ein weißer Bauch hervorquoll. Er schrie unverständlich auf Gédéon ein, der seinerseits, noch immer fauchend, sich aufgerichtet zu haben schien. Ich verstand nichts von dem Streit, hörte aber, wie Francesco über den Flur lief; seine nackten Sohlen klatschten über das Parkett, an meinem Zimmer vorbei. Gédéon steigerte indes sein Fauchen, formte die Finger zu Krallen und versuchte nach dem Mann zu kratzen, der ihn, davon unbeeindruckt, mit der Faust mitten ins Gesicht schlug. Verdutzt fiel Gédéon zu Boden und schrie wieder erst zeitversetzt, gleich einem Kleinkind, das nicht weiß, wie ihm geschieht, und erst anfängt zu weinen, wenn die Mutter erschrickt.

Doch war der kleine Mann mit dem zu kurzen Trikot nicht wirklich besorgt, nein, er streckte sich nur für einen kleinen Moment, um dann gemächlich auf Gédéon einzutreten. Erst als Francesco auf der Bildfläche erschien, stieg er auf eine Vespa, die ich vorher nicht gesehen hatte und fuhr lachend davon; sein fleischiges Kinn flatterte im Wind. Ruhig, bemerkenswert ruhig und langsam war Francesco über den grobkörnigen Sand auf die beiden zugehumpelt, trug nur seine silberne Hose und schien eher nachsehen zu wollen, was da vor sich ging, als einzuschreiten. Gédéon schrie weiter, blutete aus der Nase und krümmte sich. Ich drückte meine Zigarette auf dem Fensterbrett aus und ging ins Bad. Nachdem ich mein Gesicht gewaschen hatte und davon nicht wacher zu werden schien, legte ich mich in die leere Badewanne und rauchte eine weitere Zigarette, schnippte sie, sowie ich aufgeraucht hatte, nach der Toilette, verfehlte sie – stieg wieder aus der Wanne. Und als ich den Stummel aufgesammelt hatte und ihn im Waschbecken ausdrückte, stand Francesco in der Tür und tänzelte auf und ab.

»Komm, Boy, wir fahren nach Paris!« Seine Stimme tänzelte synchron zu seinen Beinen.

Er trug nun Schuhe ohne Socken, ausgeleierte weiße Turnschuhe, besprenkelt mit kleinen bunten Farbtupfern. Außerdem hatte er sich ein Hemd angezogen, ein lilafarbenes Hawaiihemd mit Palmen, das er vermutlich so weit aufgeknöpft ließ, damit mich der schlecht gestochene Schiele von seiner Brust anstarren konnte. Die große Gucci-Sonnenbrille hatte er sich auf seinen kahlen, wohl frisch rasierten Kopf geschoben – er sah aus wie ein Triebtäter aus einem sehr schlechten Film.

»Bitte?«

»Gédéon will seinen Nachbarn anzeigen. Der hat ihn zusammengeschlagen. Frag mich nicht, warum.« Francesco kratzte sich hinter seinem Ohr.

Die Erhebung war noch immer da und schien größer als gestern, doch vermutlich lag das nur an der frischen Rasur.

»Und hier gibt es keine Polizei?«

»Gédéon meint, der sei nicht zu trauen.«

»Gédéon ist nicht zu trauen.«

Francesco lachte; seine Zähne waren größer und gelber denn

je. Er kam auf mich zu und fummelte mit seinen langen, dürren Fingern in seiner lädierten Bauchtasche herum.

»Ich meine, warum Paris? Es gibt ungefähr tausend Städte, die näher gelegen sind.«

»So viele nun auch nicht, Boy. Und denen, also den Cops dort, vertraut Gédéon auch nicht. Jetzt reiß dich doch mal zusammen und hab' ein bisschen Spaß mit mir.« Francesco hatte das Kokain gefunden und streute es in lächerlich großen Mengen auf die staubige milchgläserne Halterung für die Zahnputzbecher, wobei mir auffiel, dass ich gar keine Zahnbürste hatte.

»Mit dir und Gédéon!« Aber nun musste auch ich lachen, kichern eher, und half Francesco mit der Kreditkarte.

Irgendwie roch er nicht mehr ganz frisch, roch nach getrocknetem Schweiß – metallen.

»Wir setzen ihn einfach auf der Wache ab, und wenn wir Glück haben, behalten die ihn gleich da und wir machen uns einen nicen Tag. Paris! Das wird dir gut tun. Du benimmst dich immer seltsamer.«

Wir zogen also die riesigen Lines, wobei sich das Kokain mit der Staubschicht auf dem Glas vermischt hatte, mussten beide niesen und gingen ohne ein weiteres Frühstück nach unten, wo Gédéon sonderbar mumifiziert am Porsche lehnte. Er hatte sich nicht gewaschen, seitdem er wieder vom Boden aufgestanden war, hatte dunkle Schrammen an den Armen und sah mit dem schmutzigen, blutdurchlaufenen Verband im Gesicht, der einzig Augen und Mund freigab, aus, als käme er geradewegs aus Verdun – nur, dass er anstelle der Uniform den Blaumann trug, den wir gekauft hatten, und anstelle des Adrianhelms den großen weißen Sommerhut. Das Kokain war mir zu Kopf gestiegen, mir wurde wieder schlecht, und ich musste lachen, meinte kurz zu erkennen, dass Gédéon seinerseits lachte, war mir aber nicht ganz sicher und riss mich besser zusammen. Ich tat gut daran.

»That son of a bitch called me dog. Dog, you understand? Dog … Merde! I was a cat. Tu comprends? That salopard want my house. But non. I don't give up. You should seen son face, when I scratched him.«

»And now you aren't a cat anymore?«, fragte ich tastend, ein widerliches Kratzen im Hals.

»Merde! Do I look like a fucking cat?«, schrie er jetzt, wobei sich sein Verband teilweise aus seinem Gesicht löste, sich das untere Ende nach Richtung seiner blond behaarten Brust schlängelte, die der obszön weit aufgelassene Blaumann freigab. Warum liefen hier alle halbnackt herum?

Ich verneinte und sah hilflos zu Francesco, der ebenfalls lachte, woran sich Gédéon selbstverständlich nicht störte. Francesco wusste wie immer, was zu tun war, nahm die Autoschlüssel aus der Bauchtasche und warf sie Gédéon, der sich schon nach ihm umgedreht hatte, als er sie hatte klingeln hören, in einem gezielten Wurf direkt in die ausgestreckte Hand.

Natürlich stieg ich hinten ein. Gédéon war ein guter Fahrer, ruhig und konzentriert, gar spießbürgerlich, fuhr er doch immer langsamer als er musste. Er wollte nicht, dass wir im Auto rauchten – »Don't pollute my air, s'il vous plaît!« –, nicht einmal, dass wir Musik hörten – »It distracts me!« –, und als Francesco sich ein wenig Kokain aufstreuen wollte, schlug er es ihm aus der Hand, ließ sogar das Steuer einen Augenblick los, und fast wären wir im Straßengraben gelandet. Francesco nahm all das hin, war bemerkenswert genügsam, fast schon devot; er ließ sich von Gédéon mit seinen Hotelplänen vollquatschen und heuchelte zu allem Begeisterung – wobei ich gar nicht mit Sicherheit sagen konnte, ob er wirklich heuchelte, denn er beherrschte sein Spiel so gut wie meine Mutter, wenn sie meinem Vater bei seinen Fantastereien zuredete.

Belustigt über meine Rolle in dieser Familienaufstellung, holte ich trotzig meine Kopfhörer aus meiner Hosentasche und überließ die beiden ihrem Eheglück. Und wie früher in solchen Situationen fand ich Zuflucht bei Bach. Ich dachte an nichts, und wir fuhren durch größere und kleinere Dörfer, vorbei wieder an Apfelbäumen und Kühen, Kühen und Apfelbäumen, während Glenn Gould sich durch die Fugen arbeitete, ja, sie durchpflügte wie ein genügsamer alter, aber präziser Bauer in einem Tolstoi-Roman. Schnell war ich wieder der kleine verträumte Pastorensohn.

Aufgrund von Gédéons Fahrweise sowie zahlloser Raucherpausen kamen wir erst am späten Nachmittag an. Paris anders als mit dem Flugzeug zu bereisen war sonst immer eine emotionale Herausforderung, weil sich die Banlieues so schlecht ausblenden ließen, wenn man direkt durch sie hindurch fahren musste. Allerdings fuhren wir von Westen in die Stadt, und meine Befürchtungen lösten sich in Wohlgefallen auf, da Gédéon uns gekonnt und auf verwunschenen Wegen, vorbei an Weinbergen und Schlössern, durch die reichen Vororte kutschierte, wir schließlich die gläsernen Trutzburgen von La Défense erreichten, um hierauf in gerader Linie durch das schmucke Neuilly auf den Triumphbogen zuzusteuern.

Paris war wohl schön, doch ich hatte immer größeren Hunger, und wir fuhren an mehreren Polizeistationen vorbei, denen jedoch, wollte man Gédéon glauben, allesamt nicht zu trauen war. Nein, ich hatte keine Augen für die Stadt. Die Straßen waren voll, die Verkehrsteilnehmer bildeten einen hupenden Chor, und mit jeder weiteren Viertelstunde, die Gédéon den nunmehr sperrigen Cayenne durch die endlosen Straßen und Gassen führte, wurde ich gereizter, wurde selbst Francesco gereizt – wohl auch, weil er seit Stunden kein Kokain mehr hatte nehmen dürfen. Schließlich hielten wir vor einem grauen, etwas trostlosen, aber nicht unbedingt hässlichen 70er-Jahre-Bau, irgendwo im 10. Arrondissement, in unmittelbarer Nähe vom Gare du Nord.

Wir stiegen aus, rauchten, und Gédéon gab Francesco den Autoschlüssel zurück, der steckte ihn in seine Bauchtasche und hängte diese um seine knochige Schulter. Ob wir Lust auf einen Spaziergang hätten, wollte Gédéon wissen. Er könne ja anrufen, wenn er fertig sei. Ich hielt das für eine gute Idee, aber Francesco, der sich die Vorstellung anscheinend nicht entgehen lassen wollte, steuerte bereits in großen, wackligen, doch nicht minder bestimmten Schritten die Wache an; das Hawaiihemd flatterte grell von uns davon, und also folgte Gédéon ihm.

Auch ich war offenbar mitgegangen, befand ich mich doch kurze Zeit später in einer kleinen, hellerleuchteten Halle: Emsige

Gendarme schwirrten umher, stinkende Clochards und gealterte Junkies wurden von halbstarken Einwanderern der dritten Generation in den obligatorischen Jogginganzügen angeschrien – irgendwie mussten sie es über den Autobahnring geschafft haben. Und mehrere Frauen in seltsam anachronistischen Miniröcken kauten Kaugummi, saßen auf einer Bank und sahen verträumt aus dem einzigen Fenster. Das Licht hatte einen unwirklichen Charakter hier, ganz so, als käme es nicht von der Decke, sondern aus den Menschen selbst, als flösse es aus ihnen heraus. Der mumifizierte Gédéon fiel nicht auf, zwischen dem Mann mit der Ratte auf der Schulter und der alten Frau, die sich in ihrem abgetragenen Nerz nicht von den Temperaturen stören ließ und von Zeit zu Zeit in ein frivoles Freudengeheul ausbrach – lautstark jubelte. Ja, ich glaubte zu verstehen, warum er genau hier hatte herkommen wollen. Es war, als wäre Fellini nie gestorben.

»Bonjour, Monsieur Moreau! Comment allez-vous?«

Ein hagerer Polizist mittleren Alters mit kleinen, an Kaffeebohnen gemahnenden Augen, fast zermahlen zwischen den vielen kleinen Lachfalten, hatte Gédéon gutmütig die Hand auf die Schulter gelegt, woraufhin diese zusammenzuckte und Gédéon sich ruckartig um die eigene Achse drehte.

»Je suis désolé, mais vous devez me confondre. Je ne suis pas Monsieur Moreau«, sagte er und durch den Verband war nicht genau zu erkennen, wie sicher er sich dessen war.

Die Lachfalten ließen sich indes nicht verunsichern, nicht einmal von dem Verband.

»Oui! Oui! C'est vous. Ravi de vous revoir«, bekräftigten sie, die Hand nun auf die andere Schulter legend.

Doch bevor Gédéon etwas entgegnen konnte, musste sich der freundliche Polizist auch schon wieder verabschieden, da die Frau im Nerz wieder anfing zu jubeln.

»Au revoir, Monsieur Moreau! C'était très agréable de vous recontrer.«

Bei dem Namen Moreau war auch ich zusammengefahren, war zusammengefahren, gleich der Schulter, wusste aber nicht, wieso, und vergaß es sogleich wieder, während Gédéon nun zielsicher und ohne sich ein weiteres Mal umzusehen den Empfang ansteuerte. Francesco und ich folgten ihm.

Die Beamtin saß hinter einer Glasscheibe, hatte einen strengen kastanienbraunen Zopf, aber ein Gesicht wie Catherine Deneuve in ihren besten Jahren. Wiewohl, sie sah durch uns hindurch und bewegte keinen einzigen Muskel ihrer Fassade. Ich verstand nicht viel von der Konversation, die sich nun entspann, war aber zu gleichen Teilen gerührt und schockiert, wie gelassen die Dame auf Gédéons theatralische Darbietungen reagierte. Gédéon ließ uns nun einen, nein, zwei Schritte zurücktreten, um den Nahkampf noch einmal mit sich selbst nachzuspielen, war bald Kain, bald Abel, war bald Achill, bald der geschändete Leichnam Hektors – nie war er der dickliche kleine Mann mit dem zu kurzen Trikot, nie der verstörte Katzenmensch mit Nasenbluten. Er lag gerade wimmernd auf den grau marmorierten Fliesen, die Hände nach der Polizistin ausgestreckt, als sei sie eine barmherzige Gottheit, eventuell bereit sein Leid zu rächen, als diese sich mit ausdrucksloser Miene erhob.

»Tout d'abord, j'ai besoin de votre carte d'identité, Monsieur. Veuillez-vous vous lever, Monsieur«, erklärte sie.

Gédéons Verband hatte sich von seinem Kopf gelöst und lag auf dem Boden, hing nur noch an einem äußersten Ende über dem linken Ohr und gab endlich den Blick auf sein fast unversehrtes Gesicht frei. Er sagte noch etwas, das ich nicht verstand, und drehte sich sodann nach uns um.

»Give me the putains key, Francesco! J'ai oublié my fucking ID in the car«, rief er aus und beeilte sich, seine Mumifizierung wieder instand zu setzen.

Offenbar hatte er mehr Applaus erwartet.

Seitdem wir die Polizeiwache betreten hatten, sah ich nun das erste Mal zu Francesco. Aus ihm schien kein Licht zu fließen, nein, es bestrahlte ihn von außen – unbarmherzig lag es auf seinem dürren Körper, der grau, gräulich schimmerte, sich in Strichen aufzulösen begann, gleich einer Radierung von Giacometti. Das

Hawaiihemd war kaum noch zu erahnen; ja, ich hatte ihn noch nie so lange kein Kokain nehmen gesehen, und er schien nicht mehr ganz bei sich.

»Francesco, der Schlüssel!«, sagte ich behutsam und schlug ihn mit der flachen Hand leicht auf den Hinterkopf, woraufhin sich seine Glieder lockerten, er sich in Bewegung setzte und mit seinen wieder fiebrigen Klavierspielerfingern an seiner zerfransten Bauchtasche nestelte; noch immer hing sie ihm über der Schulter.

Die Tasche fiel zu Boden, heraus fiel das Kokain. Doch nicht nur das: Jede Menge Tütchen, kleine wie große, volle wie leere – die vollen bestückt mit allen erdenklichen Substanzen – lagen nun ausgebreitet auf den marmorierten Fliesen, dazwischen der Schlüssel. Die Polizistin hinter der Glasscheibe setzte sich wieder, verdrehte die Augen; ansonsten blieben ihre Züge schlaff. Der Schlüssel hatte ein Geräusch machen müssen, als er auf die Fliesen prallte, ja, ganz bestimmt hatte er das – vielleicht war es deshalb so still, vielleicht ruhten deshalb alle Blick der kleinen Halle nun auf uns und den Tütchen.

Schon fing der Nerz wieder an zu jubeln, schon fingen die Halbstarken wieder an zu schreien, die Clochards wieder an zu stinken, die Miniröcke zu kauen – selbst die Ratte nagte nun am Ohr ihres Besitzers; schon gingen die emsigen Gendarme wieder ihren seltsamen, undurchdringlichen Handlungen nach, fingen wieder an umherzuschwirren. Francesco blieb sehr ruhig, sammelte die Tütchen auf und steckte sie sorgfältig zurück in seine Bauchtasche, während Gédéon den Autoschlüssel an sich nahm und gemessenen Schrittes den Ausgang ansteuerte. Nur ich war zur Salzsäule erstarrt, und es bedurfte Francescos Ziehens, um mich wieder in Bewegung zu setzen. Ja, er zog mich hinter sich her, zog mich nach draußen.

Zurück am Auto meinte Gédéon, er würde die Anzeige wirklich lieber allein aufgeben, riss sein Portemonnaie von der Ablage und verschwand so schnell, dass ich keine Gelegenheit hatte, mich darüber zu freuen. Und also setzten wir uns ins Auto, setzten uns auf die beiden Vordersitze. Erst als Francesco eine große Line Kokain gezogen hatte, fuhr wieder Leben in seinen Körper, schienen sich die Striche wieder zusammenzusetzen – prustete es aus ihm heraus.

»Denen ist hier aber auch alles egal, solange man sich nicht in die Luft sprengt oder einen weißen LKW fährt!«, rief er lachend.

Und als ich ihn daraufhin nur schweigend ansah, seine endlich wieder glänzenden Augen bestaunend, hielt er mir sein zersprungenes Telefon und einen seiner Geldscheine vor die Nase.

»Hier, mach dir besser mal was in den Kopf.«

Im Geruch von Paris schwang noch eine leise, doch herbe Basisnote des Gestanks von einst, ein unverwechselbarer, süßlich-fauliger Grundton, der – alljährlich im Sommer von der Hitze neu entfacht, aber auch im Winter nie ganz verschwunden – aus den vergangenen Jahrhunderten emporzusteigen schien, vermutlich aber bloß von den überfüllten Müllcontainern rührte, von den muffigen Metrostationen sowie von den Urinlachen, die trotz der zahlreichen hässlichen elektronischen Toiletten, die das Stadtbild prägten wie sonst nur die Trinkbrunnen mit den vier grünen Karyatiden – von diesen Urinlachen also, die dennoch immer gleichmäßig, ja, sorgsam verteilt waren. Allein, in diesem Grundton lag mehr als die Summe seiner Einzelteile, mehr für mich allemal, denn seitdem ich das erste Mal hier gewesen war, hatte mich der süße Gestank immer wieder elektrisiert. Vielleicht war ich nur seinetwegen immer wiedergekommen. Und hatte ich auch jetzt keine Augen für die Stadt, so war es diese vertraute, diese heiß geliebte, stinkende Basisnote, hier überdeckt von Blumen und Gebäck, da von Abgas, dort von fauligem Obst, das schon den ganzen Tag in der Sonne gelegen hatte – so war es doch dieser heilige Wohlgeruch, der meine Sinne wieder hochfahren ließ, langsam und rauschend, gleich einem alten weißen, vom Zigarettenrauch schon vergilbten Computer.

Nun war ich es plötzlich, der Francesco hinter sich herzog, und er ließ es geschehen, wie er ja eigentlich fast alles geschehen ließ, wenn man es nur darauf anlegte. Mit einem belustigten Lächeln ließ er es geschehen – bald euphorisch, bald spöttisch. Vielleicht war es nur noch haltlose Raserei, die mich antrieb, aber das war egal, und da ich die Stadt gut kannte, zog ich ihn also vorbei an der Porte Saint-Denis, entlang der Rue Saint-Martin, dann durch kleinere Gassen, mitten ins Marais – zog ich ihn also, behände und flink. Ja, ich kannte Paris besser als Berlin, ganz einfach, weil das Spazierengehen hier weniger furchtbar war.

Es war sicher Raserei, aber hübsch war es hier. Ich mied die Boulevards in ihrer mediokren Megalomanie, entzog mich besser dem Haussmannschen Pomp, denn der wäre jetzt zu viel – zu viel für meine Raserei. Ich pflegte sie, die Raserei, hegte sie ein und gab ihr das Futter nur langsam: Hier der Kirchturm, den ich ganz vergessen hatte, da die blendende Reflexion der Sonne auf dem Dach, hier der hübsche Balkon mit den beiden Kindern, da das satte Grün des Efeus, hier eine besonders elegante Frau, da eine Taube, die weder dick noch krank noch hässlich – die einfach sehr hübsch anzusehen war. Ich ließ sie lieber an der kurzen Leine, die Raserei, bevor sie mir wieder durchging. Obwohl, ich rannte schon fast. Als ich Francesco von weither rufen hörte, hatte ich schon den Square du Temple erreicht, und als ich mich nach ihm umdrehte und ihn keuchend an einem Laternenpfahl stehen sah, rannte ich wieder zurück, aber keuchen musste ich auch dann nicht.

»Du hast das Rauchen vergessen, Springinsfeld! Und können wir bitte irgendwas essen? Ich hab' schrecklichen Hunger, Boy.« Francesco schnappte in die heiße, stehende Luft.

Ich steckte mir eine Zigarette an und wollte auch Francesco eine geben, der mir die Hand entgegenstreckte, allerdings zur Abwehr; er keuchte sehr schwer. Die andere Hand stemmte er in seine zitternde Flanke, das durchnässte Hawaiihemd – nun ganz aufgeknöpft – klebte an seinem sehnigen Körper; der nach außen gestülpte Bauchnabel zitterte im Rhythmus seines Keuchens. Ich bemerkte, dass auch ich klebte – ja, sogar das Haar klatschte mir bei jeder Bewegung des Kopfes nass an die Stirn. Viele der Männer, die an uns vorbeiliefen, hatten sich ihre Hemden bereits um die nackten Schultern gelegt.

»Komm, Boy, ich führe dich fein aus – als Dankeschön für deine Hilfe! Und dafür, dass du es mit mir so tapfer aushältst.«

Ich lachte, jedoch mehr, weil ich mich schämte, schämte für mein haltloses Nutznießertum – ja, und auch dafür, dass ich soeben wie ein kopfloses Huhn umhergerannt war.

Francesco bestand auf »Haute Cuisine«, wobei er die erste Silbe besonders betonte, als würde er die Küche dadurch erheben. Wir suchten nach einem Restaurant, wurden schließlich fündig und setzten uns auf wieder kleine geflochtene Stühle, an einen kleinen weiß gedeckten Tisch, draußen auf dem belebten Trottoir. Der Ober hatte einen schmalen Oberlippenbart und wollte uns gerade wegscheuchen, als Francesco ihm einen oder zwei seiner Geldscheine in die Hand schob und eine Flasche Dom Pérignon bestellte – immerhin nicht wieder vier Ricards.

Man müsse das ab und zu so machen, sonst werde man ja verrückt. Ich fragte nicht, was er damit meine, schwieg und trank. Francesco bestellte fortlaufend für uns beide, da er merkte, dass mir das Ganze unangenehm war. Nur langsam belebte mich der Champagner und nach der Foie Gras war ich schon satt, aber es folgten noch Austern, schwarzer Kabeljau, eine schaumige Artischockencreme, dann Kalbsnieren in Cognac, schließlich diverse Käse und eine Crème d'Orange. Ungeachtet, es war zu heiß, ich probierte stets nur ein wenig und hielt mich an den Champagner, dann an den Weißburgunder, und rauchte, während Francesco genüsslich aß. Es war verwunderlich, wie viel er essen konnte. Wir tranken mehrere Flaschen und gingen zwischen den Gängen abwechselnd auf die eigentümlich verdreckte Toilette, um Kokain zu ziehen.

Schließlich wurde es mir egal, wie man uns anstarrte, und Francesco hatte auf mein eindringliches Bitten sogar sein Hawaiihemd zugeknöpft. Doch ich sprach nicht viel – nein, vielmehr sah ich auf die Straße, auf die Passanten und dachte daran, dass es keine zwei Jahre her war, dass ein paar Straßen weiter 130 Menschen ermordet worden waren. Einzig die patrouillierenden Soldaten, die

Maschinengewehre im Anschlag, gaben mir ein wenig Ruhe; aber nein, Paris war nicht dasselbe – selbst im Lachen der Vorbeilaufenden sah ich nichts als Entrückung, zur Pose erstarrte Lebenslust und Angst.

Wir tranken letztendlich doch noch einen Pastis, aber mir war bereits wieder übel. Und als wir aufbrachen und Francesco in einem Minimarkt eine weitere Flasche Weißwein kaufte, hatte ich Mühe, mich auf den Beinen zu halten.

Es war noch immer sehr heiß. Wir liefen weiter durchs Marais und kreuzten schließlich die Rue de Rivoli, gingen weiter in Richtung der Seine – und die Sonne stand schon tief, als wir das Mémorial de la Shoah erreichten. Nur noch der obere Teil des Gebäudes wurde erhellt: ein schmaler, orange leuchtender Streifen vor nunmehr satterem Blau. Der darunter liegende Teil, mit der französischen Inschrift lag ergraut im Schatten des gegenüberliegenden Gebäudes, während die hebräischen Lettern – ein Zitat von Zalman Shneur, dessen Bedeutung ich vergesse hatte – noch in den Bereich des langsam sich verkürzenden Streifens fielen, jedoch von der fast horizontalen Einstrahlung gleichsam in die Wand eingeebnet wurden. Hätte ich die Lettern auch sonst nicht entziffern können, so konnte ich mich doch an ihren Klang erinnern: Chaim hatte sie mir vorgelesen.

Der Schweiß brannte kalt auf meiner Haut – ja, mich fröstelte.

Francesco schien das zu bemerken, zog er mich doch weiter, an der Gedenkstätte vorbei, drückte er mir doch die Flasche in die Hand, zog er mich doch weiter hinter sich her – und siehe, da war schon der Fluss.

Über die Île Saint-Louis strömten wir mit den Touristenmassen, einem konfusen Gewusel immer gleicher, aber nicht in Einklang zu bringender Einzelinteressen. Kurz dachte ich, das schöne Gesicht Hatices in der Menge zu erkennen, aber sie war es nicht – nein, denn sie war ja in Berlin. Nein, sie war ja bei Lisa in Friedenau. Hatice, die –

Ein Mann drosch mit einem Selfiestick auf seinen Reiseleiter ein, schrie in abgehacktem Mandarin – von den Passanten halb geduldet, halb beneidet. Ich schlug vor, die Insel zu wechseln, der kleine Park hinter Notre-Dame sei der friedlichste Ort der Umgebung; und ja, er war wie immer fast leer. Wir setzten uns also auf eine Bank mit Blick auf das Strebewerk, so nah an die Kathedrale heran, dass vom Vierungsturm nur die im Abendlicht feuerrot glimmende Spitze zu sehen war, rauchten und tranken.

Eine sanfte Gleichgültigkeit überkam mich, alles wurde wieder egal. Indes verlagerte Francesco sein Gewicht von einem schmalen Oberschenkel auf den anderen, knackte mit seinen unbeholfenen Fingern. Ich spürte wohl, dass er mit sich rang, er mit mir sprechen wollte und nach den Worten suchte. Ich schwieg und sah auf das Strebewerk, die schmalen Bögen, die von den Fenstern nach außen drangen, und hatte Francesco schon wieder vergessen, als er doch noch das Wort an mich richtete.

»Was ist eigentlich mit Chaim?«

Die Bögen wurden von kleinen Türmchen abgeschlossen.

»Warum seid ihr nicht mehr zusammen? Ihr seid es doch nicht mehr, oder? Oder führt ihr jetzt eine Fernbeziehung? Hast du ihn mal besucht, in Tel Aviv? Warst du mal da? Ist es nicht ultranice dort?«

Die Türmchen waren gleichmäßig um die Kathedrale verteilt, ein zweiter skelettierter Chorumgang.

»Also sorry, wenn dir die Fragen zu weit gehen. Es ist nur … ihr wart ein schönes Paar. Ich habe euch immer beneidet. Du wirktest glücklich, Boy, und jetzt –«

»Bitte, halt einfach die Fresse.«

Francesco hörte abrupt auf zu sprechen.

»Halt einfach die Fresse und schau auf das Strebewerk«, schob ich nach, damit es ein bisschen lustiger klänge.

Ganz ruhig war ich geblieben, aber Francesco schien traurig, vielleicht auch gekränkt – wie auch immer, es war mir egal. Die Sanftheit war weg, doch die Gleichgültigkeit blieb.

Irgendwann standen wir auf, gingen noch ein bisschen weiter durch die Stadt, über die sich das Dunkel nur quälend langsam legte – das ewige Blau störte mich jetzt. Und als die Lichter dann endlich brannten, waren sie weißer und härter denn je – ja, sie stachen mir in die Augen. Gelb würden sie sein, das wusste ich wohl. Doch sie waren es nicht, und also sah ich beim Laufen bald nur noch auf meine Schuhe, sah mich bald nur noch einen Fuß vor den anderen setzen – wusste nicht, wohin, noch wozu.

Und weil Gédéon nicht mehr anrief, nahmen wir ein Taxi zum Porsche, fuhren zurück in die Normandie und sprachen im Auto kein Wort.

7 Anderntags erwachte ich spät, ich hatte wohl endlich einmal lang geschlafen. Ich sah nicht aus dem Fenster, denn das Wetter war ohnehin immer gleich – nein, ich blieb liegen, rauchte eine Zigarette und löschte sämtliche sozialen Netzwerke von meinem Telefon. Nachrichten bekam ich keine mehr, und auch war mir die Lust darauf vergangen, Leuten, die ich nicht mochte, dabei zuzusehen, wie sie sich beim Essen und Reisen selbst erniedrigten, die Freude am Leben zu einem schalen, schamlosen Imperativ erhoben. Und da Chaim nichts mehr teilte –

Später lief ich durch das große, leere Haus, lief auch in den zweiten Stock, auch in Gédéons Zimmer. Am Tag der Ankunft, beim Anblick seines Geschlechts, war es mir kaum aufgefallen, aber dieses Zimmer war anders, ganz anders. Schwere, staubige Gardinen hingen an messinggelben Stangen, leicht gebogene Empire-Möbel standen auf wiederum schweren, staubigen Teppichen. Landschaftsbilder in Öl, opulent gerahmt, vor der seidenen Tapete – immer wieder die Klippen von Étretat: Nein – doch, ja, da hing tatsächlich ein Courbet, er schien echt, wenn auch untypisch, denn die Sonne leuchtete durch das Nadelöhr, ließ die Innenwände des Felsen gleichsam strahlen, während der Rest im Dunkel lag; aber ja, doch, das war seine Unterschrift, sein Duktus, und war es eine Fälschung, so war es eine gute.

Dieses Zimmer war erhalten geblieben, war unverändert – wies es doch auf die unwahrscheinlich gewordene Konsistenz einer Persönlichkeit. Es war zugleich größer und kleiner als die übrigen Zimmer, da keine Leere von ihm ausging. Und doch war etwas seltsam: Inmitten der gebogenen Formen stand ein noch älteres Möbelstück, ein Baldachinbett ohne Baldachin im Stil Louis XIV. Und es war, als läge jemand darin – ein kleiner, gekrümmter Mensch.

Furchtloser, als ich mich für gewöhnlich kannte, schlich ich mich langsam heran. Nichts bewegte sich unter der Decke – kein Zucken, kein Atmen. Und also riss ich sie mit einem Ruck weg: unter der Decke eine weitere Decke, darunter noch eine, noch eine und noch eine. Schicht für Schicht riss ich die Decken weg, bis auch die letzte zurückgeschlagen war.

Ein aus Kissen geschnürter Frauenkörper, kein eigentlich schöner – nein, der Körper einer alten Frau. Jemand hatte sich viel Mühe gegeben, die Brüste und Hüften, sogar einen Buckel, mithilfe von Kordeln in die Daunen zu schneiden – ein bisschen wie Louise Bourgeois, nur ungleich realistischer. Besser, ich deckte den Körper wieder ab. Besser, ich wandte mich dem Rest des Zimmers zu.

In den Schränken fand ich Damenkleider und Hüte; alles sehr aufgeräumt, alles sehr ordentlich. Es roch nach Lavendel. Jemand hatte sich die Mühe gemacht, Lavendel in Strümpfe zu stecken – dieses alte Mittel gegen Motten. Der Geruch war mir vertraut, auch meine Mutter wehrte sich hartnäckig gegen jede neue Methode – und schon wurde mir wieder übel.

Besser, ich schloss die Türen; besser, ich wandte mich dem Bücherregal zu.

Alte lederne Bände, aber auch neuere Taschenbuchausgaben standen darin und nichts passte so recht zusammen: Flaubert neben Maupassant und Hugo, nun gut, dann aber Stendhal zwischen Gorki und Rudolf Steiner; Zola umgeben von Dan Brown, Vercors und Thoreau; Bourdieu und Austen neben Puschkin und La Rochelle; Oscar Wilde zwischen Machiavelli und Heidegger; Lyotard neben Diderot und Beckett; Maurras, Ken Follett und Céline – ja, Céline schließlich neben Proust. Schwer zu sagen, ob jemand die Bücher absichtlich in dieser perversen Folge geordnet hatte, aber die Buchrücken sprachen dafür, waren sie doch geknickt und an den Rändern zerfranst – schienen mehrfach gelesen. Zwischen all den zerlesenen französischen Titeln fiel mein Blick auf einen ungeknickten Rücken mit deutschem Titel: »Die wiedergefundene Zeit« – ja, es war der letzte Band der Recherche.

Chaim und ich waren nur bis zum vorletzten Band gekommen, hatten aber auch diesen nicht zu Ende gelesen, sondern vielmehr mittendrin aufgehört, nach monatelangem wechselseitigem Vorlesen – Vorlesen Seite um Seite. Denn wir wussten ja schon, dass wir einander von nun an kaum mehr sehen würden, und da war es uns bald schwer geworden, dem traurigen Marcel dabei zuzusehen, wie er seine Albertine vermisst und er sie schließlich aufgibt. Nein, eigentlich war es uns schon vorher immer schwerer geworden, weil –

Seither, seit Nizza, hatte ich kein Buch mehr angefasst, keines mehr aufgeschlagen. Jetzt sah ich mich den unversehrten Band aus dem Regal nehmen, schlug auch ihn nicht auf, aber behielt ihn in der Hand und lief weiter durch das rätselhafte Zimmer, denn irgendeine Erklärung war es mir noch schuldig. Auf dem Sekretär lagen zahllose Briefe, und der Adressat war niemals derselbe. Es waren deren alte und neue, handschriftliche, mit Schreibmaschine getippte, aber auch gänzlich schnörkellose, gedruckte. Kein Adressat hieß Gédéon. Die Buchstaben fingen schon an zu verschwimmen, als mein Blick auf eine stark vergilbte Ausgabe des Figaro fiel, eine Ausgabe des Jahres 1894.

Eine Tür fiel zu, ich rannte aus dem Zimmer und direkt in Francescos Arme.

»Bist du fündiger geworden als ich?«, lachte er. Er sah gut aus, irgendwie erholt.

»Nein, das ist alles höchst verwirrend. Ich zweifle langsam daran, dass es einen Gédéon gibt.« Ich wusste nicht, wieso, aber das Buch versteckte ich hinter meinem Rücken.

»Wenn er erst wieder vor dir steht, wirst du es kaum bezweifeln können. Kommst du noch mal mit in die Kirche? Komm mit in meine Kirche, Boy! Ich habe den ganzen Morgen gearbeitet und will wissen, wie du es findest – also den Progress.«

Das letzte Wort sprach er nasaler, ja, affektierter aus und rückte sich mit wieder abgespreiztem Finger ironisch die große Sonnenbrille auf dem kahlen Kopf zurecht, wohl, damit ich nicht bemerkte, dass ihm meine Bewunderung wichtig war.

Ich müsse noch kurz zur Toilette und mich anziehen – er könne warten. Im Bad fiel mein Blick in einem unüberlegten Moment in den Spiegel: Mein Gesicht war noch immer ein wenig lädiert – das hatte ich ganz vergessen. Überhaupt schien die Szene mit dem Fahrrad unendlich weit weg, so wie alles in Berlin. Auch hatte ich meine Physiognomie vergessen und das was ich sah, war nicht nur lädiert, auch wirkte es abgezehrt, gealtert. Kaum erkannte ich mich selbst.

Ich sah schnell wieder weg, verrichtete meine Notdurft, ging nach nebenan, legte das Buch unter mein Bett und kleidete mich an. Dann holte ich Francesco in seinem Zimmer ab, wir zogen ein wenig Kokain, verließen die Villa und liefen über die Brücke. Es war heißer denn je, und der Fluss war nur noch ein fauliges Band. Wir tranken keinen Pastis in dem Bistrot, denn die bleierne Hitze stand jetzt auch im Schatten; besser, wir gingen sogleich in die Kirche, in die kühlende Kirche.

Und also bewunderte ich Francescos Werk, denn das war ich ihm schuldig. Hier schon feste, da noch lose Bahnen Spiegelfolie hingen von den Wänden herab – bald niedrig, bald schon höher. Es war ersichtlich, wie viel Arbeit noch getan werden musste, zumal das Gerüst nicht bis an die Decke reichte. Ich hatte zusehends gar keine Mühe mehr, zu bewundern. Denn bewunderte ich auch nicht das Werk, so bewunderte ich doch Francesco, seine Begeisterung, seine Tatenfreude. Er schien mir wieder beneidenswert – diese lange, schmale Figur in der ewig silbernen Hose, die aus unerfindlichen Gründen frohlockend durch die kleine Kirche rannte, in jeder Bewegung einen Sinn verwirklichend, der sich mir nicht erschloss. Er wies mich auf dieses und jenes hin, auf mögliche Probleme und auf solche, die er bereits gelöst hatte. Stetig nickend und bekräftigend sah ich ihn an und ging mit ihm von einer Wand zur anderen.

Denn wenn auch meine Bewunderung für Francesco nicht rein war, sie sich zu gleichen Teilen mit Verwunderung mischte, so lag doch in beiden Teilen eine echte Freude, die ich für ihn empfand, eine Freude allerdings, die mich anstrengte und nichts mit mir zu tun hatte. War sie auch echt, so strengte sie mich deshalb nicht weniger an – nein, im Gegenteil, vielmehr versicherte mir die Anstrengung nur ihre Echtheit, denn jede Freude, die man für andere aufwendet, kostet Kraft. Und diese war so echt, dass sie mich tief betrübte.

»*Hello, is it me you're looking for?*«, sang Francesco. Er hatte einen Joint im Mund, stand vor mir und ließ eine Rolle Klebeband um sein Handgelenk kreisen.

Ich saß offenbar auf dem Altar, nickte.

»Magst du mir nicht ein bisschen helfen, Boy?«

Ich wusste, dass er sich davon nicht viel erhoffte, wusste, dass er aus Ohnmacht handelte. Er zwickte mich wieder in den Bauch, doch diesmal gelang es mir nicht, zu lachen. Damit irgendetwas geschah, willigte ich ein, stand bald auf der Balustrade der Kanzel und nahm lange spiegelnde Bahnen entgegen.

Und nachdem wir den ganzen Nachmittag in der Kirche zugebracht hatten, wurde ich müde und schlug vor, den Heimweg anzutreten; er könne ja später weiterarbeiten.

Ein Großteil der Lebensmittel, die wir gekauft hatten, war aufgebraucht, nur der Alkoholvorrat schien kaum angerührt. Wo war unser Essen? Francesco bestand darauf, mich mit dem, was noch da war, zu bekochen – ich ließ es geschehen, setzte mich auf den Balkon, trank einen Muscadet und sah in den Garten, in Gédéons Urwald. Der Wein war sicher gut, aber es war mir gleich und ich trank schnell; in großen Schlucken spülte ich ihn meine Kehle hinunter. Als Francesco sich für eine Zigarette zu mir setzte, war die Flasche schon leer.

Wir rauchten und sahen ins Gestrüpp – alles summte und flirrte; die tiefstehende Sonne wollte und wollte nicht abkühlen. Ich holte eine zweite Flasche aus dem Kühlschrank, Francesco streute uns Kokain auf, und irgendwann war auch das Essen fertig: Perlhuhn in Cidre und Calvados, mit kleinen, weichen Apfelstücken. Das sei ein normannisches Gericht.

Wir tranken und aßen, zogen wieder Kokain, und Francesco redete wohl, aber ich hörte nicht hin – sah vielmehr in den Urwald. Und manchmal sah ich auch auf Francescos Hals, auf die Erhebung, auf die Schwellung hinter seinem Ohr. Sie schien schon wieder größer geworden zu sein.

»Also, das wäre kein Problem für dich?«, riss mich Francesco aus meiner wirrer werdenden Gedankenlosigkeit.

»Nein«, antwortete ich, denn nichts war ein Problem für mich – nichts oder wahlweise alles, was auf das Gleiche hinauslief.

Die Sonne war fast untergegangen, als ich meinte, zwischen den trockenen Bäumen und morschen Ästen eine Bewegung, eine Gestalt zu erkennen. Wir hatten gerade die vierte Flasche Muscadet geöffnet, und es war mehr als unwahrscheinlich, dass sich irgendjemand in diesen Garten verirrt hatte. Besser, ich schaute wieder auf mein Glas. Und doch, da war etwas, ich sah es noch in meinem Augenwinkel, sah, wie es sich bewegte.

»Was ist das? Schau, da ist etwas! Irgendwas, irgendjemand. Schau doch, Boy, da läuft jemand rum – ganz am Ende des Gartens. Ist das ein Kind?« Francesco war aufgesprungen und lehnte sich über die Brüstung. »Komm, lass uns nachsehen.«

Wir nahmen die Flasche und gingen hinunter in den Garten, kämmten uns durch das sperrige Unterholz, kämmten uns immer weiter, stachen uns an Dornen und stolperten über Äste. Trotz der Trockenheit schwirrten Mücken um uns herum, stachen mich in Arme und Beine. Bald war die Villa hinter uns schon im Dickicht verschwunden und auch vor uns lichtete sich nichts – nein, eher wurde es immer schwerer, sich zu orientieren, da die Dämmerung einsetzte und der Himmel von den vertrockneten Blättern ganz verstellt, ganz verdeckt war. Wir vernahmen ein Kichern, ein helles, freches Kichern. Und also folgten wir dem Kichern, und langsam lichtete sich das Gestrüpp – ja, stellenweise sahen wir über unseren Köpfen das Violett des Himmels.

Auf einem Baumstumpf saß ein sehr kleines Kind in einem schmutzigen, viel zu langen Unterhemd, das ihm bis zu den Knien reichte. Weiter hatte es nichts an, nicht einmal Schuhe; die Füße hingen verschmutzt und traurig an verschrammten Beinchen und das Geschlecht war nicht näher zu bestimmen. Das Gesicht hingegen grinste uns unter einem dunklen Lockenschopf an, fast hämisch, ganz so, also lache es uns aus. Eigentlich noch zu jung um seine Milchzähne zu verlieren, hatte es doch zahlreiche, umso verwegenere Zahnlücken.

Francesco, noch immer die Flasche in der Hand, näherte sich ihm und sagte freundlich: »Bonsoir, ça va?«

Doch das Kind sprang auf, kicherte wieder und lief auf seinen Beinchen so schnell davon, dass wir große Mühe hatten, ihm zu folgen – dass wir torkelten, machte das Unterfangen nicht leichter. Immer wenn wir gerade meinten, es sei uns entwischt, kam es zurückgelaufen, jedoch aus einer anderen Richtung als der, die wir vermutetet hatten – kam bald von links, bald von rechts, bis wir gar nicht mehr wussten wo wir uns befanden. Denn auch wenn sich alles glich, jeder Baum, jeder Strauch, so war doch nichts identisch. Wieder klebten mir die Haare an der Stirn, ich japste nach Luft – von Francesco war nur noch ein Röcheln zu vernehmen. Und es war schon fast dunkel geworden, als wir eine Lichtung erreichten.

Der betäubenden Wirkung des Kokains zum Trotz nahm ich einen beißenden Geruch wahr, ein Gemisch aus Exkrementen und Gulasch – auch etwas Süßliches lag darin. Wieder sahen wir das Kind; es flitzte einmal über die Lichtung, die nun, bei genauerem Hinsehen, eher einer Brache glich, an deren Ende einige kleine Hütten aus Wellblech und Planen zu sehen waren – punktuell beleuchtet von hellem, weißem Licht, dessen Ursprung mir rätselhaft blieb. Francesco beeilte sich, dem Kind zu folgen, und ich schloss mich ihm notgedrungen an, hatte ich doch keine Lust, allein durch den dunklen Wald zurückzulaufen. Ich hätte die Villa ohnehin nicht gefunden.

Aus den Hütten sang es aus ungeübten Kehlen zu uns herüber, schief und in einer wirren Fantasiesprache, doch zu der unverkennbaren Melodie von »Super-Trouper«, jenem heiteren Lied, das Kinder meiner Generation und so auch ich von ihren sentimentalen Müttern vorgesungen bekommen, wenn diese ihrer frühen, noch unschuldigen Jugend gedenken – oftmals mit nassen Augen. Die ungeübten Kehlen jedoch sangen nur die Melodie des Refrains und diese immer wieder von vorn.

Francesco lachte und stimmte seinerseits ein; lauter, als es mir lieb war, sang er nun: »*Tonight the super trouper lights are gonna find me / Shining like the sun / Smiling, having fun / Feeling like a number one*«.

Ich nahm Francesco die Flasche aus der Hand, trank einen großen, schon lauwarmen Schluck, aber das half nicht – nein, mir wurde nur wieder übel. Wir näherten uns den Hütten, noch immer sang Francesco, und das Licht – ich sah es nun deutlich – kam von zwei großen Baustrahlern.

»Nice! Ich hab' mich heute morgen schon gefragt, wo die hin sind.« Francesco lachte, er schien bei bester Laune. »Und ist das da nicht von unserem Gerüst, die Stange da?«

Aber ich antwortete nicht, denn hinter der ersten Befestigung erkannte ich Gédéon. Er stand, grell erleuchtet von einem der Baustrahler, auf einer Tonne und dirigierte einen Chor zerlumpter Menschen, die sehr ernst und erschöpft sangen. Niemand kannte den Text, aber Gédéon kannte ihn auch nicht, und immer wieder fingen sie von vorn an, immer wieder sangen sie den einschlägigen Refrain in ihrer kruden Fantasiesprache. Nur das »*Super-Trouper*« war von dem ursprünglichen Text erhalten geblieben, wurde jedoch französisch betont.

Alle waren sie recht dünn, wenn auch nicht ausgezehrt – ihre Gesichter gleichgültig. Die Frauen und Mädchen trugen lose, schmutzige Kopftücher, die Männer und Jungen lange, noch schmutzigere Gewänder – teils glichen sie eher Laken als Kleidern; manche waren barfuß, manche steckten in ausgeleierten Crocs, wieder andere in zerrissenen Espadrilles. Es waren ihrer vielleicht zehn, vielleicht zwanzig – ich war zu müde, um zu zählen, befand aber, dass es sich um eine, vielleicht auch um zwei oder drei Familien handeln musste. Auch sah ich, dass es nur zwei der Hütten, dieser Bretterbuden waren. In der Dämmerung und aus einiger Entfernung hatten sie gewirkt wie ein kleines Dorf, jedoch nur, weil so viel Müll, so viel Hausrat überall herum stand.

Ein gestohlener Einkaufswagen, Plastikmöbel, die ich noch aus Gédéons Garten kannte, Rohre, die herumlagen, immer wieder Planen, Werkzeug, sogar der Zementmischer aus der Werkstatt. Zwischen diesen beiden Hütten also saßen diese Menschen auf dem staubigen Boden. Sie hatten uns wohl zur Kenntnis genommen, reagierten jedoch nicht und sangen lieber ausdruckslos weiter, gerade so, als wäre es das Natürlichste, dass sich zwei betrunkene Deutsche in ihren kleinen Slum verirrt hatten. Gédéon, der mit dem Rücken zu uns auf seiner Tonne stand, dirigierte in immer ausladenderen, immer zackigeren, ja, in immer schlimmeren Bewegungen – so musste auch Barenboim ausgesehen haben, damals in Bayreuth.

Es hätte wohl immer so weitergehen können, da auch Francesco sich nicht anschickte, ihn auf uns aufmerksam zu machen, wäre da nicht dieses kichernde Kind gewesen. Plötzlich war es wieder da, lief auf Gédéons Tonne zu, reckte sich empor, zupfte ihn am großen Zeh – Gédéon hatte Sandalen an, Sandalen und noch immer das Outfit von gestern, nur der Verband fehlte – und zeigte auf uns, um gleich darauf in ein frenetisches Lachen auszubrechen. Gédéon drehte sich nach uns um, sprang freudestrahlend von seiner Tonne und umarmte uns, erst Francesco, dann auch mich, denn ich wusste nichts dagegen zu tun.

»Bonsoir, mes amis!«

»What the fuck are you doin' here?«, fragte Francesco sodann, aber seine Stimme blieb freundlich. »Who are these creepy people?«

Der Chor war verstummt, die Teilnehmer tuschelten jetzt unverständlich miteinander, blieben jedoch auf ihren Plätzen und rührten sich nicht.

»I brought them from Paris. They don't have a permit of sejour. I care for them now.«

Weder Francesco noch ich antworteten darauf.

»It is a matter to aid the humans. We should all help the humans. Un beau jour maybe they will help me with the hôtel. But first we will sing together. That will give them the ésperance back and then the power. Do you want to sing with us? The petit Baschar…« Gédéon zeigte auf das noch immer lachende Kind, das sich nun an ihn geheftet hatte, ja, ihn unablässig an seinem Blaumann zog und ihn mit seinen schmutzigen Fingern in die Waden kniff. »You know him already, non? Allez, I introduce you the others. Very nice people. They will do good work for l'hôtel.«

Ich sah Francesco an, der offenbar auch nicht wusste, wie man nun reagieren sollte. Die Schwellung an seinem Hals, da, hinter seinem Ohr, war im Licht des Strahlers ganz deutlich zu erkennen. Gédéon fuhr indes fort, erklärte uns, diese Menschen hätten eine furchtbare Flucht hinter sich. Er wisse zwar nicht, woher sie kämen, aber helfen müsse er ihnen allemal. Niemand dürfe sich dieser Pflicht entziehen – nein, auch wir nicht. Und außerdem würden sie sicher aus Dankbarkeit gut für ihn arbeiten, ja, womöglich könne er das Hotel noch Ende diesen Jahres eröffnen. Aber das würde er ihnen erst in ein paar Tagen oder Wochen erklären, also, dass sie für ihn arbeiten sollten. Nun ginge es erst einmal darum, ihr Vertrauen zu gewinnen. Singen sei sehr heilsam, *très healing*. Er wiederholte sich.

Schließlich gelang es Francesco sich zu fangen, wollte er doch wissen, warum Gédéon sie nicht in seiner Villa unterbrachte. Ich fuhr zusammen, stand aber glücklicherweise außerhalb des Lichtkegels, weswegen niemand davon Notiz nahm.

»Non, non. They are happy here. They are nomades, comprends? They like this a lot more than normal houses. You can learn from them so much.« Gédéons Gesicht verzog sich. »Maybe I build a petit house for me as well«, schob er hinterher, zeigte auf eine der Hütten und lächelte breit, aber es war offensichtlich, dass er seinen Schützlingen nichts von seinem Anwesen hinter dem Urwald erzählt hatte, dass er sein Haus lieber nicht mit ihnen teilte – das immerhin konnte ich nachempfinden.

Chaim hatte immer –

Das Kind, das sich von Gédéon offenbar nicht genügend beachtet fand, fing abrupt an zu schreien, und also stahl ich mich davon, rannte hinter die zweite Hütte. Ich merkte wohl, dass sich mehrere Augenpaare des Chors an mich geheftet hatten, mehrere Augenpaare mich verfolgten, bis ich hinter der Hütte verschwand, doch schien meine Flucht sie nicht weiter zu kümmern, und auch Gédéon und Francesco liefen mir nicht hinterher.

Ich stieß sodann auf eine Steckerleiste, die die Baustrahler mit Strom versorgte. Nach einer kurzen Verschnaufpause folgte ich dem Verlängerungskabel, das sich von da aus in den Wald schlängelte. Irgendwo musste der Strom herkommen. Es war nun völlig dunkel geworden und so leuchtete ich mir mit der Taschenlampe meines Telefons den Weg, folgte dem Kabel immer weiter in den Wald. Alle paar Meter fand ich ein weiteres Verlängerungskabel, mit dem das jeweils vorige verbunden war – eine endlose Schnur aus unterschiedlich langen Kabeln, wirr zwischen die Bäume und Sträucher gelegt. Es war ein anderer Pfad, ein einfacher, weniger mit Dornen besetzt, als der, den wir auf dem Hinweg bestritten hatten. Auch war er weniger lang, und bald, schon bald erreichte ich die Stromquelle – erreichte ich unsere vertraute dunkle Villa.

Und also schlich ich durch den Wintergarten, über den Dachboden und in der Beletage an den Fledermäusen vorbei, bis in mein Zimmer, machte Licht, nahm das Buch unter dem Bett hervor und begann, Proust zu lesen.

Ich las gierig und schnell, verschlang jeden Buchstaben, doch die Sätze erreichten mich nicht im Ganzen; nur Fetzen kamen an, zusammenhanglose Fetzen – Fetzen, die sich mir unverständlich und fragmentarisch entgegenschleuderten, gleich auf die Erde prallender Meteoriten, Gestein längst zersplitterter Planeten, die ich nie wieder zu einem Ganzen zusammensetzen würde können.

Gleichwohl las ich das Buch in den nächsten Tagen mehrmals, drei-, vielleicht sogar viermal von vorn bis hinten durch. Ich hörte auf, mit Francesco Kokain zu nehmen, auch zu trinken unterließ ich nun. Doch blieben die Sätze einzelne Worte – blieben einzelne Buchstaben. In die Küche ging ich nur noch zum Essen, und auch dann nur, wenn ich mich vergewissert hatte, dass Gédéon unterwegs war. Weiter las ich durch den Text hindurch. Ich verstand schließlich unter größten Anstrengungen, dass Krieg herrschte und auch, dass alle sehr alt geworden waren, verstand sogar, dass Charlus sehr heftige Neigungen hatte. Doch mehr erreichte mich nicht – nein, mehr kam nicht bei mir an.

Bald hörte ich wieder auf zu lesen, aß noch weniger und lag nur noch vor mich hin, denn der fremde Ort war nun kein fremder mehr. Wenn ich auch nicht viel geschlafen hatte, so wachte ich doch erst am Nachmittag auf. Wenn ich auch aufwachte, so blieb ich doch liegen. Ich dachte an nichts und sah an die Decke, ans Fenster ging ich nur bei Nacht – das Wetter war ohnehin immer gleich –, sah auf den Fluss nur, wenn es dunkel war und er silbrig schimmerte und langsam floss. Manchmal setzte ich mich auch in den Flur, auf eines der ramponierten Sideboards, sah hinauf zu den kreisenden Fledermäusen, aber schnell wurde mir auch das zu viel, und ich ging wieder in mein Zimmer, denn was mich früher beruhigt hatte, wühlte mich jetzt auf.

Ja, dieses Zimmer hatte gegenüber meinem Zimmer am Nollendorfplatz den entscheidenden Vorteil, dass mich hier nichts an mein früheres Selbst erinnerte. Hier standen keine Bücher, die ich nicht las, keine Bildbände, die ich nicht aufschlug, und keine Fotos von Chaim hingen an den Wänden. Wann immer mein Blick auf die Wandtattoos fiel, auf das »Nobody is perfect«, auf das »Lorem ipsum« und das »Carpe diem«, so dankte ich ihnen. Denn bewiesen sie mir nicht, dass ich nur Recht hatte – Recht hatte, wenn ich gar nicht erst aufstand?

Der Calvados schmeckte mir wieder – ja, ich trank mindestens eine Flasche am Tag und hörte Bach, immer nur Bach. Oft lag ich auch in der leeren Badewanne und rauchte in stillem, schlaflosem Dämmer. Erektionen bekam ich endlich keine mehr.

Francesco war die meiste Zeit in seiner Kirche und gab es bald auf, mich zu ermuntern, mitzukommen, und auch Gédéon ließ mich in Ruhe. Ja, womöglich war ich ein zu schlechtes Publikum. Ich wusste nicht, was er den ganzen Tag trieb; die Renovierung verzögerte sich jedoch offenbar weiter, denn das Haus blieb still. Nur manchmal hörte ich ihn in seinem Zimmer sprechen – sprechen in unterschiedlichen Stimmen und Sprachen. Manchmal auch hörte ich das Stöhnen einer Frau aus Francescos Zimmer – einmal sogar das Stöhnen mehrerer. Wo trieb Francesco diese Frauen auf? Doch interessierte mich diese Frage nicht eigentlich – nein, sie interessierte mich gar nicht; gar nichts interessierte mich.

Und so glich ein Tag dem anderen, und die Zeit, sie schrumpfte dumpf dahin – schrumpfte und dehnte sich zugleich.

Bald, schon bald, wusste ich nicht mehr, seit wann wir hier waren.

8

Der Geruch von Armut, jenes unverkennbare Gemisch aus verzweifeltem Schweiß, billigem Weichspüler und eingetrockneten Kartoffelchips, zieht schnell in einen Bus ein – mancher Bus ist noch kein Jahr in Betrieb, und schon hat sich der Geruch unwiderruflich in seinen Polstern eingenistet. Alles war sauber hier, die Bezüge klebten nicht, die Klimaanlage funktionierte einwandfrei, und nicht einmal die Fettspuren an den Fenstern fand ich, die sonst immer zu finden sind, weil irgendjemand seinen speckigen Kopf gegen die Scheibe gedrückt hat, während er davon träumte, eben nicht in einem Bus zu sitzen. Und doch, der Geruch war da, still und beständig. Die Verzweiflung nämlich ist in Fernbussen stärker zu riechen als in Bussen des Stadtverkehrs, da die Verzweiflung mit der Länge der Strecke exponentiell zunimmt.

Der Bus war ziemlich leer; ich saß ganz hinten und sah aus dem sauberen Fenster, fröstelte ein wenig aufgrund der Klimaanlage: Ich hätte mir einen von Francescos Pullovern mitnehmen sollen.

Mit Chaim hatte ich mich damals erkältet, damals zwischen Marseille und Nizza. Der Geruch war derselbe gewesen, aber die Armut war uns gleichgültig – wobei, eine Umstellung war es schon nach dem Hotel Negresco. Es war unsere letzte gemeinsame Reise, und vielleicht hatten wir das schon geahnt und deshalb den Rückflug verpasst. Ich solle mir zwei Tage freinehmen, hatte er gesagt. *Nimm einen Reisepass mit und ein paar Klamotten*, hatte er gesagt. Und dann waren wir an meinem Geburtstag nach Nizza geflogen, erst am Gate erfuhr ich davon. Ich hätte doch schon immer das Grab von Klaus Mann sehen wollen, das sei jetzt die Gelegenheit, ob ich mich nicht freue – natürlich freute ich mich. Wir würden einen Wagen mieten, und er würde uns nach Cannes zum Grab fahren. Das sei doch schöner, in Nizza zu wohnen und dann die Küste entlang zu fahren, oder? Das letzte Jahr sei hart gewesen. Bevor er wieder wegzöge, bräuchten wir das. *Ja, du hast recht. Danke, Chaim. Vielen Dank!* Man wisse ja nicht, wie oft man sich von nun an sehe. *Ja, hoffentlich schaffen wir das.* Wir würden uns besuchen, wann immer es ging – ja, irgendwann würden wir wieder zusammenleben, *ja, wir werden schon wieder zusammenleben, ganz sicher werden wir das.*

Im Bus lief »Radio Nostalgie«, ganz leise vorn beim Fahrer, irgendetwas von Serge Gainsbourg. Ich versuchte wegzuhören, aber es gelang mir nicht. Chaim hatte Gainsbourg geliebt, vermutlich liebte er ihn noch immer – wer wusste das schon.

Wir waren also nach Nizza geflogen, waren also am nächsten Tag nach Cannes, die azurne Küste entlang gefahren, und im Auto lief Gainsbourg. Schließlich erreichten wir den Cimetière du Grand Jas. Es war sehr heiß und der Friedhof sehr groß; lange liefen wir über den verlassenen Hügel, setzten uns immer wieder in den Schatten und blickten zwischen den Mausoleen, zwischen den Kreuzen, auf das glitzernde Meer. Endlich fanden wir einen alten Wärter, der uns den Weg wies. Klaus Mann lag ganz hinten, unterhalb des Hügels, mit Blick auf die Schnellstraße. Chaim legte einen Kiesel auf die graugescheckte Platte und ich ein paar letzte und schon fast verblühte Pfingstrosen, die ich bereits in Nizza gekauft hatte und die nun noch trauriger aussahen.

Bevor wir zurück zum Negresco, zurück nach Nizza fuhren, waren wir noch ein bisschen durch Cannes geschlendert, aber es war noch immer zu heiß und überall sehr voll – nicht so schön wie in Nizza, längst nicht so schön. Und die Zanzi-Bar war durch eine weitere Eisdiele ersetzt worden: kein Louis, nirgends.

Eigentlich hatten wir den Flug gar nicht verpasst, den Flug nach Berlin am nächsten Tag – waren wir doch nicht einmal zum Flughafen gefahren. Und weil wir nach zwei Tagen im Hotel Negresco kein Geld mehr hatten, zogen wir um, in ein kleines, schmieriges

Hostel, aber das war uns einerlei. Wir blieben noch über zwei Wochen dort, reizten beide unseren Dispo aus, und fast hätte ich meinen Job verloren, weil ich aus der Ferne Mühe hatte, einen Arzt zu finden, der mich krankschrieb. Hatten wir uns die ersten Tage noch den Mietwagen geleistet, Spritztouren nach Villefranche, Monaco, sogar nach Sanary unternommen, waren wir bald auf die Fernbusse umgestiegen – ja, auf eben solche Fernbusse, wie jenen, in dem ich jetzt saß.

Ich solle mir etwas Gutes tun, hatte Francesco gesagt; *hier hast du 400 Euro, komm mal auf andere Gedanken*, hatte er gesagt. *Du bist doch keine fuckin' Houellebecq-Figur, Boy*. Ich hatte gar keine Lust, mir etwas Gutes zu tun, hatte eher aus Höflichkeit eingewilligt. *Fahr doch nach Cabourg*, hatte er gesagt, von Caen aus könne man einen Zug nehmen; es wäre sicher schön da. Ich möge doch Proust, oder? War da nicht irgendwas mit Proust? Wahrscheinlich deprimierte ihn einfach meine Anwesenheit im Haus, mein Dahinvegetieren im Zimmer. Ich konnte es ihm nicht verdenken. Und also hatte ich aus Höflichkeit eingewilligt – aus Höflichkeit, aber auch, weil Francesco so gruselig ausgesehen hatte. Die Schwellung hinter seinem Ohr war nun ein dicker, fester Klumpen, auf den ich ihn besser nicht ansprach. Und nicht nur das, auch schien das Kokain zur Neige gegangen, und er versuchte, sich mit Peters gelblich weißem Speed zu substituieren – eine grauenhafte Idee. Ich hatte ihn nicht oft gesehen die letzten Tage oder Wochen, aber immer wenn ich ihn gesehen hatte, war er gereizt; immer hatte er sich stets vergrößernde, graue Schatten unter den Augen.

Die letzten Tage an der Côte d'Azur hatten Chaim und ich uns nur noch von trockenem Brot und Weißwein aus der Flasche ernährt, manchmal ein wenig Käse, waren abends über die Promenade des Anglais spaziert, immer hin und her, immer auf und ab. Es war heiß, und ständig hatten wir niesen müssen, eben weil wir uns im Bus nach Marseille erkältet hatten. Aber selbst das war uns egal, denn im Angesicht des Abschieds waren wir uns näher – näher als während des ganzen vorangegangenen Jahres. Ja, wir schliefen auch wieder öfter miteinander, viel öfter – fast so oft wie zu Anfang.

Apfelbäume und Kühe, Kühe und Apfelbäume; schon wieder ein Lied von Gainsbourg, jetzt lauter. Doch war es ein Lied aus seiner seltsamen Reggae-Phase; diese Phase hatten wir souverän überhört.

Chaim hatte recht damit, zurück nach Tel Aviv zu gehen. Ich wäre auch gegangen, an seiner Stelle. Nur meinetwegen war er so lange geblieben, nur meinetwegen hatte er so lange den deutschen Nonsens ertragen – aber gut, unsere Beziehung hatte sich verändert, nach dem Tag, an dem ich *Pack* gesagt hatte. Ohne dass wir je darüber gesprochen hätten, zog er bei mir ein, in mein Zwölfquadratmeterzimmer.

Noch zweimal war er zurückgekehrt, in die Wohnung auf der Sonnenallee, um ein paar Sachen abzuholen – zweimal mit Kippa. *Mach das nicht, Chaim. Ich bitte dich! Bitte tu dir das nicht an.* Noch zweimal ging er in die Wohnung und also mit der Kippa durch Neukölln: Einmal nur wurde er zusammengeschlagen, denn beim zweiten Mal hatte er schon seinen Taser – zweimal jedoch durfte er sich von Peter anhören, dass er sich nicht zu wundern brauche; warum er denn auch provozieren müsse. Und überhaupt: Was wäre denn das für ein reaktionärer Move, religiöse Symbole anzulegen, wo er sich doch immer gegen das Kinderkopftuch ausgesprochen hätte. Ja, so ganz Unrecht hätte Sophia nicht, im Grunde sei er doch ein Rassist.

Obschon Chaim gar nichts gesagt hatte, nicht einmal im Zimmer war, als ich *Pack* gesagt hatte, hieß es bald, er würde mich manipulieren – ja, er würde mich infiltrieren. Ich verstand sehr gut, warum er anfing, die Kippa zu tragen. Und als er begann, einen Schlagring, Pfefferspray und ebenjenen Taser mitzunehmen, hatte er auch meine Fürsprache. Hatice war eigens nach Polen gefahren – dort gebe es bessere Taser –, um Chaim ein nützliches Geschenk zu machen. Auch wussten wir von Hatice, wie man über uns sprach, denn sie war unsere Verbindung zur Außenwelt; sie zeigte uns die Postings von den Leuten, die uns blockiert hatten, denn sie blockierten sie nicht. Kaum sprachen sie mit ihr – nein, und wenn, dann nur, um ihr zu sagen, was sie zu denken hatte, um ihr zu sagen, wie Chaim sie und mich infiltriere. Doch blockierten sie sie nicht – nein, sie blockierten sie nicht. Hatice versorgte uns auch noch mit Drogen, als wir nicht mehr zu Peter gingen. Hatice nahm es tapfer auf sich, wie man sie dort behandelte.

Hatice, die –

Die Frau schräg vor mir im Bus war um die vierzig, hatte rosa gefärbtes, splissiges Haar und hobelte sich seelenruhig die Hornhaut von den Füßen, hielt diese dabei über den Mittelgang, sodass die Hornhaut still und bedächtig, gleich Schnee, der zum ersten Mal liegen bleibt, auf das dunkle Holzimitat rieselte. Mit der anderen Hand hielt sie ihr Telefon vor ihren Mund und nahm endlos lange Sprachnachrichten auf, in einer Sprache, die ich nicht kannte. Das gab es jetzt immer öfter, erwachsene Menschen, die Sprachnachrichten aufnahmen, ja, auch in der Öffentlichkeit – wohl, weil es verlockend war, nicht unterbrochen zu werden, wenn man sich nicht überlegte, was man hätte schreiben können. Ob irgendjemand sich all diese Aufnahmen anhörte? Es wäre wohl konsequenter, sie direkt an sich selbst zu schicken. Leise rieselte die Hornhaut – und ja, ganz sicher schickte diese Frau ihre Nachrichten an sich selbst. Hoffentlich tat sie das.

Alle hatten ihn zu Anfang gemocht, den schwulen, schmächtigen Israeli mit den hübschen Locken und dem feinen Lächeln, den süßen, harmlosen Israeli, der so gut Deutsch sprach. *Wirklich toll, wie du schon Deutsch sprichst, Chaim!* Dass er es eigenständig gelernt hatte, als Teenager gar und gegen den Willen seiner Eltern, nur um Hegel und Horkheimer im Original zu lesen, das interessierte sie nicht. Nein, sie fragten auch nicht danach, fragten ihn eigentlich nie – nie nach irgendetwas. Immerzu redeten sie ihn voll, meistens mit ihren Ansichten zum Nahostkonflikt, ließen ihn nicht zu

Wort kommen. Und er nahm es hin – nicht aus Unsicherheit. Er wollte gar nicht zu Wort kommen, ganz einfach, weil er wusste, dass er von diesen Leuten, von diesen Gesprächen nichts zu erwarten hatte. Besser, er spielte einfach mit.

Nein, er sei nicht beim Militär gewesen. *Oho, ein Wehrdienstverweigerer, und das in Israel! Wirklich spannend, Chaim.* Dass er ausgemustert worden war, wegen der vielen Drogen, die er zu dem Zeitpunkt seiner Einberufung nahm, und dass er sich dessen schämte, das erzählte er ihnen nicht, weil sie ihn nicht danach fragten. Sie wussten es ohnehin besser. Und ihn amüsierten ihre Theorien – manchmal bekräftigte er sie sogar, um ihnen weitere Schlussfolgerungen zu entlocken, denn er war neugierig, und es gab kaum einen Abgrund, in den er nicht gern hinabgestiegen wäre. Erst allmählich wendete sich sein Blick nach innen, erst langsam wurde sein fröhlicher Fatalismus, seine hübsche Schwermut zur Falle – erst mit der Zeit wurde es für ihn in Deutschland unerträglich. Ja, lange noch war er weitaus unempfindlicher als ich – ich, der ich immer aus der Haut fuhr und zu streiten anfing, auch oder gerade da, wo es so zwecklos war, auch oder gerade da, wo Chaim ganz Recht hatte, es gar nicht erst zu versuchen. Er sah mich dann immer unverwandt an, fast ein bisschen spöttisch.

Dummer deutscher Junge, was versuchst du da?

Schon wieder Gainsbourg – das war »Lemon Incest«, Chaims Lieblingslied; ich erkannte es ganz deutlich. Chaim hatte immer das töchterliche Hauchen Charlotte Gainsbourgs imitiert und seine vollen Lolita-Lippen geschürzt, wenn er mit mir schlafen wollte. Vorher hatte ich immer angenommen, Sex und Lachen schlössen sich aus, aber nein! Ständig mussten wir lachen, auch noch während wir uns penetrierten. Das Lachen war womöglich das Schönste, denn wir fühlten uns dadurch unbesiegbar, unfehlbar, verletzlich und erhaben zugleich – im doppelten Sinne eins. Ja, im Lachen lag unsere ganze Zärtlichkeit. Im Denken waren wir uns schon nah, doch brauchten wir noch das Lachen, um uns auch zart zu sein.

Papapappa
Naïve comme une toile du nier-Doua sseau-Rou
Tes baisers sont si doux
Inceste de citron

Ich sah aus dem Fenster und versuchte, mich auf die Leitplanken zu konzentrieren, auf ihr immer gleiches, monotones Auftauchen und Vorbeiziehen, das mich sonst stets beruhigte. Zum Glück wurde es auch der Dame mit den rosa Locken zu viel und sie stand auf, ging auf ihren baren, frisch gehobelten Füßen über das Holzimitat, bis nach vorn zum Fahrer, sprach wenige unverständliche Sätze, und als sie wieder zurückkam, ertönte schon Nicki Minajs Plastikstimme aus den Boxen – endlich.

Caen war keine sonderlich hübsche Stadt, nicht im klassischen Sinn. Fast alles war im Häuserkampf zerstört worden, und manches war besser, anderes schlechter, vieles gar nicht wieder aufgebaut – aber überall wehten sie, die amerikanischen Flaggen, und das allein machte die Stadt schön. Die D-Day-Feierlichkeiten waren schon eine Weile her – wehten die Flaggen immer, das ganze Jahr über? Anscheinend war man hier dankbarer.

Eine Wolke schob sich vor die Sonne, eine echte Wolke. Als ich nach oben sah, erblickte ich mehrere Wolken, mehrere echte und große Wolken. Ich hatte nur eine knappe Stunde Zeit, bis mein Zug kam, und spazierte ein wenig an der Orne entlang, rauchte einige Zigaretten und überlegte, ob ich nicht lieber zu den Landungsstränden fahren sollte und zu den Soldatenfriedhöfen der Alliierten. Und doch fuhr ich nach Cabourg. Die Verbindung, von der Francesco gesprochen hatte, gab es nicht oder nicht mehr, und ich musste mir eine komplizierte Route über Lisieux und Deauville heraussuchen. Erst am Nachmittag kam ich an.

Beinahe wäre ich damals mit Chaim hierhergefahren – ja, seine Entscheidung war erst in letzter Sekunde für Nizza ausgefallen; gern wäre er mit mir über die Mole gegangen. Gern hätte er sich mit mir im Dunkeln die Nase am Fenster zum lichtdurchfluteten Speisesaal des Grand Hotels plattgedrückt, um das sich langsam in goldenem Hin- und Herwogen entfaltende Luxusleben zu betrachten.

Eine tiefe Schwüle hatte sich über das Seebad gelegt, als ich aus dem Zug stieg. Der Himmel war stürmisch und grau, und die Fähnchen der kleinen Fachwerkhäuser knallten im Wind – allerorten die kalten, doch freundlichen Farben Berthe Morisots. Der Wind peitschte auch mir heiß ins Gesicht, aber in der Ferne hörte ich ein Donnern; schon bald würde es regnen, schon bald würde es kühler. Auf verschlungenen Wegen ging ich zum Strand. Ich machte Umwege und Schlenker, zunächst zum Hafen, wo kleine Boote müde dümpelten, blieb immer wieder stehen und betrachtete die stolze Bäderarchitektur, die Villen der Belle Epoque, aber auch die Passanten.

Es war, als hätte der Wetterumschwung, der bevorstehende Wolkenbruch, eine gewisse Elektrizität, eine gewisse Ekstase, eine schon im Voraus feuchte Fröhlichkeit freigesetzt. Überall hörte man lachende Kinder, aber auch ältere, nicht minder hysterische Stimmen: einen tosenden Gesang aus tausend närrischen Urlauberkehlen. Mondän war hier niemand – überall sommerliche Funktionskleidung. Obzwar, auch ich musste lächeln, lächelte in mich hinein und ging weiter – weiter bis zum Strand.

Das Meer war weit zurück, nur in der Ferne sah ich ein schmales blaues Band. Ich zog sogleich meine Schuhe aus, nahm sie in die Hand und ging über den anfänglich fast trockenen Meeresboden, immer weiter hinein ins feuchter werdende Watt. Die Wolken rasten in betörender Geschwindigkeit über meinen Kopf hinweg, und wann immer ich mich umsah, blickte ich auf das Grand Hotel, das unbeeindruckt, majestätisch am Rande der Küste thronte. Chaim hätte es hier gefallen.

Immer weniger Spaziergänger waren hier draußen zu sehen, am Horizont leuchtete es auf. Ich blieb stehen und steckte mir eine Zigarette an, meine Füße gruben sich tiefer in den Sand. Gerade überlegte ich, ob ich denn wirklich umkehren sollte, als ich eine schmale Gestalt auf mich zukommen sah.

Die Gestalt war ebenso weit wie ich nach draußen gegangen und lief jetzt parallel zum Wasser direkt auf mich zu, kam immer näher. Ich erkannte einen Jungen; vielleicht war er zwanzig, vielleicht aber auch erst sechzehn. Er trug bloß eine kurze blaue Badehose, und sein aschblondes Haar flatterte lustig im Wind. Nicht eigentlich braungebrannt war er, nein, aber seine Haut hatte einen angenehmen, satten Ton. Nicht eigentlich muskulös war er – nein, auch das nicht. Vielmehr war sein Körper von jenem edlen Wuchs: der edle Wuchs eines Jungen, der niemals Sport treiben möchte und dennoch athletisch wirkt, gleich den Knaben bei Henry Scott Tuke. Doch waren die Wolken zu finster für dieses seichte Genre, und außerdem lief er viel zu schnell, viel zu hektisch. Ja, immer deutlicher sah ich ihn, immer näher kam er auf mich zu. Endlich verlangsamte er seinen Schritt und machte vor mir Halt.

»Bonjour, bel inconnu! Auriez-vous une cigarette pour moi?« Seine Stimme war viel tiefer, als ich es für möglich gehalten hatte.

Ich grinste und begann, an meiner Hosentasche herumzunesteln. Der Junge war außer Atem, denn schließlich trieb er niemals Sport. Er hielt sich die Hände gegen die Nieren und lachte mich aus grauen Augen an; seine Brust wogte stürmisch, wie dort drüben das Meer. Das Gesicht war bartlos und fein.

»Voilà!«, sagte ich und hielt ihm die offene Packung entgegen.

Er nahm sich eine Zigarette, aber im selben Moment sackten seine Füße ab – ja, das Wasser kam zurück, kam von unten zurück. Er fiel hin und die Zigarette fiel ihrerseits in den Schlamm. Nun mussten wir beiden lachen, ich reichte ihm meine Hand und half ihm auf. Es donnerte, und das Leuchten war nun viel näher. Als er wieder stand, ließ er meine Hand nicht los – nein, er zog mich hinter sich her, rannte schließlich, und also musste auch ich rennen. Das Wasser strömte unter unseren Füßen zurück, sodass der sandige Grund, nur noch eine dünne Schicht, überall Risse bekam – wir rannten weiter, beeilten uns, den Boden so wenig wie möglich zu berühren, um nicht einzusinken.

Und es war, als liefen wir auf Pudding und als könnte die Haut jederzeit reißen. Aber ach! Sie riss nicht, wir wurden nicht verschluckt, nein, denn der Junge zog mich weiter hinter sich her – zog mich weiter, behände und flink.

Der Boden wurde allmählich fester, und also verlangsamte sich unser Schritt – doch ließ der Junge meine Hand nicht los.

Schließlich entwand ich mich, als er sagte: »Désolé, mais est-ce que tu as une autre clope pour moi?« Er strich sich das zerzauste Haar aus dem Gesicht und lächelte nun schüchterner als zuvor, während sein zarter Adamsapfel auf und ab hüpfte. Wieder donnerte es.

Ich nahm zwei weitere Zigaretten und gab ihm eine, steckte mir die andere zwischen die Lippen. Als ich ihm Feuer geben wollte, legte er seine Hände an die meine, aber das ergab keinen Sinn, denn so war das Feuerzeug dem Wind ausgesetzt. Und also ließ ich meine Schuhe fallen, legte meine andere Hand behutsam um das Rädchen – bildete einen sichelförmigen Schutzwall, bis endlich eine kleine Flamme entstand.

»Merci.« Er sah mich durchdringend an, strich mit dem Zeigefinger über meinen Handrücken.

»Merci à toi«, antwortete ich leise, denn er war zu schön, und es wurde allmählich lächerlich. Ja, und außerdem war Éric Rohmer tot. Besser, ich las meine Schuhe wieder auf, drehte mich um und ging.

Meine Zigarette zündete ich erst nach einigen hundert Metern an, nach wenigen Zügen setzte der Regen ein.

Ich lief am Strand durch den Regen und war dankbar für jeden Tropfen, denn ich verstand jetzt, dass Chaim meine einzige Chance war, dass es ein historischer Glücksfall war, dass wir uns überhaupt kennen und lieben gelernt hatten – dass ich nur mit ihm wieder würde leben können. Bald war meine Kleidung durchnässt, doch fror ich nicht. Nein, ich würde Chaim schreiben, würde ihn anrufen, denn ich wollte nicht mehr sterben – ja, sowie ich das dachte, hörte ich bereits auf zu sterben, hörte schon jetzt damit auf.

Der Regen fiel auf mich nieder und Blitze erhellten den Horizont, aber ich sah nicht hin. Nein, ich lief weiter und sah auf meine Füße, wie sie sich in den nassen Sand gruben. Wir würden es schaffen. Er würde mir verzeihen – er musste es! Sicher wartete er nur darauf, dass ich mich bei ihm meldete. Ja, denn es war schließlich an mir –

Mein Telefon vibrierte in meiner Hose, aber ich ließ es geschehen und lief weiter – wahrscheinlich ein Update für das Betriebssystem, die Netzwerke hatte ich ja gelöscht und Anrufe bekam ich nie. Nein, und es vibrierte nur einmal. Besser, ich lief weiter; besser, ich plante die nächsten Schritte; besser, ich rief ihn schon gleich an – ja! Ich musste es schnell tun, sonst täte ich es nie. Chaim anrufen, ihn sofort anrufen. Der Regen peitschte mir ins Gesicht, aber es waren bloß die liebevollen Schläge eines Freundes, der mich zur Vernunft brachte, der mich erweckte aus einjährigem, stummen Wahn. Und ich sah, dass ich rannte, dass ich hüpfte und sprang.

Der Strand war nun menschenleer, und immer wieder leuchtete es auf – viel zu nah. Ich musste auf mich aufpassen, sonst konnte ich Chaim nicht anrufen. Besser, ich suchte mir einen Unterschlupf. Ich erkannte unweit eine verlassene Eisbude mit einem kleinen Sonnendach und lief auf sie zu – bald hatte ich sie erreicht. Als ich mich auf dem feuchten Sand niederließ und mich mit dem Rücken an die weiße, geriffelte Holzwand lehnte, sah ich, dass das Meer schon ganz nah war; es toste – auch sah ich die Stadt kaum mehr. Meine Zigaretten waren trocken geblieben, und also steckte ich mir eine an. Wieder und wieder vibrierte es in meiner Hose; es vibrierte nun fast regelmäßig. Chaim anrufen, genau. Womöglich rief er mich gerade an, womöglich rief er mich jetzt an.

Ich zog das Telefon hervor, aber es war kein Anruf, der es vibrieren ließ, nein: Bomben auf Israel!, Raketen auf Sderot, auf Ashkelon und Ein HaShlosha. Kurz verstummten die Meldungen, aber schon ging es weiter: wieder auf Ashkelon, wieder auf Sderot – jetzt sogar auf Be'er Sheva. Es hörte gar nicht auf zu vibrieren, stetig summte es weiter, und mit jedem Summen kam eine neue

Meldung, gerade so, als feuerte die Hamas direkt auf meinen Bildschirm. Mich fröstelte, doch der Regen ließ allmählich nach.

Ich hatte die Red-Alert-App heruntergeladen, als Chaim wegzog, einfach, damit ich wusste, ob er in Sicherheit war. In Deutschland las man bloß von den israelischen Vergeltungsangriffen, niemals aber von den palästinensischen Offensiven – meistens nicht einmal von den jüdischen Toten. Es vibrierte, es summte; ich starrte auf das leuchtende Etwas. Es war an sich nichts Ungewöhnliches, dieses Vibrieren – nein, ständig schlug die App Alarm, ständig wurde auf Israel geschossen. Ich hatte mich das letzte Jahr über beinahe daran gewöhnt und meistens wurden die Raketen ohnehin abgefangen. Obschon, der letzte Alarm war einige Zeit her, und nun, in diesem Moment, war es, als schössen sie zum ersten Mal.

Der Himmel lichtete sich wieder, mein Telefon vibrierte allmählich in größeren Intervallen und mit den letzten Regentropfen wurde mir bewusst, dass ich keine Ahnung hatte, wo Chaim lebte. Sicher wäre er nicht wieder bei seinen Eltern eingezogen – nicht auf Dauer. Die hübsche Wohnung im Norden Tel Avivs war zu klein, und niemals hätte er es dort länger mit ihnen ausgehalten. Nein, bestimmt lebte er nicht in Tel Aviv – diese Stadt war zu teuer. Außerdem hatte Chaim sich fortlaufend echauffiert, damals, als wir seine Eltern besuchten, hatte sich echauffiert über die Hippies, Sportler und Veganer, über die Esoteriker am Strand – hatte sich echauffiert über die vielen Hunde und die Partytouristen; da könne man ja gleich in Berlin bleiben.

Wieder sah ich auf den Bildschirm und suchte unter den angegriffenen Städten nach einem Ort, an dem Chaim womöglich lebte, dann besann ich mich der Sinnlosigkeit dieses Unterfangens, stand auf und trat aus meinem Unterstand.

Die letzten Wolken waren eben verschwunden, und siehe, die niederträchtige Sonne schien wieder gleißend hell, als hätte sie nie damit aufgehört. Ich rauchte noch eine Zigarette und blickte auf das nunmehr stille Meer. Bis auf den nassen Sand erinnerten mich nur meine Kleider an das Unwetter, sie klebten juckend auf meiner Haut. In der Ferne sah ich Cabourg, und da ich den ganzen Tag noch nichts zu mir genommen hatte, machte ich mich besser auf den Weg. Chaim konnte ich dann immer noch anrufen. Ich lief also wieder über den Strand, aber diesmal dauerte es länger – ja, es dauerte viel zu lang, und meine Haut brannte.

Chaim hatte immer gesagt, es sei ein Jammer, dass ich so hitzeempfindlich sei – *für den Zionismus unbrauchbar, zumindest im Sommer. Außerdem bist du kein Jude: zu schwach, zu deutsch – leider keine Alija für dich!*

Aber wo sollten wir leben? Deutschland käme nicht infrage, denn ihm stand die Kippa sehr gut. Womöglich trug er sie gar nicht mehr, doch würde er nie wieder in ein Land ziehen, in dem ihr Tragen eine Gefahr darstellte. Ja, das war sicher. Ich würde mich schon an die Hitze gewöhnen, irgendwie. Aber ich bräuchte einen Job für die Aufenthaltserlaubnis, müsste Hebräisch lernen. Noch immer vibrierte es in unregelmäßigen Abständen in meiner Hosentasche, noch immer flogen Raketen auf das Heilige Land, aber ich lief weiter über den mit jedem Schritt trockeneren Sand. Es mehrten sich wieder die Badegäste, doch ich sah durch sie hindurch und fixierte einzig das sich nähernde Grand Hotel.

Als ich ankam, setzte ich mich auf die Terrasse und bestellte Moules-frites sowie einen halben Liter Rosé. Zwischen dem Hotel und der Terrasse lag die Promenade, und interessierte Urlauber in türkisen Polohemden und ledernen Bootsschuhen lasen Proust-Zitate von kleinen Tafeln, die hier allerorten herumstanden, nickten eifrig und besonnen und sahen dann schwermütig aufs Meer, damit man auch wusste, dass sie verstanden. Ich aß und trank, rauchte schließlich. Am Nebentisch saß ein hessisches Ehepaar in beigen Dreiviertelhosen. Beide tranken bloß Espresso, wohl wegen der Preise, und die Frau blätterte in einem Reiseführer.

»Schau mal, Bernd, der Marcel Proust hat hier immer gleich drei Zimmer für sich allein gemietet.«

Bernd hatte eine Halbglatze und blickte an seiner Gattin vorbei. Er sah aus wie mein Vater.

»Immer gleich drei Zimmer!« Ihre Stimme war recht hoch, und sie hielt ihm den Reiseführer vor die Nase. »Er hat dann im mittleren Zimmer gewohnt und die anderen leer stehen lassen, damit ihn niemand stören konnte. Er war ein berühmter Schriftsteller, nicht?«

»Gleich zwei Zimmer leer stehen lassen! Und das in einem so schönen Hotel.«

»Ja, ich finde das auch ein bisschen doll. Mir tät ja schon ein Zimmer reichen.« Sie lachte laut auf, gerade so, als hätte sie einen Witz gemacht, während Bernd sich behäbig am Hinterkopf kratzte.

Ich rief den Kellner und gab ihm einen von Francescos Hunderteuroscheinen, dann stand ich auf und ging in das Hotel, denn womöglich reichte das Geld noch für eine Übernachtung. Trotz der Hitze war meine Kleidung noch nicht ganz trocken, und ich fühlte mich etwas schäbig, als ich den großen Saal betrat. Goldene Kapitelle thronten auf fliederfarbenen Säulen, dicke Kordeln zurrten um bordeauxrotes Satin, und sorgsam arrangierte Dahlien blühten üppig auf schmalen Anrichten. Ich steuerte sogleich die Rezeption an, einen langen dunklen Tresen, hinter dem eine angenehm konservierte Dame mittleren Alters saß; sie sah aus wie Fanny Ardant und lächelte professionell vor sich hin.

Ja, es gebe noch ein Zimmer, ein Zimmer sei überraschend freigeworden, ein Zimmer mit Blick auf das Casino. »But first I need your ID, Monsieur.«

Ich hätte meinen Ausweis leider vergessen, aber ich könne im Voraus bezahlen.

»No, I am very sorry. Then I cannot help you, Monsieur.«

Noch ein paarmal versuchte ich es, aber sie antwortete in den immer gleichen Formeln und lächelte weiter – wohl auch noch, als ich mich grußlos empfahl.

Die Sonne stand bereits tief. Besser, ich lief schnell zum Bahnhof; vielleicht käme bald ein Zug. Ich sah nicht auf meinem Telefon nach einer Verbindung, denn noch immer vibrierte es gelegentlich, und ich wollte nicht sehen, welche Ziele die Raketen nun ansteuerten. Chaim würde ich auch später noch anrufen können. Und also umrundete ich das Grand Hotel, lief durch den Park und dann durch die Einkaufsstraße, diesmal ohne Umwege, direkt Richtung Bahnhof.

Ich lief vorüber an überteuerten Nippesläden, in denen man Madeleines und Plüsch-Prousts in allen Größen und Farben kaufen konnte, vorüber an Plakaten der städtischen Müllabfuhr, auf denen kleine Comic-Prousts mit riesigen Köpfen für Recycling warben, vorbei auch an einem Schausteller, der den Dichter mimte. Er stand starr da, war weiß geschminkt und der Bart schien echt; seine Darstellung orientierte sich an Jacques-Émile Blanche. Ich blieb kurz stehen und beobachtete, wie ein kleiner Junge ihm ein Geldstück in den Zylinder vor seinen Füßen warf, worauf er seine Erstarrung für einen Augenblick löste und in einer clownesken Geste an der weißen Plastikorchidee in seinem Knopfloch roch, wobei er sich das Kinn an den schon abgenutzten Vatermördern stach und affektiert, ja, irgendwie tuntig, aufschrie. Besser, ich beschleunigte meinen Schritt; besser, ich reiste bald ab.

Am Bahnhof angekommen, erfuhr ich, dass heute keine Züge mehr kämen – man streikte, natürlich. Noch immer vibrierte mein Telefon in meiner Hose, wenn auch selten, aber ich wollte es nicht sehen, ließ es in der Tasche – an andere Recherchen zu etwaigen Mitfahrgelegenheiten oder Fernbuslinien war nicht zu denken. Und also entschloss ich mich, die Nacht über in dem kleinen Seebad zu bleiben. Da mein Ausweis in Peters Zimmer lag und ich keine große Lust auf weitere Diskussionen mit unnachgiebigen Rezeptionistinnen hatte, lief ich wieder zum Strand; es würde schon nicht allzu kalt werden. Auf dem Weg kaufte ich in einem kleinen Supermarkt zwei Flaschen Moët, denn der stand hier neben der Kasse im Kühlschrank, wie in Berlin das Dosenbier.

Meine Beine schmerzten, und noch immer war meine Unterhose nass, doch als ich den Strand erreichte, war soeben die Sonne untergegangen. Und wieder setzte die blaue Stunde ein. Ich entkorkte die erste Flasche, setzte mich in den Sand, trank den Champagner und sah ins Blau; es prickelte. Aus meinem kleinen Zimmer am Nollendorfplatz konnte ich nur in den Hinterhof schauen, auf die kahle graue Wand eines Hauses, das ich noch nie betreten hatte. Wollte ich ein Stück Himmel sehen, so musste ich mich sehr weit aus dem Fenster lehnen, und diesen Aufwand hatte ich schon lange nicht mehr betrieben. Ich würde nicht zurückkönnen in diese Wohnung – nein, ich wollte es auch nicht. Zunächst würde ich Chaim anrufen, vielleicht wüsste er, was zu tun wäre. Doch würde Chaim nach Hatice fragen, Hatice, die –

Eine Möwe kreischte, und weil ich meine Schuhe diesmal angelassen hatte, grub ich meine Hände umso tiefer in den noch warmen Sand. Der Strand war fast leer, und der Mond ging auf; schmal und klingenscharf erschien er am Firmament. Ich trank schnell und wieder in großen Schlucken, denn es wurde immer kühler. Das Prickeln ließ nach, und bald hatte ich die erste Flasche geleert. Mein Telefon vibrierte jetzt wieder öfter, und es war, als ätzte es mit jedem neuen Summen durch meine Hosentasche in meinen Oberschenkel – eine schmerzende Wunde, die sich unaufhörlich tiefer in mein Bein brannte. Ich öffnete die zweite Flasche und trank noch hastiger, aber der Schmerz fraß sich weiter, fraß sich schließlich von meinem Bein aus durch meinen ganzen Körper, durch meine Gedärme, bis in meinen Kopf. Es war, als verbrennte ich von innen.

Chaim hatte immer gesagt, das Leben nach der Shoah fühle sich an, als sei es eine einzige Farce, ein einziges Danach, ein Hinterher. Und ich verstand, dass er das nicht als Jude zu mir gesagt hatte – nicht, oder nicht nur. Ja, mehr noch: Ich sah überall das Ende nahen, das Ende der Scham. Und ich spürte, dass ich nicht dabei sein wollte, wenn es erst soweit war.

Ich stand auf, schwankte. Die Champagnerflasche in der Hand, lief ich dem Meer entgegen.

Zwei Tage nachdem wir Nizza verlassen hatten, am Abend des 14. Juli 2016, fuhr Mohamed Salmene Lahouaiej Bouhlel, immer wieder hatte ich diesen Namen vor mir selbst ausgesprochen, einen weißen LKW in die Menschenmenge auf der Promenade des Anglais. Er überfuhr mehrere hundert Menschen, die friedlich den Sturm auf die Bastille feierten – 86 von ihnen starben. Fast hatte ich Chaim überredet, auch noch den zweiten Flug zu verpassen, um den Nationalfeiertag zu begehen, zu feiern auf eben jener Promenade des Anglais und erst am nächsten Tag zurückzufliegen.

Allein, wir waren pleite, und außerdem gab es in Berlin zu viel zu erledigen, bevor er in der nächsten Woche zurück nach Tel Aviv ziehen würde. Als wir dann die Bilder sahen, die Bilder des weißen LKWs mit den Einschusslöchern zwischen den Palmen, da war es, als sei mit den Menschen dort auch unsere Beziehung gestorben. Immer wieder waren wir über eben jene Promenade flaniert und ja – es waren die wohl schönsten und versöhnlichsten Stunden seit Langem.

In Nizza, auf der Promenade des Anglais, waren wir ein letztes Mal der Situation zu Hause enthoben – dem ewig grauen Winter in Berlin, der für uns in diesem Jahr bis in den Sommer ging, denn das Wetter wurde schließlich egal, der Isolation von unseren einstigen Freunden, dem Auf- und Abgehen in meinen zwölf Quadratmetern, den Streitereien, die sich mehrten, weil wir uns beide nicht mehr verziehen, dass – ja, was eigentlich? Chaim hatte zusehends die Nächte durchgemacht, um die Kabbalisten zu lesen, die Kabbalisten auf Speed. Er wurde immer gereizter, sprach bald nur noch von der Negation als Schubkraft, dem schöpferischen Rückzug, von der Rettung der Häresie: Es war schließlich, als würde das graue Berlin seinen depressiven Messianismus befruchten, und irgendwann redete er kaum noch. Und ich – was hatte ich getan?

Ich lief am Meer entlang, und die Brandung war still und leise, aber in meinem Kopf loderte es noch immer. Ich hörte die peitschenden Flammen, sie fraßen mich auf.

In Nizza, auf der Promenade des Anglais, hatten wir uns versprochen, dass wir uns so oft es irgend ging besuchen würden, dass wir wieder zusammenleben müssten, irgendwann, wenn wir erst beide ein bisschen erwachsener geworden wären – wenn es eine Perspektive gab, einen Wohnort und eine Zukunft. Ja, in Nizza, auf der Promenade des Anglais, versprachen wir uns all das, woran wir die vorangegangenen Monate immer mehr hatten zweifeln müssen. Und als wir dann die Bilder sahen, die Bilder vom weißen LKW, die Bilder von den abgedeckten Leichen, überall versprengt zwischen den Palmen, unter den Palmen, da war es, als hätten wir unser letztes gemeinsames Paradies verloren. An diesem Abend sprachen wir nicht miteinander, sahen uns nicht mehr an – waren unfähig, unseren Schmerz zu teilen. In der nächsten Nacht musste ich arbeiten.

Bei der Arbeit trank ich mehr, als ich den Gästen ausschenkte, sah apathisch auf das grüne Licht an der Decke, und als mich nach meiner Schicht – ich war schon auf dem Weg zum Ausgang – ein Typ ansprach, hielt ich an. Ich sah an seinem Gesicht vorbei, wusste nicht wie er aussah, als er mich küsste. Aber ich erwiderte den Kuss. Ja, ich küsste ihn mechanisch und ohne Willen – küsste ihn aus Selbsthass und Wut.

Als ich die Augen öffnete, sah ich über die Schulter des Fremden Chaim, wie er wiederum mich ansah – gerade war er eingetreten. Er starrte auf mich und den Typen, noch immer trug er seine dünne graue Jacke. Anscheinend wollte er mich abholen von meiner Schicht, womöglich wollte er mit mir sprechen, über alles reden. Seine hübschen Lippen kräuselten sich bedrohlich, vielleicht weinte er.

Ich schloss die Augen und küsste weiter – küsste diesen gesichtslosen Typen, nein, es küsste aus mir heraus, und ich konnte es nicht unterlassen. Ich war nicht erregt, aber ich musste ihn dennoch und umso mehr küssen. Als ich die Augen wieder öffnete, war Chaim verschwunden. Eine Gruppe Fünfzigjähriger lag verrenkt auf dem Boden und spielte Twister. Das war nichts Ungewöhnliches, nein, eigentlich kamen sie jeden zweiten Montagmorgen mit ihrer dämlichen Plane und niemand beachtete sie – allenfalls Touristen blieben kurz stehen. Weil es so laut war, hörte keiner von ihnen, ob er seinen linken Fuß nun auf blau oder rot stellen sollte, weswegen die aufgedunsene Frau mit der Drehscheibe zu jedem Spieler einzeln laufen musste, um es ihm zu zeigen. Sie zuckte schrecklich und fiel immerzu hin.

Als ich später nach Hause kam, war Chaim bereits weg – ja, sogar seine Sachen hatte er schon mitgenommen. Ich sah ihn nicht wieder.

Der Champagner war leer. Ich warf die Flasche ins Wasser, und wandte mich sodann für einen kurzen Moment um, aber das Grand Hotel war schon außer Sichtweite.

Chaim hatte immer gesagt, ich wolle gar kein Jude sein – wolle nicht wirklich Jude sein. Niemand wolle das, der es nicht müsste. Manche Menschen, oftmals Deutsche, würden es sich vielleicht einbilden, doch wollten, konnten sie nicht wirklich Juden sein. Ich hatte immer gelacht, ungläubig, verwirrt – ganz so, als wüsste ich nicht, was er damit meinte, ganz so, als hätte diese Frage nichts mit uns, nichts mit mir zu tun. Niemals hatte ich den Wunsch geäußert, ein –

Noch immer vibrierte mein Telefon. Und also zog ich es aus meiner Hosentasche und warf es, ohne noch einmal auf das Display zu sehen, ebenfalls ins Meer. Für gewöhnlich war ich ein schlechter Werfer, aber dieses eine Mal gelang mir ein großer, ein weiter Wurf. Dann lief ich wieder über den Sand, hielt bei einem der Strandkörbe, ließ mich nieder auf dem Boden und lehnte meinen Kopf an das harte Holz. Sofort schlief ich ein.

9

»Seht her, ein Hummer! Bist du am Strand eingeschlafen, Boy? War es denn wenigstens fresh in Balbec? Irgendwelche sublimen Erfahrungen gemacht?«

»Ja, war toll.«

Francesco saß auf dem Küchentisch und tunkte seine schmutzigen Finger in den Cancoillotte. Die Schwellung hinter seinem Ohr war so groß wie eine Kinderfaust.

»Schau mal, was ich hier Feines hab'«, fuhr er fort. »Ich denke, es handelt sich größtenteils um Milchpulver und Abführmittel, Lidocain oder so, aber ein bisschen Koks wird schon dabei sein.« Er hielt mir seine zerfledderten Fleurs du Mal entgegen.

Das Kokain hatte sich in den orangefarbenen Reclam-Einband gefressen, sodass die Farbpartikel das Weiß des Pulvers verunreinigten: ein heller Ton, changierend zwischen Elfenbein, blässlichem Ocker – hie und da gelblich weiß wie Peters Speed.

»Woher hast du das?«

»Ich habe mich mit den Arab-Boys angefreundet. Es ist keine Gaumenfreude, aber bis heute Abend dürfte es reichen.«

Ich wusste nicht, was er damit meinte, aber es interessierte mich auch nicht, und also nahm ich das Buch entgegen, an dessen Rücken noch ein wenig Käse klebte, fand einen zusammengerollten Hunderteuroschein, und sowie sich der stechende Benzingeschmack in meinen Rachen fraß, vergaß ich meinen Sonnenbrand.

Tatsächlich war ich zurückgekehrt. Ich hatte Umwege unternommen, kleine Umwege, dann größere Umwege, doch irgendwie hatte ich unser Städtchen gefunden, war gewissermaßen darüber gestolpert, hatte Gédéons Villa gefunden, hatte sie finden müssen – nein, eigentlich war mir das Geld ausgegangen. Ich hatte noch ein paar Tage am Strand verbracht, hatte gewartet, bis die Züge wieder fuhren, und war dann auf schnellstem Wege zurückgefahren. Dann war ich durch den Garten gelaufen, durch den Wintergarten, über den Dachboden und in die erste Etage – endlich in die Küche.

Aber in Cabourg, am Meer hatte ich schließlich verstanden, dass ich es ohne Chaim schaffen musste. Womöglich war unsere Beziehung auch daran gescheitert, dass ich keinerlei Verantwortung übernommen hatte, dass ich nicht für ihn da gewesen war, dass ich ihn ausgesaugt hatte, dass –

»Kannst du mir gleich ein wenig helfen, Boy?« Francesco stand in der Tür, er saß nicht mehr auf dem Tisch. »Also, kannst du das Gerüst halten, es von unten fixieren? Ich schaff's sonst nicht, das Gewölbe zu verkleiden. Das ist alles so shaky da oben. Man kommt sich vor wie Michelangelo.«

Ich nickte, schwieg und sah auf die Schwellung. Er sah furchtbar aus, nicht nur hinter seinem Ohr – nein, sein Gesicht hatte einen grauen Ton angenommen, stellenweise war es gar grünlich, und seine Augen zwinkerten fast so heftig wie die Sophias. Er trug wieder das Hawaiihemd und die silberne Thaiboxhose, wobei letztere mittlerweile so abgewetzt war, dass sie kaum noch schimmerte. Auch roch er bedrohlich, soweit ich das beurteilen konnte, denn alles schmeckte jetzt nach Benzin. Seit Tagen, seit Wochen schien er nicht mehr geduscht zu haben, und ich fragte ihn besser erst gar nicht, wann er zuletzt geschlafen hatte. Besser, ich ging zunächst ins Bad und wusch mich – ja, denn es war lange her.

Unten vor der Haustür war Francesco gerade dabei, seine Stereoanlage im Kofferraum zu verstauen, als ein Tennisball aus einem der Fenster der Villa schoss, um sodann von dem Dach des Cayennes abzuprallen. Das sei nur Gédéon, er apportiere neuerdings. Wir stiegen schnell ein, fuhren los und wirklich, im Seitenspiegel erblickte ich Gédéon, wie er dem Ball hinterherhechelte. Wir fuhren über den Fluss, hielten nicht bei dem kleinen Bistrot, tranken keinen Pastis – nein, wir fuhren direkt zur Kirche. Dort angekommen, sah ich wieder die Kinder auf dem gegenüberliegenden

Spielplatz, aber diesmal schwiegen sie – wohl, weil Francesco so furchteinflößend aussah. Er schloss die gusseiserne Tür auf, und drinnen glänzte alles silbern in der durch die wenigen Fenster fahl gebrochenen Mittagssonne. Tatsächlich spiegelte man sich, man spiegelte sich überall. Es gab kein Entkommen.

»Geil, oder? Jetzt fehlt nur noch die Decke.« Francesco reichte mir eine Flasche Cidre, immerhin war sie gekühlt.

Ich bejahte so anerkennend wie es mir möglich war, trank und versuchte vergebens, an meiner tausendfach verdoppelten Erscheinung auf den Wänden vorbeizusehen, dem rötlichen Schatten, der meinen Blick verfolgte, auszuweichen. Doch war selbst der Boden verspiegelt und also sah ich zur Decke, während Francesco sich daran machte, die Boxen aus dem Auto zu holen.

»Die Soundinstallation kennst du ja auch noch nicht!«

Ich ging in Richtung des Altars, hinter dem in akribischer Kleinarbeit die schmalen bunten Fenster aus der Folie ausgeschnitten waren, sodass das Licht in der Rundung zersplitterte. Erstmals betrachtete ich die Glasmalerei, die Figuren in den Fenstern – allesamt im frühen 19. Jahrhundert gefertigt, womöglich zur Zeit der Restauration, haftete ihnen etwas Kitschiges an. Ihr Haar wallte fürchterlich und war zu lang, ihre Gesichter schienen debil, und aus jeder ihrer Gesten sprach eine schrille Ekstase. Mein Blick fiel auf den Erzengel Michael: Er war blond, das Glas also gelb, und er hatte eine frappierende Ähnlichkeit mit Gédéon – ja, mir tat der Drache gar leid; schmerzverzerrt schrie er auf und wand sich unter dem himmlischen Schwert im Todeskampf. Besser, ich setzte mich auf die Mensa und richtete meinen Blick in das Kirchenschiff.

Doch auch der Altar war verspiegelt, und meine Hose war so kurz, dass der untere Teil meiner verbrannten, verschwitzten Oberschenkel schnell an der Folie klebte und juckte. Ich trank, rauchte, und bald lief Francesco zu mir, um etwas von dem schlechten Kokain aufzustreuen. Gleich käme der Journalist.

»Was für ein Journalist?«

»So ein Lokaljournalist von der letzten Zeitung, die es hier noch gibt. Ich habe den Namen vergessen.« Francesco hatte zwei große

Lines geformt, zog die größere und gab mir sodann seinen Schein. »Jedenfalls will der über meine Vernissage berichten. Nice, was? Ich habe sie für übermorgen angesetzt, und wenn jetzt alles gut läuft, kommen wir vorher in die Zeitung.«

Ich fragte besser nicht weiter und zog das Kokain, aber Francesco war nicht zu stoppen: Vielleicht würden größere Zeitungen nachziehen, womöglich auch das Fernsehen oder sogar ein wildgewordener Influencer. Er tänzelte. Es sei schade, dass wir uns kaum gesehen hätten, in letzter Zeit; er hoffe es gehe mir besser; ob er irgendetwas für mich tun könne – nein?

Er stand vor mir, gestikulierte konfus, und sein Körper schien nun so ausgemergelt und getrieben, dass er nichts Heiliges mehr ausstrahlte. Der gotische Glanz hatte sich ins Groteske verkehrt, gleich einer geschundenen Kreatur von Hieronymus Bosch, einem höllischen Fabelwesen, dem jederzeit eine Klarinette aus dem Rektum wachsen konnte. Mir war übel, ich hatte seit zwei oder drei Tagen nichts gegessen, und der Cidre vermischte sich beißend mit dem Benzingeschmack.

Gab es überhaupt Klarinetten bei Bosch? Ich sah an Francesco vorbei, in Richtung der Tür, und schlug alsbald vor, mit der Arbeit zu beginnen; das sei wohl das Beste.

Und also begannen wir mit der Arbeit, doch erst nachdem Francesco seine Stereoanlage mit seinem Laptop verbunden und beides in der Kanzel verstaut hatte. Er zog sich sodann das Hawaiihemd aus, steckte sich eine Fernbedienung in den Bund seiner Thaiboxhose, nahm eine der großen, überall herumliegenden Rollen mit Spiegelfolie, streifte eine Spule Klebeband über seinen dünnen Arm und bestieg das Gerüst. Es war höher als beim letzten Mal – ja, es erreichte nun die Decke und maß vielleicht zehn, vielleicht zwanzig Meter. Er musste noch einmal zum Baumarkt gefahren sein. Doch schienen die neuen Aufsätze nicht sonderlich stabil, und es war bedenklich, dass er ohne jede Hilfe schon so weit nach oben gekommen war.

Francescos Aussehen wurde mir allmählich plausibel. Die beneidenswerte Schöpfungsfreude hatte sich verwandelt und erschien nun als eine gefräßige Manie. Mit jeder weiteren Stufe, die er erklomm, wackelte es hier unten mehr, und also fixierte ich die Eisenstangen, indem ich sie festhielt. Wenn ich meinen Blick einzig auf sie, auf die mattglänzenden Stangen richtete, war es auch möglich, dem rötlichen Schatten zu entfliehen.

Oben angelangt, schrie er herunter: »Die Drecksfernbedienung geht nicht; ich habe kein Signal! Kannst du bitte kurz auf Play drücken?«

»Ich lasse auf keinen Fall dieses Gerüst los, solange du da oben herumspringst.«

Ein Tennisball rollte in die Kirche.

»Bitte mach einfach, was ich sage.« Francescos Stimme überschlug sich. »Fuck, kannst du bitte auf Play drücken? Ich bewege mich so lange auch nicht.«

Es war wohl besser, ich gehorchte, und also trat ich weg von dem Gerüst und lief nach der Kanzel.

Gédéon schoss dem Tennisball hinterher – ja, er rannte in großen Sprüngen in die Kirche. Sowie er den Ball erreicht hatte, stellte ich mit Beruhigung fest, dass er ihn nur in die Hand und nicht in den Mund nahm.

»Bonjour, mes amis!« Er war wieder barfuß und trug eine kurze weite Hose mit Camouflagemuster sowie das paillettenbesetzte Top mit der Aufschrift »Malibu«, das wir vor nunmehr langer Zeit gekauft hatten. Sein Haar war verfilzt, und er streckte beide Hände in die Höhe, winkte jedoch nicht, sondern ließ sie erstarren und sah gebannt auf sein Spiegelbild.

Ich nickte ihm zu und stieg in die Kanzel, da ich noch immer Francescos fordernden Blick auf mir spürte. Sowie ich auf Play drückte, ertönte ein markerschütternder Lärm, ein Höllengesang. Wie aus tausend Kehlen schrie es.

C-C-C-Cocaine! C-C-C-Cocaine!

Es war die Stimme Francescos, doch er hatte sie mehrfach übereinandergelegt, verdoppelt und vervielfacht, gleich den vielen

Gédéons, die jetzt über die Wände tanzten. Ja, Gédéon tanzte. Er tanzte einen obskuren Ausdruckstanz und besah sich dabei in der Folie – bald hüpfte er auf und ab, bald wälzte er sich über den Boden, bald drehte er sich im Kreis. Metallene Geräusche erklangen nun aus den Boxen, so als spiele man die Einstürzenden Neubauten in doppelter Geschwindigkeit ab. Ja, womöglich waren das die Neubauten in doppelter Geschwindigkeit, in dreifacher. Und wieder erklang der Höllengesang.

C-C-C-Cocaine! C-C-C-Cocaine!

Ich stand in der Kanzel und betrachtete das Spektakel. Francesco hatte sich seine Sonnenbrille aufgesetzt, saß auf seinem Turm, rauchte einen Joint und lachte, während sich Gédéon, angespornt vom eigenen Spiegelbild, in immer tollere Sprünge ergab, immer schneller und ausgelassener von Wand zu Wand lief, sich immer hastiger reckte und bog, sich warf und schmiss – die Marionette eines irren Gauklers.

Erst als sich eine der langen Spiegelbahnen löste, hörte Francesco auf zu lachen. Gédéon hatte sich in einem waghalsigen Satz, der Länge nach und mit dem Bauch voran, die Arme und Beine ausgebreitet, gegen eine der Wände geworfen, und nun prallte er von ihr ab. Es schien, als klebte die Folie an seinen schwitzigen Händen; er riss sie herunter und mit sich in die Tiefe – begrub sich unter ihr.

»You fuckin' bastard! Can't you just leave us alone in my church, bloody motherfucker?«

Ich hatte Francesco noch nie so wütend gesehen, hatte gar nicht gewusst, dass er derart die Fassung verlieren konnte. Doch jetzt tobte er dort oben, und das Gerüst – es wankte bedrohlich. Obgleich er schrie, verstand ich ihn schlecht, denn noch immer schepperte es aus den Boxen, immer abwechselnd das metallene Klappern und der schreckliche Sprechgesang.

Gerade wollte ich die Kanzel verlassen, um das Gerüst zu stabilisieren, als Gédéon unter der Folie hervorkroch. Besser, ich blieb hier oben; besser, ich hielt mich da raus. Gédéon blutete wieder aus der Nase, und als er sich im Spiegel sah, ergriff ihn großes Mitleid mit sich selbst.

»Go home, bloody freak!«, schrie Francesco weiter. »You destroy everything you touch. Get out of my church! I won't let you ruin my artwork, son of a bitch!«

Gédéon sah noch immer auf sein Spiegelbild, weinte. Schließlich fiel sein Blick auf den Tennisball, und sein Weinen steigerte sich erst zu einem Schluchzen, dann zu einem grauenhaften Lachen. Er las den Ball auf und lachte, warf ihn gegen die Wände und fing wieder an zu tanzen, hüpfte dem Ball entgegen, wo er nur abprallte, fing ihn wieder auf und warf ihn erneut. Neben dem Laptop, auf einer der Boxen, stand eine angebrochene Flasche Calvados, und ich nahm einen großen Schluck. Dann sah ich zu den Fenstern hinter dem Altar, aber ich konnte den Erzengel nicht mehr finden.

Francesco war gerade im Begriff, von seinem Turm zu klettern, als ihn der Ball am Arm traf; er schwankte.

»Tu reste bien là-haut«, sang Gédéon, fing den Ball wieder auf und hüpfte um das Gerüst. Er warf ein zweites Mal. Gelähmt sah ich den Ball auf Francesco zufliegen, der versuchte, ihn zu fangen, doch prallte er an einer der Stangen ab.

Ein Mann stand in der Tür: Er war klein, hatte einen Schnurrbart, einen Bauch und einen Fleck auf dem Hemd, doch Gédéon sah ihn nicht – nein, er stand mit dem Rücken zu ihm und warf den Ball noch einmal nach Francesco. Dieser winkte dem Schnurrbart zu, wurde jedoch nicht von ihm bemerkt und vergaß darüber den Ball. Gédéon hatte weit geworfen; der Ball prallte am Gewölbe ab und traf Francesco am Kopf, offenbar genau auf der Schwellung. Sie platzte, und blutiger Eiter schoss hervor.

Ich trank besser noch einen Schluck. Schreiend, jauchzend über seinen Erfolg, lief Gédéon nun unter dem Gerüst hindurch, während Francesco Mühe hatte, sich zu fangen. Benommen stolperte er hin und her; das Gerüst bog sich wie eine Pappel, schwang mit seinem Stolpern hin und her.

Schließlich fand er Halt, stützte sich mit den Händen auf den Boden der Platte, sackte zusammen, drehte sich noch einmal um und verlor erst dann das Bewusstsein. So leblos, dürr und nackt sah er aus wie Holbeins Christus. Sein Kopf hing gefährlich über den Rand des Gerüsts – ja, ein Eitertropfen tropfte aus ihm heraus, bis hinunter auf Gédéon, der sich gerade nach seinem Tennisball bückte; er traf ihn im Nacken.

Indes hatte sich der kleine Mann mit dem Schnurrbart, dem Bauch und dem Fleck auf dem Hemd aus der Tür gelöst und war mit interessierter Miene zum Gerüst gelaufen. Er blieb vor Gédéon stehen, gerade als diesen der Eiter traf, und griff nach einem Notizblock in seiner Gesäßtasche. Offenbar war das der Journalist – ja, natürlich!, der Journalist; eine Kamera hing ihm lose am Handgelenk. Gédéon blickte sich um, erschrak und sprang davon, lief aus der Kirche.

C-C-C-Cocaine! C-C-C-Co –

Ich klappte den Laptop zu, denn der Bann war gebrochen. Und sowie das Gejohle verstummte, sprang ich von der Kanzel.

»Bonjour! Are you the artist from Berlin?« Der Journalist hatte einen krassen Akzent und schien ein wenig begriffsstutzig, jedoch sehr interessiert.

Offenbar hatte er noch nicht bemerkt, dass der Künstler da oben lag. Auch hatte er Gédéon einfach ignoriert – ja, nicht einmal hinterhergesehen hatte er ihm, nicht einmal irritiert war er gewesen. Ich ging auf ihn zu und versuchte, nicht nach dem Gewölbe zu sehen. Schwerfällig fuhr sich der Journalist über den Schnurrbart, sah mich blinzelnd an, kniff die Augen zu, als sei ich das Kunstwerk, das es zu verstehen galt – ich, der ich noch immer auf ihn zuging. Ich sah jetzt, dass der Fleck ein Rotweinfleck war, blieb vor ihm stehen, begrüßte ihn, und weil ich nicht wusste, was ich tun sollte, steckte ich mir eine Zigarette an und hielt ihm die offene Packung entgegen. Er lehnte dankend ab.

»So, what is this project about?«

Ich überlegte, was Francesco jetzt wohl sagen würde, und verschaffte mir ein wenig Zeit, indem ich langsam den Rauch einsog, ihn langsam wieder ausstieß und so tat, als würde ich ihm nachdenklich hinterhersehen, schauen, wie er nach oben stieg, während ich eigentlich nach meinem Freund blickte, dessen Kopf noch immer bedrohlich über die Reling hing. Ob er sich wohl rührte?

Der Journalist hatte sich derweil ein paar Notizen gemacht, abwechselnd gekritzelt und mich schief angesehen – ein bisschen wie ein schäbiger Inspektor, ein wenig wie Columbo. Nun aber, da ich noch immer dem Rauch hinterher sah, also zu Francesco, hob auch sein Kinn sich allmählich; er blickte schon fast zur Decke.

»Transcendence is no longer possible today. Transcendence is not even wanted anymore«, improvisierte ich.

Der Journalist senkte sein Kinn, es nickte gemächlich. Auch kniff er wieder die Augen zu.

»For centuries Catholic churches where places that pointed beyond earthly existence.« Ich schwitzte. »My artwork reflects on the narcissism of our time, our inability to think of anything other than ourselves.«

»Please, not so quickly!« Er beeilte sich nun, mitzuschreiben, nahm das alles offenbar sehr ernst – ja, mehr noch: Es schien ihm zu gefallen. »What about the cocaine?«

Ich fuhr zusammen. Lag das schlechte Kokain noch auf dem Altar?

»Your sound installation – what do you mean by that?« Der Journalist hatte gar nicht aufgesehen.

Ich blies wieder meinen Rauch aus, sah ihm hinterher und wurde der hässlichen Gucci-Sonnenbrille gewahr – sah, wie sie langsam von Francescos Nasenrücken glitt. Besser, ich führte den Journalisten ein wenig herum – doch schon fiel die Brille herunter; sie fiel uns direkt vor die Füße.

Der Journalist zuckte und sah nach oben, erblickte Francescos reglosen Kopf und schrie. Er schrie laut und hemmungslos; sein Notizblock, sogar die Kamera fielen zu Boden.

Immerhin, die Brille war zerbrochen, zersprungen vielmehr – die Scherben verdoppelten sich, und diffuse Reflexionen zogen durchs Schiff.

Ich warf meine Zigarette auf den mit Folie bespannten Boden und zerdrückte sie mit meinem Schuh, als das Gerüst wieder anfing zu wackeln. Francesco war durch das Geschrei aufgewacht.

»Gefällt dir meine Soundinstallation nicht, Boy? Warum hast du sie abgestellt?«

Ich erklärte ihm, was passiert war und stabilisierte das Gerüst für seinen eiligen Abstieg. Offenbar war der Journalist aus unserer Kirche geflüchtet, wie eben schon Gédéon. Francesco las die Kamera und den Notizblock auf und hetzte ihm hinterher, während ich mich auf den Altar setzte, um einen weiteren Schluck von dem Calvados zu nehmen.

Ich beugte mich gerade über das schlechte Kokain, als ich den Hund sah. Er stand in der offenen Kirchentür und hechelte – eine wilde Promenadenmischung, zerzaust irgendwie: nicht besonders groß, auch nicht klein, ein bisschen verwahrlost vielleicht. Langsam kam er auf mich zu. Eigentlich mochte ich keine Hunde, aber dieser schien nett zu sein, und es war offensichtlich, dass er Durst hatte. Neben dem Calvados stand eine angebrochene Wasserflasche, ich öffnete sie, und sowie der Hund vor mir stand, formte ich meine Hand zu einer Schale, aus der er trinken konnte. Der Hund hatte großen Durst, gleich mehrmals schlabberte er meine Hand mit seiner weichen Zunge aus; mehr als die Hälfte des Wassers tropfte auf Francescos Folie.

Die Flasche war leer, und der Hund machte keine Anstalten zu verschwinden. Ich lief zum Gerüst, wo noch immer Gédéons Tennisball lag, und der Hund folgte mir. Doch als ich den Ball in Richtung der Tür warf, legte er den Kopf schief, und für einen kurzen Moment wirkte es, als hebe er eine Augenbraue – ganz so, als stehe er über den Dingen, dem Ball, gerade so, als wolle er mir sagen, er habe nichts übrig für derlei Kindereien.

»Nun gut, dann bleib halt hier.«

Der Hund wedelte mit dem Schwanz, und ich streichelte ihm über seinen zerzausten Kopf; er lachte – Hunde lachen nicht. Auch sollte ich wohl nicht mit ihm sprechen.

Ich lief zurück in Richtung des Altars, und wieder folgte er mir. Doch als ich mich über das schlechte Kokain beugte, begann er mich mit seiner feuchten Nase in die Kniekehle zu stupsen.

»Du hast Recht, das ist widerlich.«

Diese Drogen, ihre ständige Verfügbarkeit – das führte zu nichts, selbst wenn sie gut waren. Hatte ich gerade wieder laut gesprochen?

Ich lief aus der Kirche, setzte mich auf die Stufen, und der Hund setzte sich neben mich. Die Sonne schien, doch sie störte mich nicht. Nein, ich würde mein Leben ändern – das war jetzt ganz klar. Am Strand von Cabourg hatte ich verstanden, dass ich mich endlich von Chaim verabschieden sollte, dass ich weiterleben musste – auch ohne ihn. Ja, denn das war ich ihm schuldig. Ich durfte mich nicht immer von anderen abhängig machen. Die Kinder vom Spielplatz schienen mich gar nicht bemerkt zu haben; sie schienen versunken an ihren Schaukeln und Wippen, Bänken und Telefonen.

Aber wo sollte ich leben? Berlin, Deutschland käme nicht infrage; ich konnte dort nicht atmen. Frankreich – die Republik lag in den letzten Zügen; man würde sich bald an den Terror gewöhnen, und das wollte ich nicht. England, Amerika – der Westen, die Freiheit war am Ende, schon lange, und alles was blieb, was bald noch geschah, war eine einzige Farce, ein einziges Danach, ein –

Doch ich musste leben – musste, wollte leben. Der Hund legte seinen Kopf auf meinen Schoß und lächelte sanft – Hunde lächeln nicht. Aus irgendeinem sentimentalen Grund hing ich an Europa, auch wenn all die verkappten Heideggernazis aus den Universitäten strömen würden, in den Arbeitsmarkt und in die wichtigen Positionen. Es würde immer ungemütlicher werden – eigentlich war es schon jetzt unerträglich.

Vielleicht müsste ich in eine Gegend ziehen, in der man die Freiheit schätzte, weil sie noch frisch war. Ich blinzelte in die Sonne und dachte an Warschau, an Krakau und Łódź – nein, besser ich zog nicht in ein Land, in dem die Deutschen die gesamte Intelligenzia ausgerottet hatten; das spürte man auch nach siebzig Jahren noch. Und Prag? Brünn? Tschechien war liberaler als Polen, Stalin zum Trotz.

Oder Italien? Hatice liebte Italien, ständig flog sie dorthin. Und immer wenn sie zurückkam, sagte sie, Italien sei ein Land, in dem Menschen wie wir leben könnten. Einmal war ich mit ihr geflogen. Wir waren über den Corso von Sant' Antioco flaniert, und ich hatte verstanden, was sie meinte: Es war, als wären die letzten zwanzig, die letzten dreißig Jahre nicht geschehen – küssende Teenager auf Mopeds, billiges Eis, sonnengegerbte Herren mit ewig funkelnden Limoncello-Gläsern und Damen mit großen Kreuzen um die Hälse. Es gab kaum Tourismus, und niemand hatte Englisch gesprochen, doch das war unerheblich, da alle so geduldig, so freundlich waren.

Ja, ich würde Hatice mitnehmen. Die Arbeit im Supermarkt tat ihr nicht gut, sie verschwand immer mehr. Wir würden nach Italien ziehen, in eine strukturschwache Region, in ein kleines Nest, in dem die Zeit stillstand. Wir würden ein einfaches Leben führen, einfachen Arbeiten nachgehen und mit wenig zufrieden sein. Wir würden Wein ernten, Tomaten, und schließlich eine Pension eröffnen. Die Männer würden wir unter uns aufteilen können – wenn wir sie überhaupt brauchten. Abends würde ich Balzac lesen oder Heine, und Hatice würde mir mit ihren perfekt gepflegten, etwas zu langen Gelnägeln durch mein Haar kraulen.

Der Hund, den ich gerade kraulte, stand auf und schnupperte in den schwüler werdenden Nachmittag.

Ich würde mir von Francesco Geld leihen, um zurück nach Berlin zu kommen und den Umzug vorzubereiten. Hatice würde ich kaum überzeugen müssen. Sie liebte Italien, sprach sogar ein wenig Italienisch und könnte alles organisieren. Ja, und sie ging als Italienerin durch – das mochte sie besonders. In Italien wäre Hatice auch endlich vor ihrer Familie sicher, Hatice, die –

Der Hund lief davon. Er hatte Francesco gesehen, wie dieser die Straße entlangrannte, direkt auf uns zu. Ich blickte dem Hund hinterher, tatsächlich bedauernd, als Francesco schon vor mir stand. Er fuchtelte mit den Armen.

»Fuck, hilf mir bitte! Gédéon kommt.«

Ich stand auf und folgte ihm in die Kirche. Neben der Kirchentür stand noch immer das barocke Altarretabel – noch immer war es nicht verspiegelt. Womöglich konnte Francesco es nicht für sein Werk gebrauchen. Er schloss die Tür, so gut es ging, und stemmte sich gegen das Retabel, um den Eingang zu verbarrikadieren, doch war es zu schwer – ja, es gab kaum nach.

»Schnell!«

Und also stemmte ich mich mit ihm gegen das Retabel und schob. Und siehe, es bewegte sich. Wir schoben also, zerrissen dabei zwei der den Boden überspannenden Folienbahnen und platzierten das schwere, perlweiße Holz gerade richtig, als Gédéon sich gegen die gusseiserne Tür warf.

Das Retabel wankte, und der goldene Bischof aus dem linken Seitenflügel löste sich, fiel zu Boden; der Kopf brach ab und rollte über die Spiegelfolie. Mit aller Kraft stemmten wir uns gegen das Retabel, wobei ich gleichzeitig versuchte, den Bischof auf der rechten Seite festzuhalten, ihn zu behüten – zu verhindern, dass Gédéon auch ihn köpfte.

»Mes amis! I'm sorry, let's be friends again. I can help you with church, Francesco. Let me in! Désolé! Désolé!« Er klang aufrichtig, aber das machte es nur schlimmer.

Immer wieder warf er sich gegen die Tür, schrie bald weitere Entschuldigungen, bald Beleidigungen; irgendwann begann er zu winseln, gefolgt von neuen Wutausbrüchen – wir stemmten uns gegen das Retabel.

Plötzlich vernahm ich einen Gesang, erst leise und von Ferne, dann immer lauter – ja, immer näher. Hohe, ungeschulte Stimmen sangen die immer gleiche, holpernde, kurze Melodie: singende Kinder, ein Kinderchor. In dieser Stadt wurde ständig gesungen.

»Les Allemands bloquent le fou! Les Allemands bloquent le fou!«

Gédéon hörte auf, sich gegen die Tür zu werfen, und ich nutzte die Gelegenheit, einen Blick aus einem der hohen vergitterten Schießschartenfenster neben der Tür zu wagen, stellte mich auf die Zehenspitzen und Francesco tat es mir gleich. Und so sahen wir also beide durch die kleinen schmalen Fenster – er auf der linken, ich auf der rechten Seite der Tür, zwischen uns das Retabel.

Die Kinder!, die Kinder vom Spielplatz hielten sich an den Händen; sie tanzten im Kreis. In der Mitte kniete Gédéon, faltete die Hände und sah nunmehr geläutert gen Himmel – die Kinder sangen weiter.

»Les Allemands bloquent le fou! Les Allemands bloquent le fou!«

»Die Deutschen haben den Verrückten ausgesperrt?«, übersetzte Francesco murmelnd und wieder wie zu sich selbst. »Langsam komme ich nicht mehr hinterher.«

Es war schwer zu sagen, ob er benommen war oder kicherte. Ich blickte nicht zu ihm hinüber – nein, ich sah weiter auf die singenden, tanzenden Kinder; ihre Gesichter waren ernst und entschlossen – feierlich gar. Jedes für sich und doch alle gemeinsam tanzten sie in einer irritierend monotonen Choreographie.

»Les Allemands bloquent le fou! Les Allemands bloquent le fou!«

Schließlich stand Gédéon auf, seine Schultern hingen herab. Er bahnte sich einen Weg durch die Kinder, schubste ein Mädchen beiseite, um den Kreis zu durchbrechen – es war das Mädchen mit den gedrungenen Beinen – und trottete davon, die Straße hinunter. Schon liefen ihm die Kinder hinterher, schon sangen und tanzten sie weiter, sangen böse und ohne Gnade. Man hörte sie noch lange – auch noch, als man sie nicht mehr sah.

Als ich mich endlich vom Fenster löste, stand Francesco vor einer der verspiegelten Wände und riss einen der Hautlappen, die die ganze Zeit hinter seinem Ohr gehangen hatten, von seinem Hals.

»Was denkst du, Boy? War das ein Abszess? Hattest du so was schon mal?« Er hatte zu weit gerissen, blutete jetzt stärker und trug noch immer kein Hemd. Das Blut floss ihm über die Schulter, über Rücken und Brust, lief in kleinen Bächen auf die silberne Hose zu.

Ich schwieg und riss ein Stück Klebeband ab, gab es ihm und er befestigte es hinter seinem Ohr, um die Blutung zu stoppen. Dann gingen wir nach dem Altar. Der Benzingeschmack war nun vertraut und das Brennen im Rachen wohltuend.

»Es regnet, hörst du das?«, fragte Francesco. Die Abkühlung täte uns sicher beiden gut.

Und also schoben wir das Retabel wieder beiseite, aber ich hatte keine Kraft, mich außerdem um den armen Bischof zu kümmern.

Wir traten in den strömenden Regen, standen schweigend vor der Kirche. Niemand sonst war auf der Straße, selbst die Fensterläden waren sämtlich verschlossen. Kurz überlegte ich, was mit dem Journalisten geschehen war und ob ich Francesco danach fragen sollte, doch wirkte dieser völlig abwesend, desinteressiert. Nein, es schien, als hätte er den Journalisten bereits vergessen – als hätte er selbst die Kirche, selbst seine Installation vergessen.

Das Blut sickerte schon wieder unter dem Klebeband hervor, als er auf sein Telefon sah. »Fuck! Wir müssen uns beeilen. Sophia kommt bald.«

Ich lachte.

»Ich muss unbedingt noch duschen und dann nach Orly. Ihre Maschine landet um halb elf.«

Ich hörte auf zu lachen und musterte Francesco. Er hielt eine nasse Hand schützend über sein Telefon und tippte mit der anderen hektisch auf den zersprungenen Bildschirm.

»Sophia kommt hier her?«

Francesco blickte auf und sah mich an. Der Regen überzog seinen nackten Leib, vermengte sich mit dem Blut, verdünnte es und rann mit ihm über den schlecht gestochenen Egon Schiele. Es war, als weinte der Schiele, als weinte er Blut.

»Sophia kommt hier her?« Ich fragte nun lauter.

»Hä? Das habe ich dir doch hundertmal gesagt. Du meintest, das sei kein Problem, Boy. Ich habe dir auch schon das Hotelzimmer gebucht. Es ist alles vorbereitet – keine Panik. Sie wird gar nicht bemerken, dass du hier bist. Du hast doch nichts gepostet, oder? Peter hat ihr bestimmt nichts erzählt. Sie bleibt nur zwei Tage, bringt mir das Koks, schaut sich die Vernissage an – dann kannst du zurück in unsere Villa. Alles wie abgesprochen.«

»Sophia kommt hier her?« Ich schrie bereits.

»Hörst du eigentlich nie zu?« Francescos Stimme war lauter geworden, doch aggressiv klang er nicht – nein, er besann sich sofort wieder und fuhr nunmehr ruhiger fort: »Es tut mir ja auch leid. Sorry, aber ich habe dich mehrmals gefragt. Was hätte ich denn machen sollen? Peter wollte nicht kommen; du weißt doch, wie er ist. Sie war die Einzige, die mir das scheiß Koks bringen wollte. Sie hat diese Dose für Trockenshampoo, die wird nie untersucht – das habe ich doch erzählt.«

»Sag mal, fickst du sie?« Ich sprach wieder leiser, doch meine Stimme – sie bebte.

Francesco kam auf mich zu, wollte mich behutsam an der Schulter fassen.

»Fickst du sie?« Ich entwand mich.

Er sah auf den Boden, auf das vom Regen glattgespülte Kopfsteinpflaster.

»Du fickst sie.«

»Gottverdammt, ja!« Unvermittelt hatte er zu schreien begonnen. »Ich ficke sie, ja – nein, sie fickt mich! Was dachtest denn du?«

Irritiert von diesem plötzlichen Ausbruch, sah ich ihn fragend an.

»Wie kannst du denn gleichzeitig so viel und so wenig wahrnehmen?«, schrie er weiter.

Ich sah in seine Augen, seine weit aufgerissenen Augen, hinter den Fäden aus Regen. »Bitte?«

»Auch wenn du alles, egal ob es passt oder nicht, in dein fatalistisches Weltbild presst, hast du durchaus deine Momente –«

»Momente?«

»… und gleichzeitig bist du immer wieder zu blöd, um das Offensichtliche zu erkennen.«

»Ach ja? Was ist denn bitte das Offensichtliche?«

»Dass Sophia mich fickt ist offensichtlich.« Seltsam brüchig wurde Francescos Stimme »Wieso sonst sollte sie bereit sein, mit zehn Gramm Kokain in ein Flugzeug zu steigen?«

»Keine Ahnung, weil sie verrückt ist?«

»Natürlich ist sie verrückt, aber darum geht es nicht.«

»Worum zum Henker geht es dann?«

»Darum, dass dir alles egal ist, Boy. Darum, dass du nicht in der Lage bist, dich in andere hineinzuversetzen. Darum, dass du die Leute um dich herum vergraulst mit deinem Verfolgungswahn, mit deinem Selbstmitleid. Und darum, dass du alles ausblendest, alles überhörst, was dir nicht in den Kram passt. Manchmal bist du ganze Stunden abwesend und merkst es nicht mal. Willst du daran dem Dschihad die Schuld geben? Oder dem verfluchten Heidegger?«

»Immerhin bin ich kein Richkid, das verlassene Kirchen zu Innenwelten eines Junkies verunstaltet und sich dabei vorkommt wie der letzte Rebell. Und warum soll ich mich in jemanden hineinversetzen, der mich zusammenschlagen lassen –«

Doch Francesco ließ mich nicht ausreden. »Aber verpflegen darf dich der Junkie, ja?« Nun schluchzte er. »Der Junkie darf dich aus der fuckin' Gosse auflesen. Der Junkie darf deine Anfälle ertragen, dich aufheitern und dich davon abhalten –«

Besser, ich sah nach den Regenfäden und wie sie an der Oberfläche der Pfützen zerbarsten. Der Sommer war fast zu Ende, und bald schon würde es Herbst, dann Winter werden.

An Winterabenden hatte meine Mutter immer Clementinen gegessen; der säuerlich-süße Geruch hatte an ihren Fingern gehaftet – weich und klebrig und groß.

»Du hörst mir schon wieder nicht zu!«

»Warum ausgerechnet sie?« Ich sprach nun ganz ruhig. »Warum ausgerechnet sie, Francesco?«, fragte ich noch einmal, doch eigentlich interessierte mich die Antwort gar nicht.

»Mein Gott, sie ist die einzige, die sich bereit erklärt hat.«

»Hast du überhaupt jemand anderes gefragt?«

»Du weißt doch, wie sie ist.« Seine Stimme brach, wieder schluchzte er. »Du weißt doch, wie geil sie das macht, wenn man sie braucht.«

»Und dich macht das nicht geil? Und du brauchst sie nicht?«

»Und ich brauche das Koks.« Für einen kurzen Augenblick war es, als finge sich Francesco, doch schon schluchzte er weiter. »Ich brauche das Koks, mein Gott! Ich brauche das scheiß Koks. Ich bin ihre scheiß Hure!«

Gern hätte ich mir eine Zigarette angezündet, aber der Regen war noch zu stark. Ich blickte an Francesco vorbei auf den leeren Spielplatz, auf die rostige Wippe, auf die rostigen Schaukeln.

»Hast du mir wirklich davon erzählt?«, fragte ich, jedoch mehr, um überhaupt etwas zu sagen.

Francesco schluchzte. Immer schlimmer wurde Francescos Schluchzen, obschon er immer leiser sprach.

»Wie lange geht denn das schon zwischen euch?«

Er verneinte etwas, soviel war sicher. Und der blutige, verwaschene, endlich völlig verzerrte Schiele schüttelte dazu den Kopf.

»Ich habe euch doch gehört, in Peters Wohnung.«

Francesco murmelte nur noch – ich verstand ihn nicht. Sicher log er; sicher wand er sich aus irgendetwas heraus. Sicher wollte er lieber mein Mitleid als meinen Zorn. Wusste er denn nicht, dass ich von beidem nicht mehr viel übrig hatte?

»Fuck, ich bin ihre scheiß Koksnutte!«, rief er plötzlich aus.

Das war lächerlich – ja, wirklich absurd war es. »Lass uns einfach in die Villa gehen, ich packe meine Sachen und du duschst«, sagte ich, damit er endlich aufhörte.

Auf das Schluchzen folgte die Scham. Ich sah ihn nicht an, hörte die Scham aber aus jedem seiner Schritte. Ja, er lief schweigend und beschämt neben mir her, und ich musste es hören, denn es hatte aufgehört zu regnen – das bemerkte ich erst jetzt. Aus seinem Tänzeln war ein Trotten geworden, ein beschämtes Trotten.

Ich hörte also jeden seiner nassen, beschämten Schritte auf das nasse, beschämte Pflaster trotten, hörte es beschämt und gleichmäßig klatschen, und der Weg zog sich länger denn je. Kein Mensch säumte die Straße, und als wir den Fluss erreichten, lag er wieder bleiern da, still wie ein länglicher See – das war kein Fluss. Das Haus stand offen, und also ging ich direkt nach oben, direkt in mein Zimmer; ich blickte mich nicht mehr nach Francesco um. Und endlich waren seine Schritte verstummt.

Ich fing nicht an zu packen. Ich trat an das Fenster und rauchte – rauchte und trank den letzten Schluck aus einer der Calvados-Flaschen, die noch immer neben meinem Bett standen. Es war, als nähme der Fluss wieder an Fahrt auf – erst langsam, dann schneller, schließlich rapide: Sophia töten, ganz einfach. Es würde nicht schwer sein, wenn man das Haus richtig beschirmte. Noch immer steckte ich in den nassen Sachen, doch zog ich sie nicht aus. Der Garten, Gédéons Urwald, bot Schutz, und auch kannte ich das Haus gut genug, um sie zu überraschen, sobald sie einmal allein wäre. Sophia töten und dann? Nun, zumindest wäre sie dann tot. Doch würde ich Sophia nicht töten. Ich würde es nicht tun, konnte es nicht tun, durfte es nicht – nein.

Der Fluss floss und floss – ja, er schäumte. Es wusste niemand, dass ich hier war, zumindest fast niemand. Mein Telefon lag im Ärmelkanal – die Mobilfunkdaten könnte man auswerten, aber was sagten sie denn, außer, dass ich vor drei, vielleicht vor vier Tagen in Cabourg gewesen war? Ich wäre von da aus wieder nach Deutschland zurückgekehrt. Zum Zeitpunkt des Verbrechens wäre ich gar nicht hier gewesen. Würden sie mich überhaupt verdächtigen? Aber nein, ich konnte keinen Mord begehen, wollte es auch nicht – wollte es nicht wirklich. Ein Alibi wäre natürlich toll, aber warum sollten sie überhaupt nach mir suchen?

Der Fluss war schon ein reißender Strom – ja, er schwoll immer weiter an, drohte die Bäume, selbst die Häuser mitzureißen; er toste und brandete. Francesco würde nichts sagen, bestimmt nicht; Gédéon – wer glaubte Gédéon? Vertraute man diesen Kindern – und Kinder sprachen nur aus, was sie zu Hause hörten –, so war Gédéon ein stadtbekannter Irrer, ein *Fou*. Nein, niemand würde Gédéon glauben. Hatice war die Einzige in Berlin, die wusste, dass ich hier war. Francesco hatte mich verleugnet – ich wusste das jetzt. Doch Hatice würde es verstehen, sie würde nichts sagen. Hatice, die –

Hatice, die ich verraten hatte.

Ich hörte einen Schrei, und also wandte ich mich vom Fenster ab. Ja, es war besser, ich sah nicht mehr nach dem gefräßigen Meer da draußen. Jemand schrie; es war Francesco, aber es kam von weit her. Besser, ich sah nach ihm. Ich lief dem Schreien entgegen, es kam von unten. Ich stürzte zur Treppe und die Stufen hinunter, doch hier war er nicht – nein. Ich lief durch die leergeräumte Brache, durch dichten Staub, vorbei an den kahlen, unverputzten Wänden, denen vereinzelt dicke Seidentapeten trotzten und an denen massive Türen lose neben ihren verrosteten Angeln lehnten.

Zwei Kinder, zwei zerlumpte Kinder, ein zerlumptes Mädchen und ein zerlumpter Junge saßen in einem der Räume auf dem nackten Boden. Sowie sie mich erblickten, fingen sie an zu singen – ja, sie sangen »Super-Trouper«, sangen es falsch und aus vollem Hals. Sie waren noch dünner als beim letzten Mal. Gern hätte ich eine der Türen in ihre verrosteten Angeln gehoben, um sie zu schließen, doch fehlte mir die Kraft und vielleicht auch der Wille. Nein, sie sahen nett aus, und ich hätte mich gern um sie gekümmert. Doch besser, ich begnügte mich damit, zurück in den Flur und in ein anderes Zimmer zu laufen.

Wieder schrie Francesco; er schrie heiser und wütend, das hörte ich jetzt, hörte es ganz deutlich – ein wortloses Geschrei, immer gefolgt von etwas Dumpfem. Aber es kam nicht von hier, nein, es kam von weiter unten. Und also lief ich auf und ab und schließlich führte mich das Geschrei zu einer Kellertür, endlich sogar in einen Keller – natürlich, ein Keller; natürlich hatte dieses Haus einen Keller.

War das Erdgeschoss eine Brache, so war der Keller ein Schlund. Gelbes Licht strahlte aus verschmutzten Birnen auf zertrümmerte

Louis-XVI-Stühle, zerrissene Diwane, zersplitterte Kronleuchter und zerschlitzte Portraits in Öl – über allem ein dicker Film, nicht aus Staub, nein, aus uraltem Dreck schien er zu sein: mehr braun als grau. Francesco schrie. Ich bahnte mir den Weg, vorbei an zerschlagenen Vasen und zerfressenen Kissen – bahnte mir den Weg zu dem wortlosen Geschrei. Schließlich fand ich ihn in einem fast leeren Raum. Dieser Raum bildete einen Gegensatz zu den vorangegangenen, mit all dem zerhackten Gerümpel. Die dicke braune Schmutzschicht war dieselbe, doch stand hier nur eine Heizung, eine uralte Heizung mit einem uralten Boiler, einem Boiler, auf den Francesco unaufhörlich eintrat und schrie. In der Heizung brannte eine kleine Gasflamme in einer großen Luke, nur zu sehen durch eine verdreckte Glasscheibe.

»Was machst du da, Francesco?«

Er drehte sich wirbelnd um und sah mich aus kaltbrennenden Augen an. »Wonach sieht es denn aus?«

Ich weitete meine Augen, weil ich nicht wusste, wonach das aussah.

»Ich will dieses fuckin' Wasser warm kriegen. Das muss doch irgendwie möglich sein.« Francesco ächzte.

Er hatte noch mehr Blut verloren; jede mögliche Farbe, selbst das Grau, war aus seinem Gesicht gewichen. Der Streifen Klebeband hatte sich gelöst, lag am Boden. Immer mehr Blut quoll und tropfte aus seinem Kopf auf seine zitternden, noch immer unbedeckten Schultern. Francesco tropfte und fror. Wahrscheinlich war er direkt in den Keller gegangen. Er trat weiter gegen den Boiler. Ich sah ihm eine unbestimmte Zeit dabei zu: Er wurde nicht müde zu treten, ganz so, als hätte sein Bein keine Verbindung zu seinem zitternden Rumpf, geschweige denn zu seinem tropfenden Kopf. Doch rührte sich nichts – nein, Heizung und Boiler harrten aus. Für einen kurzen Moment war mir, als schliefe ich ein, als schliefe ich im Stehen ein. Doch siehe, plötzlich stand Gédéon in der Tür. Er lächelte strahlend und breit.

»Bonsoir, mes amis!« Er hatte sich umgezogen und trug jetzt wieder bloß den Lendenschurz, das schmutzige Bettlaken, die altertümliche Windel. Ich hätte nicht sagen können, ob er sich an die letzte Episode erinnerte, so sehr strahlte er.

Francesco verstummte und sah ihn an, als erkennte er ihn nicht. Besser, ich ging wieder nach oben. Ich wollte mich gerade an dem gewickelten Barbaren vorbeidrücken, als ich Francesco vernahm.

»My dearest Gédéon. Would you have the honor of explaining to me how this lovely thing works, s'il vous plaît? I urgently need a bath, as you may have noticed, and I prefer the warm water to the cold«, näselte er.

Offenbar hatte er sich wieder gefangen, zumindest hatte er wieder an Haltung gewonnen, ganz ohne zu treten – und ja, vielleicht war es gar nicht so dumm, Gédéon bei seiner Theaterehre zu packen.

Dieser nickte jenem kokett wie ein Burgfräulein zu, knickste und breitete die Arme aus. Das Ganze wurde allmählich so burlesk, dass ich mich fragte, wann der Fluss uns endlich verschlänge. Ja, was war eigentlich mit dem Fluss?

»C'est assez simple. It's very easy!« Auch Gédéon näselte jetzt. »Let me help you, chère Mademoiselle.«

Langsam und mit ausladenden, spitzen Bewegungen hüpfte er auf Francesco zu, als hätte er einen Reifrock zu kutschieren.

Francesco wich zur Seite, um den Weg zur Heizung freizumachen. Gédéon kniete sich vor das schmutzige Fenster der Heizung und riss sich sein Laken vom Leib. Irritiert sah Francesco zu mir, blieb aber still. Es war, als sähe er mich zum ersten Mal an, und ich konnte den Blick nicht abwenden, obgleich ich es wollte. Die Irritation war allmählich gewichen, doch noch immer sah er mich an – bald durchdringend, bald traurig. Das Blut floss nicht mehr weiter, zumindest schien es so, denn hinsehen konnte ich nicht – musste ich ihm doch in die Augen sehen. Es war etwas Unerbittliches in seinem Blick, und ich erkannte nicht, ob er wütend oder schuldbewusst schaute – oder ob er seinerseits bloß meinen Blick erforschte.

Und als es plötzlich klirrte, fiel mir auf, dass ich nicht wusste, wie ich selbst schaute, dass ich nicht die geringste Ahnung von meiner eigenen Mimik hatte. Nein, denn ich hatte nichts mehr mit ihr zu tun.

Gédéon hatte die schmutzige Glasscheibe eingeschlagen und blutete am Ellbogen. Er lächelte uns an – erst mich, dann Francesco. Schon machte er sich daran, sein Laken in den Hohlraum zu stopfen.

»Francesco préfère warm water to cold. I make warm water for mon ami.« Er lächelte – lächelte und stopfte.

Francesco brauchte länger als sonst, um zu reagieren. Und als er anfing zu schreien, hatte Gédéon schon das halbe Laken in die Heizung gestopft.

»You crazy bastard! You're gonna kill us all! Your house will explode!«

Gédéon drehte sich schnaubend um und sprang auf – nackt, immens und zu jedweder Verteidigung bereit. Der Tonfall hatte ihn erwarten lassen, dass Francesco sich auf ihn stürzen würde. Erst als er sah, dass Francesco floh und aus dem Raum rannte, schien er zu realisieren, was dieser gerufen hatte – schienen die Worte und ihre Bedeutung Einzug in ihn zu finden. Und so wich die Wut der Panik und seine verkrampften Züge erschlafften mit einem erst zögernden, doch schließlich hastigen Ruck. Dann rannte er Francesco hinterher, rannte davon – ja, in kurzem Abstand hörte ich beide die Treppe hinaufspringen.

Ich hingegen, ich sehe in die Öffnung – sehe wie das Laken langsam, ganz langsam Feuer fängt.

Chaim hat immer gesagt, man dürfe sich nicht umbringen, niemals und unter keinen Umständen. Sein sanfter Bariton klingt noch einmal ganz deutlich in meinen Ohren, und ich weiß, dass er Recht hat.

Allein, meine Beine bleiben still: Ich kann sie nicht bewegen, und ob ich es will, spielt keine Rolle, denn ich kann es ja nicht.

Auch meinen Kopf kann ich nicht mehr bewegen. Ich sehe auf den brennenden Stoff und kann nichts dagegen tun. Etwas anderes ist sehr laut, ja, es dröhnt, aber ich kann nicht sagen, was es ist. Ich sehe weiter auf das Laken, auf das wachsende Feuer – sehe die Flammen lecken und gedeihen. Zeit geht vorüber – sie lecken weiter, gedeihen weiter; ich sehe ihnen zu, ihrem munteren Spiel.

Ich lausche dem Dröhnen.

Francesco ist wieder da, und ich erhasche ihn aus dem Augenwinkel. Den Kopf kann ich noch immer nicht wenden. Ich erhasche, dass er brüllt – dass er brüllt und gestikuliert. Ja, ich erhasche ihn, sehe ihn, aber hören kann ich ihn nicht – nein, denn das Dröhnen ist viel zu laut.

Ja, ich lausche dem Dröhnen.

Francesco packt mich. Er packt mich, um mich wegzuziehen und hinter sich her – um mich zu ziehen, behände und flink.

Dröhnt es ihm denn nicht? Hört er es denn nicht?

Hört er es nicht, das gellende Schweigen der Sirenen?

DEUTSCHSPRACHIGE LITERATUR BEI WAGENBACH

Marina Frenk ewig her und gar nicht wahr Roman

Kann man sich totstellen, um der sicheren Erschießung zu entkommen? Einen Fluch unschädlich machen, indem man die Tür verriegelt? Den Abschied vergessen und Gefühle auf Leinwand bannen? Kira erzählt ihre Familiengeschichte. Eine Geschichte von Aufbrüchen und Verwandlungen, von Krokodilen und Papierdrachen.

Quart*buch*. Gebunden mit Schutzumschlag. 240 Seiten

Juliana Kálnay Eine kurze Chronik des allmählichen Verschwindens Roman

Don verwandelt sich vor den Augen seiner Frau in einen Baum. Ronda hält Goldfische, die nicht bleiben wollen. Die Zwillinge aus dem dritten Stock sind gar keine. Doch von Toni und Bell wissen alle. Die Menschen in Nummer 29 sind seltsam verschworen, kennen sich dabei kaum und teilen längst nicht jedes Geheimnis.

Quart*buch*. Gebunden mit Schutzumschlag. 192 Seiten

Katharina Mevissen Ich kann dich hören Roman

Osman spielt Chello. Er soll es regnen lassen, doch seine Musik lässt sich nicht erweichen. Und daran ist sein Vater nicht allein schuld. Sehr vieles gerät erst in Bewegung, als er auf einem Tonband hört, was nicht für seine Ohren bestimmt war.

Quart*buch*. Gebunden mit Schutzumschlag. 168 Seiten

Eva Roman Pax Roman

Was es bedeutet, aneinander zu hängen und voneinander abzuhängen: Nachdem seine Eltern verschwunden sind, wird Pax von Tante Beatrix adoptiert. Unter den Blicken der Nachbarn, Mitschüler und Kollegen verzahnen sich Tante und Neffe förmlich, doch die Leerstellen zwischen ihnen wachsen mit der vergehenden Zeit.

Quart*buch*. Gebunden mit Schutzumschlag. 240 Seiten

Matthias Lohre **Der kühnste Plan seit Menschengedenken**
Roman

Er ist höflich und voller Pläne, sie direkt und voller Zweifel. Irene und Herman begegnen sich 1925 auf einem Überseedampfer, verlieben sich in New York und kämpfen bald in Europa für einen gigantischen Plan. Sie wollen die Welt retten – durch das Absenken des Mittelmeers.

Quart*buch*. Gebunden mit Schutzumschlag. 480 Seiten

Milena Michiko Flašar **Herr Katō spielt Familie** **Roman**

Endlich Zeit. Er könnte nun das alte Radio reparieren oder die Plattensammlung ordnen. Doch als er der jungen Mie begegnet, die ihm ein seltsames Angebot macht, beginnt er die Dinge anders zu sehen. Ein zarter Roman über einen späten Neuanfang und über das Glück.

Quart*buch*. Gebunden mit Schutzumschlag. 176 Seiten

Hans von Trotha **Pollaks Arm** **Roman**

Einfühlsam und kenntnisreich: Hans von Trotha lässt den begnadeten Antikenhändler, angesehenen Kunstkenner und zunehmend unerwünschten Juden Ludwig Pollak seine Lebensgeschichte erzählen.

SVLTO. Rotes Leinen. Fadengeheftet. 144 Seiten

Wolfgang Kohlhaase **Erfindung einer Sprache und andere Erzählungen**

»Mit seinem Witz, seiner melancholischen Brillanz und seiner novellistischen Durchschlagkraft ist dieser Erzählband schlicht ein Meisterwerk.«

Gustav Seibt, Süddeutsche Zeitung

Mit einem Nachwort von Andreas Dresen
Oktav*heft*. Elegante Klappenbroschur. 208 Seiten

Johannes Bobrowski **Mäusefest** **Erzählungen**

Diese Erzählungen, allen voran die berühmteste, »Mäusefest«, sind eine große Hommage an die ostpreußische Heimat, ein melancholisches Begreifen des Unheils, das die Nazis brachten, und eine frühe Darstellung der Unbehaustheit in der veränderten Welt.

SVLTO. Rotes Leinen. Fadengeheftet. 144 Seiten

JUNGE STIMMEN BEI WAGENBACH

Claudia Petrucci Die Übung Roman

Giorgia ist wieder ganz sie selbst. Nur manchmal macht sie Fehler, merkwürdige Dinge, die nicht im Skript stehen. Vielleicht müssen wir sie doch noch einmal schreiben … Ein abgründiger Roman über brüchige Identitäten, männlichen Größenwahn und die durchlässige Grenze zwischen Liebe und Manipulation.

Aus dem Italienischen von Mirjam Bitter
Quart*buch*. Gebunden mit Schutzumschlag. 304 Seiten

Fernanda Melchor Paradais Roman

Der Dicke war an allem schuld, das würde er ihnen sagen. Aber wer ist hier schon ohne Schuld? Der Roman der preisgekrönten mexikanischen Autorin Fernanda Melchor erzählt die Geschichte eines Verbrechens: roh, ohne tropische Restmagie, ein schneller, heftiger Schlag.

Aus dem mexikanischen Spanisch von Angelica Ammar
Quart*buch*. Klappenbroschur. 144 Seiten

Vincent Almendros Ein Sommer
Auch eine Liebesgeschichte

Zwei Liebespaare auf einem Segelboot im Mittelmeer. Wie soll das gutgehen? Die Sonne brennt, der Weißwein prickelt, die Urlauber sind angespannt. Ein erfrischend leichter Sommerroman, der ein verwegenes Spiel mit seinen Figuren treibt.

Aus dem Französischen von Till Bardoux
SVLTO. Rotes Leinen. Fadengeheftet. 96 Seiten

Julia Deck Privateigentum Roman

Sie sind seit dreißig Jahren verheiratet und soeben umgezogen. Außerhalb von Paris haben die Urbanistin und ihr depressiver Gatte endlich ein hochmodernes Eigenheim erworben. Auch die neuen Nachbarn sind überglücklich. Und alle merken zu spät, dass ihre blitzsaubere Ökosiedlung in einer Sackgasse liegt …

Aus dem Französischen von Antje Peter
SVLTO. Rotes Leinen. Fadengeheftet. 144 Seiten

Deb Olin Unferth   Happy Green Family   Roman

Eine akribische Betriebsprüferin, eine desillusionierte Halbwaise, 421 vegane Extremisten, 60 Laster und 900 000 mürrische Legehennen, die auf ihre Befreiung warten. In sechs gigantischen Käfigscheunen … oder doch sieben?

Aus dem amerikanischen Englisch von Barbara Schaden
Quart*buch*. Klappenbroschur. 288 Seiten

Pola Oloixarac   Wilde Theorien   Roman

Eine Studentin bedrängt ihren Professor auf den Gängen der Fakultät, zwei superschlaue Trolle finden in ihrem Hass zueinander, und eine vergessene Theorie kann alles erklären. Eine philosophische Komödie über Macht, Verführung und die Schönheit der Niedertracht – barock, brillant-verrückt, erbarmungslos.

Aus dem argentinischen Spanisch von Matthias Strobel
Quart*buch*. Klappenbroschur. 256 Seiten

Giulia Caminito   Das Wasser des Sees ist niemals süß   Roman

Eine Frage der Klasse: Radikal unversöhnlich erzählt Giulia Caminito von nicht eingelösten Aufstiegsversprechen und den enttäuschten Träumen einer ganzen Generation junger Italiener – ein berührender, zorniger, großer Anti-Bildungsroman.

Aus dem Italienischen von Barbara Kleiner
Quart*buch*. Gebunden mit Schutzumschlag. 320 Seiten

Yelena Moskovich   Virtuoso   Roman

Sie haben Heimweh nach einem Ort, den es nicht mehr gibt. Oder den es nie gegeben hat? Die rebellischen Frauen in *Virtuoso* ziehen aus dieser Melancholie explosive Kraft.

Aus dem Englischen von Conny Lösch
Quart*buch*. Klappenbroschur. 272 Seiten

Wenn Sie mehr über den Verlag und seine Bücher wissen möchten, schreiben Sie uns eine Postkarte oder elektronische Nachricht (mit Anschrift und E-Mail). Wir informieren Sie dann regelmäßig über unser Programm und unsere Veranstaltungen.

Verlag Klaus Wagenbach   Emser Straße 40/41   10719 Berlin
www.wagenbach.de   vertrieb@wagenbach.de

www.wagenbach.de
Covergestaltung Julie August. Gesetzt aus der Whitman und
der Akzidenz Grotesk. Gedruckt auf Schleipen und gebunden bei Pustet,
Regensburg. Printed in Germany.

ISBN 978 3 8031 3348 9